Einar Kárason

Die isländische Mafia

ROMAN

Aus dem Isländischen von
Maria-Claudia Tomany

Paul Zsolnay Verlag

Die Originalausgabe erschien erstmals 1994
unter dem Titel *Kvikasilfur*
bei Mál og menning in Reykjavík.

Die Übersetzung wurde mit
freundlicher Unterstützung vom
Fund for the Promotion of Icelandic Literature
in Reykjavík gefördert.

1 2 3 4 5 05 04 03 02 01

ISBN 3-552-05165-1

Satz: Satz für Satz. Barbara Reischmann, Leutkirch
Druck und Bindung: Clausen & Bosse, Leck
Printed in Germany

Stammbaum der Familie

Gertrud
die Kriegerwitwe

Arni Salómonsson

⚭

Lára Friðriksdóttir

Sigfús Killian senior
der Hausmeister
(Fúsi Husi)

⚭

Solveig Salómonsdóttir
von Laufskálir †
die Ahnfrau

- Friðrik
  der Nervenarzt
  ⚭
  Ethel †
  die Deutsche
- Salómon
  der Schweigsame
- Vilhjálmur Eðvarð
  ehemaliger Zehnkämpfer
  und Bankdirektor
  (Villi)
  ⚭
  Fríða
  ehemalige Schönheits-
  königin
  - Elsa
    die Pferdenärrin
  - Diljá
    die Reiselustige
  - Biggi
    der Schachspieler
  - Klein Fríða
    die Ernste
- Pfarrer Sigvaldi Árnason
  späterer Kioskbesitzer
  ⚭
  Lára
  Vizestadträtin und Mitglied
  der konservativen Partei
  - Aslákur
    der Stolz der
    Familie
    (Láki)
- Sigfús Killian junior
  der Ersatzteiledirektor
  (Fúsi)
- Bárður
  Direktor der Luftvision AG
  ⚭
  Mama
  die Enttäuschte
  - Ingibjörg
    die Zahnärztin
    (Imba)
  - Ich, Halldór
    der Erzähler
    (Dóri)
  - Gúndi
    der geborene
    Finanzmann
- Geirmundur senior
  Satansbraten
  (Geiri)
  ⚭
  Hróðný
  mit dem Klumpfuß
  - Geirmundur
    junior
    der Seebär

I

Jetzt bin ich bald ein neuer Mensch geworden: frisch frisiert vor den Menschen, mit einem neuen Hut sub specie aeternitatis und einem neuen Goldzahn vor Gott dem allmächtigen Schöpfer des Himmels und der Erde.

Halldór Kiljan Laxness

Eine entsetzliche Enttäuschung

Als Großmutter starb, da lag gerade etwas in der Luft ... Etwas Schreckliches warf seinen Schatten voraus, und es war Frau Lára, die wie gewöhnlich der Mittelpunkt von Ahnungen und Informationen war, sie wußte etwas. Sie bereitete gerade ihre Teilnahme an den Vorwahlen der Republikaner für die Stadtratswahlen in Reykjavík vor, sie wollte sich aufstellen lassen. Viele hatten das ihr gegenüber zur Sprache gebracht, sie gedrängt, sich als Kandidatin nominieren zu lassen. Es fehlte eine Vorzeigefrau, und sie hatte nun schon so lange in der Frauenvereinigung der Partei, bei Impuls, gearbeitet, da war es schwierig, sich zu entziehen ... Aber sie und andere hatten eine Ahnung, daß etwas Schlimmes im Anzug war, etwas, das uns allen schaden konnte. Und mußte das nicht am ehesten mit Pfarrer Sigvaldi, ihrem Mann, in Verbindung stehen, der immer in irgendwelchem Schlamassel steckte? Es ist nicht schön, wenn man in die Politik will und einen solchen Mann als Lebensgefährten, Stab und Stütze hat. Aber es war nicht Pfarrer Sigvaldi, zumal Frau Lára ihm sicher längst den Zugriff auf das Geld entzogen hatte, er durfte nicht einmal ein Scheckheft haben, der arme Mann, nichts anschaffen, nichts abonnieren, höchstens mit einer Börse voller Kleingeld und einer Aktentasche voller alter Zeitungen hinunter in die Stadt trippeln. Diesmal war nicht er der Auslöser des Skandals. Und auch nicht ihr Bruder Bárður. Der war schon wegen aller möglichen Schwindeleien und Schweinereien, wegen Betrügereien und Tricks beim Autohandel in den Zeitungen gelandet, aber zu der Zeit war er eigentlich ein ordentlicher Mann, vielleicht nicht hundert Prozent seriös, denn das würde er nie sein, aber er machte Geld, betrieb ein Sputnikunternehmen und war außerdem oft in den Zeitungen und im Fernsehen als einer der führenden Männer der Enthaltsamkeitsbewegung SAA, die damals gerade zu einem der vornehmsten und angesehensten Clubs der Stadt wurde. Und der Skandal, der seinen Schatten vorauswarf, konnte auch nicht mit Hróðný oder ihrem Mann Geirmundur oder Geirmundur, ihrem Sohn, zu tun haben. Die waren nämlich, wie sie immer waren, Leute, die nie in den Klatschspalten auftauchen, weder positiv noch negativ. Das gleiche galt für Sigfús Killian junior. Und für Friðrik den Nervenarzt. Um die Wahrheit zu sagen, die wenigsten in der Familie wußten, was bevorstand, außer daß es mit dem lieben, guten Mustersohn Vilhjálmur Eðvarð Killian, dem Bankdirektor, dem Stolz und Schmuck der Familie vom Lækjarbakki, zu tun haben mußte. Er war in diesen Wochen etwas merkwürdig, erschien auf einem Photo in den Zeitungen, wo ein paar hohe Tiere auf die Eröffnung einer neuen Bankfiliale anstießen, und Villi sah darauf aus wie ein Geistesgestörter, mit verzerrten Gesichtszügen, starrem Blick und schiefer Krawatte, dieser Mann, der immer so auf tadelloses Auftreten bedacht war. Und soviel galt als sicher, daß Frau Fríða mit den Kindern mitten im Auszug steckte, und eine Scheidung bei berühmten Leuten, das ist nun einmal keine schöne Sache.

Und wie so oft, wenn man etwas erwartet, dann geschieht etwas ganz anderes, etwas, was die Aufmerksamkeit auf sich zieht, und so verschied also völlig unerwartet die Ahnfrau, Solveig Árnadóttir Killian von Laufskálar, selbst. Im Schlaf. Antwortete nicht, als Láki sie morgens wecken wollte. Er bekam Angst, daß nicht alles in Ordnung sein könnte, und rief bei seiner Mutter im Büro an, die gerade bei der Vorbereitung der Vorwahlen war. Die alte Frau gestorben. Das kostete Lára nun natürlich viel Zeit, sich um das Begräbnis und all das andere zu kümmern, Zeit, die sie eigentlich wegen der bevorstehenden Wahlen gar nicht aufbringen konnte, aber das bedeutete noch nicht, daß ihre Chancen damit völlig zunichte waren. Eine Frau, die ihre Mutter verliert, verliert deshalb noch keine einzige Stimme. Und eine Frau, die nicht zu einer Versammlung kommen und sich nicht vorstellen kann, weil sie so mit der uneigennützigen Tätigkeit beschäftigt ist, das Begräbnis ihrer Mutter so würdevoll wie möglich zu gestalten, ist kein unwürdiger Vertreter der Grundwerte, für die die Partei einsteht. Und was die notorischen Artikel zum Gedenken lieber Verstorbener betraf: Vielleicht war es noch wahrscheinlicher als sonst, daß die Leute diese Gedenkartikel lasen, gerade jetzt, da die Wahlkampfepisteln der Kandidaten die Seiten aller Zeitungen füllten. Eine Waffenschwester Frau Láras von Impuls wollte einen Gedenkartikel schreiben, sie hatte nämlich Solveig in ihren späteren Jahren kennengelernt, als sie zu Lára und Pfarrer Sigvaldi ins Haus gezogen war, und das bot sich gerade jetzt als guter Stoff für einen Gedenkartikel an: die hochbetagte Frau, der in ihrem Alter ein schönes Heim geboten wurde, bei ihrer Tochter Lára Killian, die unermüdlich damit beschäftigt war, ihr das Leben angenehm zu machen, und Friede und Würde strahlte diese alte Dame aus, die Stolz und Haltung bis zuletzt bewahrte.

Vilhjálmur, der Bankdirektor, und Frau Lára machten sich zusammen daran, das Begräbnis vorzubereiten, die Verhältnisse ihrer Mama Gott hab sie selig auch finanziell und so zu untersuchen, und beide waren gleichermaßen darum bemüht, daß nirgendwo ein Schatten auf dieses Unternehmen fiele, beide saßen wie auf Kohlen, daß irgendeine unschöne Sache das Gedenken der Alten verunglimpfen könnte. Und was hätte das sein können? Nun, Verschiedenes, wie etwa das: Es hieß, daß Frau Solveigs Enkelsohn, der Dichtergrillenfänger Halldór Killian, sich mit dem Gedanken trage, einen Gedenkartikel über seine Oma zu verfassen, und sowohl Lára als auch Vilhjálmur riefen bei Bárður zu Hause an und sprachen mit der Hausfrau und sagten, sie wüßten, daß es nicht nach dem Geschmack von Mama Gott hab sie selig gewesen wäre, daß jetzt viel über sie geschrieben würde, vor allem nicht, wenn das eine oder andere Unschöne aus der Vergangenheit wieder hervorgezerrt würde; da sei nun diese Scheidung vom guten alten Papa gewesen, das wäre nicht schön, wenn sich jetzt jemand darüber ausließe, auch sei sie nie mit dem Ersatzteilhandel auf Lækjarbakki glücklich gewesen und all dem? Und wenn man jetzt etwas über ihr Leben und dessen Verlauf schreiben wolle, wie das immer in Gedenkartikeln der Fall sei, da könne man ja nicht umhin, das alles wieder aufzurühren. Außer natürlich, er wäre aus der Perspektive derer geschrieben, die sie in ihren letzten Jahren am besten gekannt hätten. Der Áslákur zum Beispiel, der habe lediglich vor, ein paar Worte darüber zu schreiben, wie es war, mit so einer guten Oma zu Hause aufzuwachsen. Und sei das nicht völlig ausreichend? Von dieser Generation? Es bringe gar nichts, wenn zuviel an irgendwelchen Nachrufen käme, die Mama Gott hab sie selig wäre auch nicht dafür gewesen. Und das Ergebnis war, daß ich nichts schrieb. Ich versuchte es, aber alles wurde schlecht. Also erschienen nur diese beiden Artikel. Lára wurde in beiden erwähnt, die Wohltäterin der Alten und Kranken. Gedenkartikel über eine Frau, die ihr ganzes Leben alt gewesen zu sein schien. Zwar war sie um die Jahrhundertwende geboren, aber danach war nichts anderes über sie zu erfahren, als daß sie eine alte Frau geworden war, die niemanden mehr hatte, aber zu ihrem großen Glück in ein warmes und liebevolles Zuhause aufgenommen wurde …

Vilhjálmur sprach mit dem Pfarrer. Das war natürlich der Pfarrer der Domkirche, sein Freund. Der Pfarrer muß zwar in seiner Totenpredigt den Lebenslauf der Verstorbenen durchgehen, davon werden keine Ausnahmen gemacht, aber der Pfarrer der Domkirche war weder ein Pornograph noch pflegte er einen besonders realistischen Stil. Er konnte so über die Dinge sprechen, daß sich niemand dadurch verletzt fühlte, so daß alles ganz adrett aussah. Die verstorbene Frau Solveig sollte ein würdiges Begräbnis bekommen können. Und die Kirche mußte gut besucht sein, die Verstorbene war selbstverständlich eine große Ahnfrau gewesen, eigentlich gab sie guten Stoff ab für den Mythos von der großen isländischen Mutter der Jahrhundertwendegeneration, eine solche Frau konnte man nicht heimlich irgendwo verscharren. Man begann alle herauszuläuten, die irgendein Ansehen in der Gesellschaft genossen und die sie irgendwann einmal getroffen hatten oder mit ihr in Verbindung standen, wieviel oder wenig spielte keine Rolle: Abgeordnete, Zeitungsredakteure, Pfarrer, die führenden Leute im gesellschaftlichen, politischen, wirtschaftlichen Leben wurden angerufen, um sie wissen zu lassen, daß nach dem Begräbnis ein Leichenschmaus abgehalten würde, zu Hause bei Vilhjálmur. Die Mama hätte dich gern dort unter den Anwesenden gewußt. Sie hat immer so große Stücke auf dich gehalten.

* * *

Friðrik der Nervenarzt war die Tage zuvor krank gewesen, mit Fieber und allen möglichen Beschwerden. Seine Ärztekollegen meinten, daß es sich am ehesten um Erschöpfung handele. Ihm wurde verordnet, zu Hause zu bleiben und Bettruhe zu halten. Er hatte zu diesem Zeitpunkt bereits wochenlang an der Behandlung seines Bruders Salómon gearbeitet, fast Tag und Nacht, und Salómon machte ständig Fortschritte, fand sich immer besser in der Welt zurecht, konnte nun schon ziemlich deutlich sprechen, seine Bewegungen wurden kräftiger, er buchstabierte sich durch seine Lektüre und hörte Radio, hatte sogar angefangen, sich auf seinen immer länger werdenden Spaziergängen wieder über die Straße zu trauen …

Es waren neue Medikamente auf dem Markt erschienen, die man Kranken wie ihm geben konnte, um sie aus Schweigen und Isolation herauszuholen. Aber Salómon war kein einfacher Fall, denn als er schließlich zu sprechen begann, hatte er dreißig Jahre und dreißig Tage geschwiegen. Friðrik der Nervenarzt hatte immer auf diese Medikamente gewartet und auch selbst versucht, neue Heilmittel für solche Krankheiten zu entwickeln, aber erst jetzt war es gelungen, so daß Salómon einiges aus dem Leben der Familie verpaßt hatte: Sie wohnten nicht länger alle zusammen auf Lækjarbakki, zwischen den Autoersatzteilen und nahe der Goldgrube, sein Zwillingsbruder und er waren nicht länger Theologiestudenten, ihr Bruder Vilhjálmur war Bankdirektor und ein landesweit bekannter Prominenter geworden, sein kleiner Bruder Fúsi hatte das Familienunternehmen allein übernommen, war mit allen Ersatzteilen in die Stadt gezogen, Mama und Papa geschieden, er Hausmeister am Gymnasium und sie wohnhaft bei seiner Schwester Lára, ihrem Mann und ihrem Sohn. Und sein Bruder Friðrik war nach Deutschland gegangen und hatte

Nervenheilkunde studiert und die Ethel geheiratet, die dann Selbstmord beging, und lebte jetzt mit Gertrud zusammen, seiner Schwiegermutter ... Salómon hatte sich noch nicht richtig mit alldem auseinandergesetzt, es gab genug anderes Erstaunliches in der Welt. Aber er hatte jetzt eigentlich vor nichts mehr Angst, außer dem Bus, der regelmäßig mit großem Lärmen und Brausen den Kleppsvegur entlangraste. Friðrik war zu Hause und machte die Ruhepause, die er schon lange gebraucht hatte, und Salómon hatte andere Ärzte, soweit das nötig war, aber größtenteils kümmerte er sich um sich selbst, so gut war sein Zustand geworden. Bewegte sich frei auf dem Anstaltsgelände, hörte Radio, las Zeitungsberichte, besah sich die Bilder, blätterte weiter, die Sportseiten, die Kinoanzeigen, die Gedenkartikel – dort war ein Gesicht, das er wiedererkannte.

Mama ...

Verschieden ist in Reykjavík die hochangesehene Solveig Árnadóttir von Laufskálar, im siebenundsiebzigsten Lebensjahr ...

Er versuchte das einige Male zu lesen, aber die Zeilen verschwammen ihm irgendwie vor den Augen, er konnte es nicht richtig verstehen. Nahm dann aber die Zeitung, ging lange damit herum, fand schließlich eine junge Krankenschwester, bat sie, sich das für ihn anzusehen. Ist diese Frau gestorben?

Die Krankenschwester hatte es eilig, war woandershin gerufen worden, nahm aber die Zeitung und sah sie sich an.

– Diese hier? Solveig ... das soll doch wahrscheinlich Sólveig sein, Sólveig Árnadóttir? Ja, sie ist gestorben.

Salómon nahm die Zeitung wieder an sich. Sie sah, daß er betroffen war, betrachtete ihn forschend.

– Kanntest du sie?

– Ja, ich ... ja.

Sie nahm die Zeitung wieder, sah genauer nach.

– Sie wird heute um zwei Uhr begraben. Du solltest vielleicht Friðrik den Oberarzt anrufen.

Es war neun Uhr morgens. Er lief ziellos mit der Zeitung herum, ging dann ins Wachzimmer, fragte, ob er telefonieren dürfe. Aber selbstverständlich. Ob sie ihm beim Telefonieren helfen wollten. Aber selbstverständlich, lieber Salómon. Und sie wählten Friðriks Privatnummer für ihn.

– Haaallo! antwortete Gertrud. Haaallo!

Salómon legte mit zitternden Händen den Hörer auf.

Er konnte sich frei bewegen und so ziemlich tun und lassen, was er wollte. Das hatte Friðrik so bestimmt. Er konnte auch in die Stadt hinunterfahren, in die Domkirche. Das war entsetzlich weit, soviel wußte er. Zu Fuß hoffnungslos. Aber der Bus, die Leute stiegen in ihn ein, aus ihm aus, er war vielleicht nicht so gefährlich, wenn man sich ihm richtig näherte. Er ging wieder und sprach mit den Angestellten, zwei jungen Mädchen, lieb und fürsorglich. Was macht man, wenn man mit dem Bus fahren will? Man wartet einfach an der Haltestelle, sagten sie. Aber was kostet es? Sie schenkten ihm jede eine Fahrkarte. Weil er so ein süßer und netter Kerl war. Und die eine begleitete ihn sogar hinunter zur Haltestelle, und da kam der Bus, schnaubend und fauchend. Ob er auch genau wisse, wo er aussteigen müsse? Ja, ja, er kannte den Lækjartorg, das war die Endhaltestelle, von dort aus fände er die Domkirche, die Mama ...

* * *

Sie waren lange vor Beginn der Veranstaltung dort eingetroffen, sowohl Lára als auch Vilhjálmur. Sie standen auf der Treppe der Domkirche, mit dem ernsten Gesichtsausdruck, der zum Anlaß paßte, aber waren dabei voller Sorge. Vilhjálmur konnte ein Zittern nicht verbergen, er hatte ein Zucken im Gesicht und war irgendwie nicht ganz bei sich, der arme Mann, es lag etwas in der Luft. Viertel vor zwei waren erst schrecklich wenige gekommen, nur Friðrik und Gertrud, die gleich in die Kirche hineingingen, und dann kamen Sigfús senior und Sigfús junior. Der alte Killian nickte wortlos, ging mit seinen zwei eisernen Krücken in die Kirche und nahm vorn am Eingang Platz. Doch Sigfús junior blieb auf der Treppe stehen, in seinem Festtagsanzug, der kaum verhüllte, daß er ein schrecklicher Dreckfink war, ungewaschen und unfrisiert, mit roten Augen und größten Schwierigkeiten, seine aufgequollenen Pranken in die schmalen Taschen der Anzughose zu zwängen. Er stand eine Weile bei seinen Geschwistern auf der Kirchentreppe, glaubte vielleicht, das gehöre sich so, begann ihnen lautstark davon zu erzählen, daß er mit seinen Abflußrohren zu Hause »ein beschissenes Problem« habe, das Klo im Vorraum des Hauses sei so verstopft, daß das Becken schon überlaufe. Und Lára und Vilhjálmur versuchten, ihm möglichst unaufgeregt zu verstehen zu geben, daß sie an seinen Rohren kein Interesse hätten, und waren beide ganz angespannt im Gesicht und steif, denn jetzt begannen die vornehmen Leute zu kommen, und die wollten sie mit schweigsamer Würde begrüßen und nicht unter den lautstarken Vorträgen ihres Bruders über ein verstopftes Klosett. Aber zu allem Glück verstummte Sigfús plötzlich mitten im Satz und marschierte schweren Schrittes in die Kirche, und in dem Augenblick kam ein Parlamentsabgeordneter mit seiner Ehefrau die Treppe hinauf, und Lára und Vilhjálmur konnten ihnen die Hand reichen und sagen, wie sie sich freuten, sie zu sehen. Die Leute begannen heranzuströmen, Hróðný und Geirmundur, dann zwei uralte Bekannte der Verstorbenen, Geschäftsleute, ein weiterer Abgeordneter, ein Zeitungsredakteur, und Vilhjálmur und Lára grüßten und die Sache begann gut zu werden, und dann kamen Bárður und seine Frau mit den drei Kindern, und Lára und Vilhjálmur hatten sich da so in ihre Rolle eingelebt, daß sie dem Bruder die Hand reichten und sagten, sie freuten sich, daß er die Zeit gefunden habe zu kommen. Aber man mußte es ihnen nachsehen, sie waren einfach so außer sich vor Sorge, daß das Begräbnis auch würdevoll wirken würde, daß es ihnen und der ganzen Familie zur Ehre gereichen würde, daß nicht gerade jetzt irgendeine Katastrophe über sie hereinbräche, während es zwei Minuten vor zwei war und nicht besonderns rosig aussah. Zwar waren einige vornehme Leute des öffentlichen Lebens erschienen, aber insgesamt waren es doch nur sehr wenige, beschämend wenige. Mehr schienen allerdings nicht zu kommen, und Lára und Vilhjálmur bissen die Zähne zusammen und wollten gerade hineingehen.

Aber Moment, dort erschien noch einer, da kam einer mit unsicheren Schritten auf die Kirche zu, da war kein Irrtum möglich. In allzu enger Kleidung, allzu kurzen Hosen, so daß die giftgrünen Frotteesocken und die haarigen Waden ins Auge stachen. Es war, als ob dort ein Einödbauer aus einer schlechten Farce käme, mit ängstlichem Blick, das Gesicht vor Anstrengung gerötet.

Sowohl Lára als auch Vilhjálmur erschraken heftig, als sie ihren geisteskranken Bruder wiedererkannten, der ausgerechnet diese Gelegenheit benutzen mußte, um in die menschliche Gesellschaft zurückzukehren.

Salómon sah die beiden an, mit kurzsichtigen Augen, er schien sie nicht zu erkennen. Fragte etwas, in von Stottern zerhackten Worten, »Solveig … Ki… Killian« war zu verstehen.

Was würde so ein Mann in der Kirche tun? Anfangen zu schreien und zu jammern? Was würden die Leute denken? Wie war er überhaupt entkommen? Aber das war nicht ihr Problem, sondern derjenigen, die in Kleppur die Verantwortung für ihn hatten, auf diese Sache wäre später noch genauer zurückzukommen. Jetzt mußten sie ihn vor allem wegbekommen, ihn zurückjagen.

– Geh sofort zurück nach Kleppur, du kannst jetzt hier nicht hereinkommen, man wird später noch mit dir reden.

Der Pfarrer schritt genau in diesem Augenblick zum Altar, so daß Lára und Vilhjálmur keine Zeit mehr hatten, noch länger draußen zu stehen, sie mußten hineingehen, die Kirchentür schloß sich vor dem Mann in den giftgrünen Socken und den haarigen Waden, der sich ohnehin schon umgewandt hatte, weg von der Kirche, hinunter zum Austurvöllur.

Der Pfarrer sprach über das Leben der Verstorbenen. Sie war eine gute Frau gewesen. Hatte sieben wunderbare Kinder, die alle noch am Leben waren. Hatte ihnen ein schönes und liebevolles Heim im Schoße der isländischen Natur bereitet. Selbst hatte sie auch eine schöne Kindheit gehabt bei ihren Eltern, dem Kaufmann Árni Salómonsson und seiner Frau Lára Friðriksdóttir; dort lernte sie, Handarbeiten und die schönen Künste wertzuschätzen, denen sie sich ihr ganzes Leben über widmete. Ihrem Ehemann wurde keine sehr gründliche Behandlung zuteil, er wurde Geschäftsmann genannt, und damit hatte es sich, nur ein »ihnen war es nicht vergönnt, die letzten Lebensjahre gemeinsam zu genießen«.

War es nicht vergönnt …

Und Salómon war es nicht vergönnt, den Bus zu finden, der ihn den gleichen Weg zurückgebracht hätte, er war irgendwie so durcheinander, wandte sich schließlich an einen Mann, den er für einen Polizisten hielt, da er eine Uniform und ein Käppi trug, und Salómon sagte:

– Wie kommt man nach Kleppur? Und seine Stimme war so jämmerlich und sein ganzes Auftreten so unsicher, daß der schrille Kunstmaler, den er angesprochen hatte, den Wachmann auf dem Platz verständigte, der für seine Hilfsbereitschaft bekannt war und immer »na, das haben wir doch gleich« sagte, wenn er um einen Gefallen gebeten wurde. Der Kunstmaler brachte ihn dazu, Salómon zur Polizeistation zu begleiten, wo gutmütige, schwarzgekleidete Männer mit weißen Schirmmützen sagten: »Komm her, Freund, wir fahren dich schnell.« Und Salómon kam gesund und wohlbehalten zurück im Krankenhaus an, ungefähr zu der Zeit, als seine vier Brüder und zwei Schwager den Sarg aus der Domkirche trugen.

* * *

Ja, als die Oma starb …

Da begann sehr viel Merkwürdiges zu geschehen, und vielleicht war es ganz gut so, daß es ihr, der so viel an ihrer eigenen Ehre und der ihrer Familie lag, erspart blieb, diese Tage zu erleben.

Doch die Jahre davor, das waren vielleicht die blühendsten Jahre in der Geschichte des Killiangeschlechts, Jahre des Sprießens und Gedeihens, die dritte Generation im Heranwachsen und alles auf dem Weg nach oben, kein Grund denkbar, etwas anderes anzunehmen, als daß das meiste glücken oder sich fügen würde.

Dennoch erschien es einem manchmal später, als ob es viele Jahre zuvor schon verschiedene Zeichen an der Wand gegeben habe, fünf Jahre bevor Oma starb, das Jahr, in dem wir drei konfirmiert werden sollten, ich, der Áslákur, mein lieber Cousin, der Stolz der Familie, und die Diljá, das zweitälteste Kind des Bankdirektors Vilhjálmur Eðvarð.

Ich hatte mich etwas vor meiner Konfirmation gefürchtet, eben weil Diljá zur gleichen Zeit konfirmiert werden sollte, und wenn die Pracht bei ihrer Feier nur entfernt vergleichbar sein würde mit der, die im Frühjahr zuvor bei der Konfirmation ihrer Schwester Elsa entfaltet worden war, dann würde meine Feier aussehen wie ein Armenbegräbnis im Vergleich zu der königlichen Hochzeit im Palast des Bankdirektors, ich würde irgendwo vor der Stadtmauer in aller Stille verscharrt werden, Regen und ein paar alte Weiber mit Kopftüchern, vielleicht ein Massengrab. Allerdings würde ich nicht zusammen mit Cousin Láki eingebuddelt werden, denn er würde dem königlichen Gefolge angehören. Lára, seine Mama, und Fríða, die Frau Bankdirektor, hatten von Anfang an gemeinsame Pläne. Es wäre so naheliegend, die beiden Feiern zusammenzufassen, da sie in der gleichen Familie und in der gleichen Kirche stattfänden. Láki und Diljá sollten beide in der Domkirche konfirmiert werden, alles andere wäre unangemessen gewesen, bei einem alten Pfarrer, der sowohl ein Freund Pfarrer Sigvaldis als auch Vilhjálmur des Bankdirektors war. Sie waren der Schlag Leute, die mindestens einen Domkirchenpfarrer kennen. Aber wir waren das nicht. Ich ging nur mit meinen Klassenkameraden in die zementgraue Kirche unseres Stadtteils, wir liefen in unseren Galoschen zum Konfirmandenunterricht. Die meisten von uns hatten ein klein wenig Gewissensbisse, solche großartigen Gotteskinder zu sein, ruhig und brav zusammenzusitzen und eine Stunde in der Woche mit unschuldigen Lämmerblicken über unseren Erlöser zu sprechen, so daß wir meistens auf dem Weg nach Hause bei einem Supermarkt vorbeigingen und jeder eine Apfelsine stahlen, um unsere Weltsicht so wieder in Ordnung zu bringen und uns auf beiden Seiten der Schlachtlinie zwischen Gut und Böse unser Anrecht zu sichern.

Aber dann verbreiteten sich auf einmal merkwürdige Nachrichten.

Von Lára kamen die ersten unklaren Zeichen, daß seltsame Dinge bevorstanden. Sie kam auf einen ihrer seltenen Besuche zu uns in den Keller in Onkel Friðriks Haus. Sie war zufällig vorbeigekommen, sagte sie, kam vom Bestellverein für ausländische Waren und habe beschlossen, mal eben vorbeizuschauen, sich zu erkundigen, wie es mit den Konfirmationsvorbereitungen ginge. Und da setzte Mama ihren mißtrauischen Gesichtsausdruck auf, von dem sie selbst glaubte, er wirke spöttisch, was er vielleicht auch getan hätte, wenn er nicht von einem sorgenvollen und mit Bitterkeit gemischten Blick begleitet worden wäre: »jaaa?« (Neu, daß diese Leute sich für die Konfirmation meines Jungen interessieren.)

Aber Lára ließ sich davon nicht aus der Fassung bringen, sondern sprach weiter, als ob sie beide im selben Boot säßen, jede mit ihrem Konfirmationskind und dem ganzen Aufwand, der damit verbunden war, bis Mama geradeheraus fragte, ob denn nicht geplant sei, die Feier für Láki mit dem Konfirmationsfest im Hause Vilhjálmur zu verbinden. Und da wurde Láras Gesichtsausdruck so merkwürdig und fern, und ihre Hand zitterte leicht, als sie die Kaffeetasse an die geschminkten Lippen hob, ja, das sei mal so lose besprochen worden, aber nun sei nicht länger sicher, daß Diljá und Láki gleichzeitig konfirmiert würden.

– Gleichzeitig? Na, das läßt sich doch sicher einrichten?

– Nein, nicht, wenn Diljá erst im Herbst konfirmiert wird. Láki will natürlich keine Herbstkonfirmation, wie jedes normale Kind.

Viel mehr war diesmal allerdings nicht aus Lára herauszubekommen, vielleicht hatte sie schon zuviel gesagt und warf deshalb einen Blick auf ihre Uhr und sah, o mein Gott, daß sie nun aber unbedingt gehen müsse. Mama versuchte nicht, groß weiterzufragen, war selbst offensichtlich etwas schockiert, Herbstkonfirmation. Sie verabschiedeten sich vorn an der Tür, in ernstem Schweigen, wie es tragischen Ereignissen angemessen ist.

Herbstkonfirmation. Da mußte schon mehr als nur eine Kleinigkeit dahinterstecken. Herbstkonfirmationen hatten immer mit Krankheiten, Ehescheidungen, allen möglichen Problemen zu tun, und sie waren in gleichem Maße trauriger, wie der Herbst eine härtere Zeit ankündet als die frischen, fröhlichen, schelmischen Frühlingslüfte.

Es wurde damit umgegangen wie mit einem Mordfall, nur ganz leise durfte darüber gesprochen werden, am besten sollten die Kinder gar nichts davon hören, denn so etwas spricht sich so schnell herum, aber die Scheidung sollte bevorstehen. Vilhjálmur und Frau Fríða. Das bekamen wir Kinder bei einem Tischgespräch mit. Papa arbeitete damals gerade als Lieferfahrer, er war Tag und Nacht unterwegs und kam nur schnell zu Hause vorbei, um das Essen in sich hineinzuschlingen. Er war laut und erregt und wenig zum Flüstern geneigt, und als er sagte, daß sein Bruder Villi in einen riesigen finanziellen Skandal verwickelt sei, und Mama ihm einen strengen Blick zuwarf, denn darüber durfte nicht unachtsam gesprochen werden, da sagte Papa:

– Ach, ich schulde dem guten Mann keine besondere

Rücksichtnahme! Denn Papa war damals äußerst schlecht auf Vilhjálmur Eðvarð zu sprechen, weil er meinte, daß der Bankdirektor ihn gerade um das Erbe des Salempaares betrogen hatte. Dann fuhr er fort und sagte, er habe Lára getroffen, die ihr Unverständnis darüber ausgedrückt habe, daß Fríða einen Mann fortjagen wollte, der ihr ein so schönes Heim bereitet hatte, aber da hab ich nur gesagt, ja, das wär doch was, ein schönes Heim zu besitzen und dann in der Gefahr zu leben, daß einem jeden Moment das Dach über dem Kopf verkauft wird und man im Schlafrock barfuß im Schnee steht, wegen irgendwelcher Geldschiebereien!

– Das ist doch bestimmt nur eine kleine Unregelmäßigkeit, sagte Mama, eine finanzielle Unregelmäßigkeit ...

– Ha, das hieße sicher etwas anders, wenn ich da hineingeraten wäre, sagte Papa und lachte bitter. Aber dann sah er uns Kinder an, mich, Imba und Gúndi, und dachte sich vielleicht, es wäre nicht richtig, in diesem Moment noch weiter auf dem Thema herumzureiten.

So wurde allerorten wild getuschelt. Opa Sigfús kam eines Abends zu Besuch, aß mit uns und schwatzte wie üblich allen möglichen Unsinn mit Gúndi und mir, fragte, ob wir irgendwelchen Sport trieben, und als sich herausstellte, daß wir Brüder so ein bißchen Handball und Fußball spielten, da fand er das nichts als sinnlosen, verdammten Quatsch und Blödsinn, diese Scheißmannschaftssportarten machten aus Männern nur Pöbel und Barbaren, sie seien volksschädlich.

– Aha, was sollen wir denn dann machen?

– Ja, wenn ich heute ein junger Mann wäre, da würde ich auf Skiern über das Hochland laufen. Allein, höchstens mit einem Hund. Das wäre etwas für junge Männer. Auf Skiern laufen, einen Schlitten mit Proviant hinter sich herziehen, die Kjölstrecke gehen zum Beispiel, den alten Weg, der nicht mehr benutzt wird, weil es dort spukt, seitdem die Reynisstaðabrüder dort umkamen, sein Nachtlager am Beinhügel aufschlagen, wo noch immer, zweihundert Jahre danach, die Knochen der Brüderschar überall verstreut liegen. Dort sollten junge Männer ihr Zelt aufschlagen, in einer Winternacht auf ihrem Weg über das Hochland, unter dem weiten Himmel, umgeben von steinhart gefrorenem Schnee, unter den über das Firmament rasenden Nordlichtern: »Kennt des Staubes Sohn herrlicheren Anblick / als den fürstlichen Hochsaal im flackernden Licht?« Das wäre eine gute Methode, um sich abzuhärten und zu stählen und sich von aller Art Nachtschreck, Verweichlichung und Hysterie zu befreien.

– Mit meiner Erlaubnis dürften sie sich jedenfalls nicht in solchen Wahnwitz stürzen, sagte Mama.

Da grinste Opa höhnisch und sagte: »Ja, ja, ist es soweit gekommen für die isländischen Männer – so nennt man sie doch?«

Aber weil die Dinge nun mal so stünden, sollten wir Boxen lernen. Das sei ein schöner Sport für junge Männer. Gúndi und ich wurden ganz aufgekratzt, denn wir kannten damals keinen interessanteren Mann auf der Welt als Cassius Clay, und wir sagten, daß wir sofort das Boxen lernen würden, wenn es nicht verboten wäre auf Island. »Dann werde ich es euch beibringen müssen«, sagte Opa, und damit gingen wir in den Flur, und er legte die Krücken zur Seite und lehnte sich in die Ecke und zeigte uns eine gute angetäuschte Linke, die den Weg freimachte für einen unfehlbaren Uppercut der Rechten, und sagte mir, ich solle das an ihm ausprobieren. Aber er kam mit einem Haken gegen meinen Schlag und hatte plötzlich seine Faust unter meinem Kiefer und sagte: »Siiiehst du, jetzt hätte ich dich k.o. geschlagen, mein Lieber!« Aber dann ging er hinein ins Wohnzimmer mit Papa, denn er war gekommen, um einige Dinge mit ihm zu besprechen, in leisem Ton. Weiter Unsinn zu machen paßte nun nicht mehr.

Es drehte sich um ein Erbe oder ein zu erwartendes Erbe. Opa besaß nämlich eine Wohnung, die er vermietete. Nun war es aber so gekommen, daß Vilhjálmur in irgendwelchen Problemen steckte, wie auch immer er in sie hineingeraten war, und nun eine hohe Summe vorlegen mußte oder seine Arbeit und seine Ehre, vielleicht seinen ganzen Besitz verlieren würde.

– Ich gäbe nicht eben viel für seine Ehre. (Bárður Killian)

Jedenfalls, Opa dachte daran, seine Wohnung zu verkaufen und Villi das Geld zu leihen, nachdem die Sache so gekommen war, aber wollte das natürlich nur mit der Zustimmung der anderen Geschwister tun, der anderen zukünftigen Erben. Sowohl Lára als auch Hróðný hatten für ihren Teil zugestimmt, sagte Opa, doch als das Gespräch zu diesem Punkt gekommen war, stand Papa auf, sagte zu Gúndi und mir, die wir in unbeteiligter Haltung vorn im Flur saßen, daß wir zum Spielen hinausgehen sollten, und schloß dann die Wohnzimmertür mit festem Griff.

* * *

Dann hörte man plötzlich nichts mehr von dieser Sache. Es war nie wieder die Rede davon. Man erfuhr zwar, daß Vilhjálmur sein Sommerhaus und seinen Zweitwagen verkauft hatte, und Opas Wohnung wurde verkauft, aber ansonsten war es, als ob nichts geschehen wäre. Irgendein sogenannter Schmierfink von irgendeinem Käseblatt schrieb zwar einen Einspalter, den die wenigsten verstanden: daß in der Finanzwelt von einem ernsten Vergehen gesprochen werde, das mit einem der höchsten Männer der Staatsbank in Verbindung gebracht werde, und vielleicht zirkulierten ein paar Gerüchte, aber denen wurde damit begegnet, daß Vilhjálmur Eðvarð nun überall als Repräsentant der Bank auftrat, in Interviews ein noch forscheres Gehabe als früher an den Tag legte, Fragen zu Zinsen und Wechselkursen beantwortete, und allen durfte klar sein, daß niemals ein Schatten auf die Ehre dieses Mannes fallen würde. Zwar war es mittlerweile so kurz vor dem Konfirmationstag, daß man rasch handeln mußte, damit Diljá nicht im Herbst konfirmiert werden mußte, wie es in dem Monat zu erwarten stand, als die Ungewißheit über der Zukunft der Bankdirektorenfamilie hing; die Vorbereitungen für das Fest wurden viel zu spät begonnen. Es ist eine große Aufgabe, eine Feier wie die im Frühjahr zuvor vorzubereiten, als Elsa konfirmiert wurde, mit zweihundert Gästen und einer Big Band wie bei einem riesigen Clantreffen. Aber Vilhjálmur wußte einen Ausweg. Er bestellte den größten Saal im prächtigsten Hotel der Stadt und alles, was dazugehörte: ein dreigängiges Menü für hundert Leute, eine Heerschar Ober, ein Orchester, und es gab sogar Unterhaltungseinlagen. In diesem Saal fand nämlich jedes Wochenende ein beliebtes Unterhaltungsprogramm statt, mit einer Show südeuropäischer Tänze, einem spanischen Tanzorchester und der Vorstellung von Reisen, denn all das lief in Zusammenarbeit mit einem Reisebüro, und es ging unter anderem darum, die Herrlichkeiten einer Reise in den Süden im folgenden Sommer herauszustellen. Es bot sich an, das alles zu verbinden, so daß zwischen den Gängen, in einer Pause zwischen Tanzvorstellungen, Bademodenschauen und Dias von der Costa del Sol, die Eheleute Vilhjálmur und Frau Fríða mit Biggi, Elsa und Klein Fríða auf die Bühne kamen und die Konfirmandin zu sich hinaufriefen. Sie kam, wunderschön und strahlend wie die Schwestern, und bekam das Konfirmationsgeschenk von ihrer Familie überreicht, unter Klatschen und freudigen Rufen und hingerissenem Stöhnen: Gutscheine für sich und drei Freundinnen für eben eine solche Reise an südliche Strände im folgenden Sommer.

Es war sehr gut, daß alles so glücklich ausging.

* * *

Eigentlich sollte hier ein realistischer Bericht meiner Konfirmation folgen, des armen Jungen im Keller, zum Vergleich mit dem Glanz und der Vornehmheit bei meiner Cousine der Bankdirektorstochter, aber dazu gibt es keinen Grund, denn die Umstände bei meiner Konfirmation waren einfach so, wie es üblich ist in isländischen Familien, und es gibt nur Gutes davon zu berichten: ich bekam eine Pierpontuhr vom Killiangeschlecht, wie sie Láki eine Woche zuvor von denselben Teilnehmern bekommen hatte; es war die übliche Horde Verwandte, die Kekse und Schnittchen in sich hineinbaggerte und versuchte, ein wenig Interesse für das Konfirmationskind zu heucheln, das nach alter Sitte die Person auf der ganzen Feier war, die das geringste Interesse fand. Ich selbst überlebte das, versuchte höflich zu sein und umherzugehen und mit allen zu reden, war zufrieden mit meinen Geschenken, nicht zuletzt mit der unerwarteten Gabe meines Cousins Geirmundur junior; er war gerade achtzehn geworden, schon Jahre zur See gefahren und stark und rot wie ein Wikinger auf einem Ölgemälde. Die Gesellschaft seiner Verwandten suchte er nicht mehr als sein Vater Geirmundur senior, und an diesem Konfirmationstag war der Alte auf See. Geirmundur junior dagegen hatte ein freies Wochenende zwischen zwei Touren, und er kam zur Feier zusammen mit Hróðný, seiner Mutter mit dem Klumpfuß, führte sie sohneshaft und mit einer Fürsorge, die auf den ersten Blick mit der sonstigen Persönlichkeit dieses Kraftmenschen in Widerspruch zu stehen schien. Er trug einen lilablauen Festtagsanzug und ein oben offenes, rosa Hemd, und alles lag so dicht an, daß jeder einzelne Muskel und jede einzelne Fettfalte sich ihren Weg hinaussprengen zu wollen schien, und vielleicht war er nur deshalb so rot im Gesicht, weil ihm diese furchtbar enge Festtagskleidung die Luft abschnürte. Als er mir an der Tür begegnete, reichte er mir die Hand, eine Seemannspranke, in der meine blassen Fingerchen verschwanden, aber in seiner Klaue stieß ich auf einen verschwitzten und verknitterten Fünftausendkronenschein, eine Unmenge Geld, mindestens soviel wert wie eine halbe Pierpontuhr mit 25 Steinen, und als ich ihn in den Pfoten hielt und gesehen hatte, was es war, und Geirmundur meinen erstaunten Gesichtsausdruck bemerkte, da zwinkerte er mich an und boxte mir leicht in den Magen und flüsterte mir rauh und heiser zu:

– Nur nicht alles für Branntwein ausgeben, du verdammtes Schwein.

Mehr sagte der gute Mann auf dieser Feier nicht.

Mama, Gertrud und meine Schwester Imba trugen die Hauptlast der ganzen Veranstaltung, und da solche tüchtigen Frauen hier im Einsatz waren, war alles von untadeliger Qualität. Mein Bruder Gúndi saß inmitten einer Gruppe Erwachsener und charmierte alle aus den Schuhen mit seinen hochfliegenden Ideen und seiner Fröhlichkeit, und Oma ging mit himmlisch liebevollem Gesichtsausdruck umher und versuchte zu loben, was ihr vor Augen kam. Aber da Oma nichts lobte, außer wenn es ausreichend lächerlich und kleingeistig war, und da die Feier oben im ersten Stock bei Onkel Friðrik und Gertrud gehalten wurde, hatte die alte Dame wenig Jagdglück. Daher begnügte sie sich damit, viele schöne Worte darüber zu verlieren, wie mannhaft und stattlich der liebe Konfirmand geworden sei, sowohl als sie kam als auch beim Abschied in Begleitung von Lára, Pfarrer Sigvaldi und Áslákur dem Prachtkerl.

Luftvisionen

Damals wohnte Sigfús Killian, unser Opa, immer noch in der Kellerwohnung im Gymnasium, wo er Hausmeister war. Er war allerdings schon über achtzig und schrecklich schwach auf den Beinen, nicht zuletzt aufgrund des Autounfalls, den er einige Jahre zuvor gehabt hatte, als er sich mit seinem guten alten Jeep überschlug. Irgendwie hatte es eine Weile im Raum gestanden, daß er bald sein Hausmeisteramt aufgeben und dann zu uns ziehen würde; vielleicht wäre er damals schon bei uns gewesen, wenn wir nicht so beengt unten im Keller von Onkel Friðriks Haus gewohnt hätten. Irgendwann wurde erwähnt, daß er zusammen mit uns eine Wohnung kaufen, mit meinen Eltern zusammenlegen werde, so daß es möglich werden würde, ein passendes Plätzchen zu kaufen, wo wir alle zusammenleben könnten. Denn er besaß Geld, oder vielmehr eine schuldenfreie Wohnung, aber die wurde dann verkauft, wie bereits erzählt, um die temporären Schwierigkeiten des berühmten und angesehenen Bankdirektors zu lösen. So arbeitete er einfach als Hausmeister weiter.

Von morgens bis abends wanderte er durch die Schule, wo er herrschte, die oberste Befehlsgewalt zu Wasser und zu Lande innehatte. Wo immer er hinging, jeder wußte, wo er sich befand: so wie die Besatzung auf dem Walboot, das den weißen Wal über alle sieben Weltmeere verfolgte, stets durch das Pochen des Holzbeines auf den Planken wußte, wo sich ihr Kapitän befand, und die taktfesten Schläge die Matrosen und die Harpunisten in Angst und

Schrecken versetzten, so hallten auf den Holzböden der Schule die eisernen Krücken von Sigfús dem Hausmeister, wenn er seine Kontrollgänge durch die Korridore machte, die Augenbrauen drohend gerunzelt, und darüber wachte, daß alles in vollkommener Ordnung war. Ein Lehrer kam hereingestürmt, hatte verschlafen und sein Auto direkt vor der Eingangstreppe der Schule geparkt, um sich ein paar Schritte zu sparen.

– Hohoho! hörte man da Fúsi Húsi höchstpersönlich rufen, so was geht aber nicht, mein Guter, sofort das Auto entfernen! Und das Lehrerbürschlein wagt nichts anderes, als zu gehorchen, wenn der Hausmeister höchstpersönlich die Borsten aufstellt, zu spät oder nicht zu spät, er muß hinausgehen und seine Runden durchs Viertel drehen, um einen legalen Parkplatz zu finden. Schließlich wieder in der Schule angekommen, ist er noch nicht fertig, denn es steht ihm noch die Strafpredigt bevor, deren Genuß denen zuteil wird, die falsch parken; der Lehrer hatte den Vortrag schon einmal gehört, aber er mußte trotzdem zuhören, schuldbewußt und mit hängendem Kopf:

– Weißt du, was passieren würde, mein Guter, wenn ein Feuer in der Schule ausbräche und dein Auto stünde da draußen? Die Feuerwehr käme beim besten Willen nicht durch das Tor herein! Jegliche Nachlässigkeit ist hier fehl am Platze, mein Guter, wir tragen die Verantwortung für sechshundert Schulkinder ...

Aber da kommt ein Schüler herein, ein schlaksiger Achtzehnjähriger in einem Mantel, der war auch zu spät dran, war quer durch die Schneewehen gelaufen und wollte nun gleich zu seinem Klassenzimmer stürmen, aber das läßt sich Húsi nicht bieten.

– Hohoho, einen Augenblick, mein Guter, den Schnee von den Galoschen bürsten, mein lieber Mann, du könntest einer Menge Leuten die Beine brechen damit, hier alle Böden naß zu machen!

Fúsi Húsi war trotz allem ziemlich beliebt. Er hatte die Fähigkeit, sich die Schlüsselpersonen aus den Reihen der Lehrer und Schüler zu seinen besonderen Vertrauensleuten zu machen, zu Verschwörern: Er stellte Regeln auf, die zu befolgen hoffnungslos war, vollkommen ausgeschlossen, falls die Schularbeit vernünftig funktionieren sollte, und brach diese Regeln dann selbst als persönlichen Gefallen und Ehrenbezeigung gegenüber bestimmten Leuten, »weil du es nun mal bist«, und dafür konnte er sich auf die Unterstützung dieser Leute verlassen, wenn er sie einmal brauchte. Es waren auch Geschichten über seine Vergangenheit im Umlauf, er sollte Goldgräber und ein Mitkämpfer des Dichters Einar Benediktsson gewesen sein, an der Hochschule studiert, aber dann einen Ersatzteilhandel betrieben haben. All das warf ein besonderes Licht auf seinen Namen und seine Person, wo immer er hinkam. Außerdem waren seine Regeln und Vorschriften oft so absurd, daß sich um sie herum Bräuche und Traditionen bildeten, richtige Gloriolen geradezu. Einmal führten er und der Rektor ernste Diskussionen darüber, daß das Lesezimmer, ein Ort zur Wissensaneignung, der in der Schule eingerichtet worden war für die Schüler, um Freistunden besser zu nutzen, so gut wie nicht benutzt wurde.

– Was kann man da machen? fragte der Rektor und trocknete sich sorgenvoll den Schweiß von den Geheimratsecken. Ist das Zimmer vielleicht nicht gemütlich genug? Aber Fúsi Húsi war ganz anderer Meinung. Er glaubte, daß die verdammten Kinder heimlich an anderen Stellen im Haus lernten, an Stellen, die nicht dafür gedacht waren. Dem mußte endlich ein Riegel vorgeschoben werden. Vorher würde der eine, wahre Lese- und Lernraum nicht benutzt werden. Es ging nicht an, daß die Schüler hier und dort und überall in der Schule lernten. Unten im Keller war eine kleine Ecke mit einem Kiosk und Musik, das war die Sitzecke der Schüler, der Ort, an dem sie sich in ihren Freiminuten entspannen sollten. Fúsi Húsi hatte den Verdacht, daß Leute dort lernten. Also stellte er ein unübersehbares Schild auf, das er selbst in großen Buchstaben geschrieben hatte: »Hier darf nicht gelernt werden!« Das Verbot war in blutroter Schrift auf schwarzem Karton geschrieben und die Farbe der Schrift in dünnen Fäden heruntergelaufen. Das Ganze wirkte auf die Schüler wie das Werbeplakat zu einem Horrorfilm und erweckte sofort große Begeisterung. Um dieses Verbot begannen sich verschiedene Sitten zu bilden, und bald wurde es Tradition, daß es an einem Tag im Winter völlig verboten war, in der Schule zu lernen. Nachdrucke der ursprünglichen Warnung wurden an allen Wänden aufgehängt, wo sie sich nur anbringen ließ, sie wurde sogar auf Fahnen gedruckt und über dem Portal aufgehängt, und an diesem Tag war alle herkömmliche Schularbeit lahmgelegt. Der Tag begann damit, daß die Fahne gehißt wurde, dann gab es Diskussionsgruppen, Redeschlachten und Wettbewerbe verschiedenster Art, Lesungen, Vorlesungen und Chorsingen, und der Tag endete dann am Eingang, wo Fúsi Húsi herausgerufen wurde und man ihn einige Sätze sagen ließ, und am Ende wurde er mit zweideutigen Lobreden und donnernden Hurrarufen gefeiert.

* * *

Bárður Killian sah, als er von seiner ersten Entziehungskur nach Hause kam, daß sein Leben an einen Punkt gelangt war, an dem es nicht weiterging, daß er es zu nichts bringen würde, wenn er so weitermachte wie bisher. Er mußte jetzt seinen Lebensweg überdenken, beginnen, sich etwas aufzubauen, mit der Geldverschwendung und den Betrügereien aufhören, seinen Garten bestellen, auf die Beine kommen. Und was tun Männer, die auf die Beine kommen wollen? Sie beginnen ganz klein im Geschäftsleben, von ganz unten, können sich unmöglich an den Gedanken gewöhnen, einer gewöhnlichen Lohnarbeit nachzugehen, wo alles vorhersehbar und unspannend ist, das Einkommen vielleicht sicher, auch wenn es nicht groß ist. Aber keine Chance, reich zu werden, keine Spannung, kein Risiko, nur der unaufhaltsame Mühlengang der Zeit, der einen langsam, aber ohne Gnade vorwärtsbewegt wie ein alter, aber zuverlässiger Dieselmotor, auf dem geraden Weg von der Wiege zum Grab.

Ja, so ist das nun einmal. Bárður hatte schon einmal versucht, groß anzufangen, mit Wunderwerken und Riesenprofit, aber alles war mit Donnerhall über ihm zusammengebrochen und auf seinem Kopf gelandet, und nun ging er traditionellere Wege. Männer seines Kalibers begannen vielleicht mit einem Kiosk oder damit, Waren auszufahren, später waren es Videoverleihe; Bárður begann mit dem Lieferwagen. Kaufte sich einen alten Bus, einen amerikanischen, ein ausrangiertes Polizeifahrzeug, und damit begann er, Waren und Pakete auszuliefern. Man konnte einigermaßen Geld verdienen mit dieser Auslieferei, wenn man gut plante und ausdauernd arbeitete, und das tat Bárður Killian, wenn er einmal in die Gänge kam. Er arbeitete beinahe durchgehend Tag und Nacht, alle Tage der Woche, und bekam Verbindungen, traf Vereinbarungen mit umsatzstarken Unternehmen, die gesamte Auslieferung für sie zu übernehmen, und bald hatte er mehr Aufträge, als er bewältigen konnte. Ein halbes Jahr nachdem er mit der

Auslieferei begonnen hatte, kaufte er sich ein zweites Auto, einen häßlichen englischen Diesel, den er über den Ersatzteilhandel seines Bruders billig erstand, und diesen Wagen richtete er her und stellte junge Männer an, die auf Stundenlohnbasis für ihn ausfuhren. So verging knapp ein Jahr. Dann kam er zufällig an einen Kiosk, ein alter Bekannter von ihm besaß eine kleine Verkaufsbude, aber war nicht mehr in der Lage, sie selbst zu betreiben, so daß ihn Bárður, beinahe um ihm einen Gefallen zu tun, anmietete und seine Kinder dort an der Luke stehen und Süßigkeiten, Zigarren und Zigaretten verkaufen ließ. Aber Bárður sah bald, daß sich die Verkaufstätigkeit und der Umsatz in großem Stil verbessern ließen, indem man die Bude ein wenig umbaute, sie für die Kunden öffnete und innen eine normale Verkaufstheke einrichtete, das Warenangebot vergrößerte, länger offenhielt, in kleinem Umfang auch Werbung machte, und der Umsatz verdreifachte sich.

Er hatte begonnen, Geld zu verdienen.

Nach den vorangegangenen Notzeiten bei der Familie im Keller war nun plötzlich wieder genug von allem vorhanden. Das waren frohe Zeiten. Bárður stellte einen Mann ein, der das Ausliefern für ihn übernahm, denn er hatte mittlerweile so viel zu tun, daß er dauernd telefonieren, seine Buchhaltungsunterlagen aus der Jackentasche holen und ordentlich abheften oder Leute zu Besprechungen treffen mußte. Und bei einer solchen Besprechung, ungefähr zwei Jahre nach der Entziehungskur, trank er einen Schnaps.

Es war ihm bis dahin nie in den Sinn gekommen, daß er ein Alkoholiker sein könnte, er kannte kaum das Wort. Er war seinerzeit in Vífilsstaðir in Behandlung gekommen, weil sein alter Freund Kobbi Kalypsó ihn nach einer größeren Sause übertölpelt hatte, und sonderbarerweise erwies sich das als gar nicht so dumme Idee. Danach hatte es ihm gutgetan, enthaltsam zu sein, seine Lebensweise zu überdenken, er war zu abhängig vom Alkohol geworden. Aber jetzt war er das nicht länger. Er hatte in dieser ganzen Zeit keinen einzigen Tropfen genossen, und es konnte ihm kaum schaden, sich jetzt ein Gläschen oder zwei zu genehmigen. Am anderen Morgen würde er wieder nüchtern sein.

Aber sobald er anfing zu trinken, begann sich etwas Merkwürdiges zu ereignen. Eine schreckliche Hoffnungslosigkeit begann ihn zu quälen. Er versuchte sie zu vertreiben, noch ein wenig mehr zu trinken, ausreichend viel und laut zu sprechen, kreischend und quiekend zu lachen, aber sobald er verstummte, fiel ein dunkler Schatten über ihn. Wenig später hatte er begonnen, allein draußen im Auto zu trinken, hatte unten am Hafen geparkt und sah auf das Meer hinaus und trank aus einer Flasche, und alle bösen Gedanken, die ihn gequält hatten, als er das letzte Mal trank und auch an den Tagen, die er in der Therapie verbrachte, erfüllten nun sein Gemüt. Wozu tat er sich alle diese Beschwerlichkeiten an? Lieferauto, Vorortkiosk, Wochenblätter und Lakritzstangen – und er hatte gemeint, er wäre ein Mann. Laut und wichtig über Geld sprechen, hohe Beträge; sein verdammter Bruder Villi, das Schwein, der ihn um sein Erbe betrogen hatte ... Er wollte gern glauben, daß er ein Abenteurer war, manchmal vielleicht ein Verschwender und ein Betrüger, aber auch ein Held, ein Mann voller Erfindungsgeist und Einfallsreichtum. Oder war er nur ein komplexbeladener Nobody? Gab es irgend etwas, worauf er stolz sein konnte? War er ein unglückliches und mißverstandenes Genie, oder war vielleicht genau das Gegenteil der Fall – hatte er einfach manchmal Glück, und dann fehlten ihm Ausdauer und Charakterstärke, um etwas daraus zu machen? Was hätte der alte Geiri von Lækjarbakki, Gott hab ihn selig, über Bárður Killian gesagt? Wahrscheinlich hätte er das kürzere seiner Lieblingsprädikate erhalten: »Dem zerrann alles zwischen den Fingern, trank Branntwein.«

Alles zerronnen, trank Branntwein ...

Am Abend hing er an irgendeiner Bar und sprach mit niemandem, in der Nacht begann er, mit seinem Lieferwagen herumzufahren, in Schlangenlinien rechts und links am Gehsteig anschlagend, der linke Vorderreifen war platt, aber Bárður konnte sich nicht aufraffen, auszusteigen und ihn zu wechseln. Die Polizei kam, sah den Zustand des Wagens und die Fahrweise, nahm die Verfolgung auf, doch Bárður bemerkte nichts davon, denn er mußte das Wasser abschlagen, hielt das Auto an und verschwand hinter einem Wellblechzaun, so daß das Auto unbesetzt war, als der Polizeiwagen daneben hielt. Kurz darauf erschien Bárður in seinem Pennermantel und dem schwarzen Hut, schloß gerade den Reißverschluß an seiner Hose und grüßte die Hüter des Gesetzes, die fragten, ob dies sein Auto sei.

– Ja, dieses Auto gehört mir, sagte er und tat, als ob er sich übergeben müßte, aber wurde nur unauffällig den Autoschlüssel aus seiner Jackentasche los, denn irgendein siebter Sinn gab ihm ein, dies zu tun. Sie nahmen ihn und ließen ihn ins Röhrchen blasen, selbstverständlich tat er ihnen diesen Gefallen gern. Dann fuhren sie los mit Bárður auf dem Rücksitz, den Lieferwagen ließen sie zurück.

– Wollt ihr so liebenswürdig sein und mich nach Hause fahren?

– Sie fahren vorerst nicht nach Hause, Sie sind verhaftet wegen Trunkenheit am Steuer.

Das gefiel Bárður nicht. Er konnte sich nicht vorstellen, eingesperrt zu sein, er wurde langsam wieder nüchtern ...

– Trunkenheit am Steuer?
– Ja. Wollen Sie abstreiten, daß Sie betrunken sind?
– Nein.
– Nein! Was dann?
– Ich bin nicht gefahren.
– Ach nein? Wer ist denn dann gefahren?
– Das war ... ein junger Mann ...

Die beiden Polizisten wurden ärgerlich. Einer von denen! Sie auf den Arm nehmen, was? Billige Lügen, um sich herauszureden. Na, wir werden schon sehen.

Sie fuhren mit Bárður zum Bluttest und dann hinunter auf die Wache. Bericht. Und er hatte sich eine Geschichte zurechtgelegt, war wie gesagt dort in der Bar, ging hinaus, um nach einem Taxi zu sehen, fand keines, ein junger Mann ging vorbei. Hey, ich zahl dir fünfhundert, wenn du mich und mein Auto nach Hause fährst. War nämlich mit dem Auto da. Ja, ja, der verdammte Bursche fährt, aber dann gibt's den Platten. Sie steigen aus, um sich die Sache genauer anzusehen, und da mußte er mal eben austreten, und währenddessen haut der verfluchte Bursche ab. Hatte wahrscheinlich keine Lust, sich mit dem Reifenwechsel abzuplagen. Und dann kam die Polizei ...

So eine verdammte, idiotische Lügengeschichte! Glaubte er vielleicht, daß die Reykjavíker Gesetzeshüter komplette, verdammte Blödmänner wären? Sie fanden sofort den Haken an seiner Geschichte:

– Sie nach Hause fahren? Und wo wohnen Sie? Na?! Was haben Sie dann dort zu suchen gehabt?!!

– Er muß sich wohl verirrt haben.

– Ab in die Zelle mit dem Mann! Bárður wird unsanft dort hineinbugsiert. Er dürfe nach Hause gehen, sobald er die Wahrheit sage, doch bis dahin bleibe er in Gewahrsam, Wasser und Brot vielleicht, falls sie gnädig seien. Aber Bárður will sich nicht beugen, hat angefangen, die Geschichte selbst zu glauben, sieht den jungen Mann vor sich: Der Typ war so um die Zwanzig, schlenkerte die Arme so schlaksig beim Gehen, blond, eher gepflegt im Vergleich zu den meisten jungen Männern heutzutage ... Bárður hat nicht vor, sich von den verdammten Bullenschweinen anschwärzen zu lassen. Er wird in eine winzig kleine Zelle geworfen, nicht viel größer als ein Besenschrank, darin ist es heiß und stickig. Er hat Durst, Kopfschmerzen, aber kann schließlich von diesem bösen Ort in das selige Reich des Schlafes fliehen, als die Tür laut und grob aufgerissen wird. Er wird hinausgeschleift, zum Verhör gebracht. Nun ist der Hauptwachtmeister gekommen, Hrollaugur. Der nimmt jeden auseinander, der Unsinn redet.

Hrollaugur ist häßlich, unfrisiert, korpulent, sein Blick starrend. Er zündet eine grelle Lampe an und richtet sie auf Bárðurs Gesicht.

– Du bist betrunken gefahren!

– Nein, ich ...

Hrollaugur steht auf:

– Du bist betrunken gefahren!

– Wie ich sag ...

Die große, behaarte Faust Hrollaugurs donnert vor Bárður auf den Tisch:

– Kein blödes Geschwätz bei mir! DU BIST BETRUNKEN GEFAHREN!

Schweigen.

– Unterschreib diesen Bericht, dann kannst du nach Hause gehen.

– Ich will einen Anwalt sprechen.

– Zurück in die Zelle mit dem Scheißkerl! Hrollaugur verläßt schnellen Schrittes das Verhörzimmer und knallt die Tür hinter sich zu, zwei Uniformierte ziehen Bárður zur anderen Tür hinaus, stoßen ihn wieder in den stickigen Besenschrank. Sein Herz schlägt wild. Das hier wurde langsam verdammt unangenehm. Wie ein böser Traum. Er muß hier raus, er fühlt sich beklemmt und kommt in Panik, er erstickt, er schreit und trommelt an die Tür, schließlich gibt er auf und versucht an der Wand Halt zu finden, auf dem Hintern sitzend, er hat Schmerzen in der Brust. Da wird die Tür aufgerissen und er mit einem Ruck hochgezogen, äußerst unsanft, und hineingestoßen in das Verhörzimmer. Dort steht Hrollaugur, zitternd vor Wut und Zorn. Die grelle Lampe wird auf Bárðurs Augen gerichtet, ein Verhör des dritten Grades, zwei oder drei Stunden lang, mit Schreien und Drohungen, dann wird er wieder in den Schrank gestoßen. So geht es mehr als zwanzig Stunden lang. Bis Bárður völlig am Ende ist mit den Nerven, vierundzwanzig Stunden ohne Essen oder Trinken, ohne mehr als ein paar Minuten Schlaf, aus dem er immer sofort mit lautem Lärm geweckt wird. Am Ende sagt man ihm, er werde zwei Wochen in Beugehaft bleiben, und da gesteht er schließlich. Zu Tode erschöpft. Unterschreibt etwas und wird hinausgeworfen auf den Hof.

Später am gleichen Tag suchte er seinen alten Freund Jóakim Ísfeld auf, den dem Alkohol zugeneigten Anwalt am Landgericht, und wollte die Polizei anzeigen, sein Geständnis zurückziehen. Bárður war in Kampfstimmung, er war gedemütigt worden. Und er hatte wieder angefangen zu trinken und bot auch Jóakim etwas an. Aber da wurde Jóakim zornig. Er hatte zittrige Hände und war völlig abgemagert, kränklich aussehend, die Augen gelb, und er setzte an, Bárður eine Moralpredigt zu halten. Sagte ihm, er solle aufhören zu trinken. Bárður riß die Augen auf und lachte:

– Mein lieber Mann! Du bist ja auch immer eine wandelnde Enthaltsamkeitsreklame gewesen. Doch Jóakim, der immer für einen Spaß zu haben gewesen war, lächelte nur freudlos und begann, Bárður von einer Klinik für Alkoholiker in den Vereinigten Staaten zu erzählen, die heiße Freeport und sei ein Ort, an dem Wunder gewirkt würden.

– Aber ich war ja gerade erst zum Entzug, antwortet Bárður, letztes Jahr …

– Mein Lieber, ich weiß, das ist die Hölle und bringt gar nichts. Aber dort im Westen, das ist eine echte Therapie. Dort fahren Männer hin, die dreißig Jahre in der Lake gelegen haben, und kommen nach Hause, trocken wie getrockneter Catfish.

– Was soll das, ich hab in keiner Lake gelegen, ich bin keiner von diesen gottverdammten Alkis!

– Bárður, du willst, daß ich die Bullen für dich anklage. Du willst, daß ich sie vor Gericht in die Knie zwinge.

– Ja.

– Ich werde das versuchen, unter einer Bedingung. Daß du nach Freeport fährst.

– Warum fährst du nicht selbst?

– Es ist zu spät für mich. Meine Leber ist kaputt. Ich bin auf dem Weg hinüber …

* * *

Jóakim Ísfeld schaffte das Unmögliche, es war sein letzter Fall vor Gericht. Zuerst erreichte er, daß Bárður vom Vorwurf der Trunkenheit am Steuer freigesprochen wurde, denn er hatte sich zum Zeitpunkt der Festnahme nicht im Auto befunden, der Autoschlüssel war nicht bei ihm gefunden worden, und die Polizisten, die ihn gestellt hatten, mußten zugeben, daß sie nie nahe genug an das fahrende Fahrzeug herangekommen waren, um mit Bestimmtheit sagen zu können, wer am Steuer gesessen habe. Damit erging auch das Urteil, daß Bárður's Geständnis auf der Polizeiwache ungültig war, und Jóakim begann mit den Vorbereitungen, um den Hauptwachtmeister Hrollaugur und seine Männer wegen ungesetzlicher Verhörmethoden und Überschreitung ihrer Befugnisse anzuklagen. Er bekam Kontakt zu einem früheren Polizisten, den man mit Schimpf und Schande aus dem Dienst entlassen hatte wegen seiner Grobheit und Brutalität, der aber selbst völlig überzeugt war, daß man ihn zum Sündenbock gemacht, ihn herausgegriffen und aufgeknüpft hatte, um den gesamten Polizeiapparat von verschiedenen Vorwürfen zu befreien. Nun war er nur allzugern bereit, Rache zu nehmen, die Wahrheit zu erzählen, wie die Leute dort im Polizeigewahrsam dazu gebracht wurden, Geständnisse über alle möglichen Dinge abzulegen, die sie nicht begangen hatten. Als er auf Jóakim Ísfelds Antrag als Zeuge vorgeladen wurde, stimmten seine Ausführungen so vollständig mit Bárður Killians Aussagen überein, daß das Gericht zum Ortstermin auf der Polizeiwache zusammenkam. Dort wurde unter anderem der winzig kleine, unbelüftete Besenschrank in Augenschein genommen, von dem Bárður ausgesagt hatte, daß er darin festgehalten worden war, und es gab keinen Grund, daran zu zweifeln, daß er tatsächlich als Häftlingszelle benutzt wurde, schon allein wegen des stabilen Türrahmens und der schweren Riegel. Das Ergebnis war, daß Bárður eine hübsche Entschädigung aus dem Staatssäckel zugesprochen und Hauptwachtmeister Hrollaugur aus der Polizei entlassen wurde.

Sieg auf ganzer Linie. Ein vielbeachteter Sieg. Bárður kam in die Zeitung, diesmal als Opferlamm. Das war etwas Neues. Gerade aus Freeport nach Hause gekommen, ein von der Sucht befreiter Abstinenzler, stets mit der Botschaft der Anonymen Alkoholiker auf den Lippen.

Und nun hatte er endlich festen Boden unter den Füßen. Wenn er irgend etwas in der Therapie gelernt hatte, dann, sich über seine Grenzen im klaren zu sein, zu erkennen, was er konnte und was nicht, und seine Kräfte zu nutzen, um etwas um sich herum aufzubauen und nicht nur sich selbst zu zerstören. Und er war zum Platzen voll mit Ideen und Energie. Er nahm die Arbeit an seinen Geschäften wieder auf. Die Autos waren beide weitergefahren, während er in Behandlung war, und den Betrieb des Kiosks hatte die Familie einigermaßen ordentlich fortgesetzt. Nun begann Bárður, sich kräftig ins Zeug zu legen, mit mehr Arbeitskraft als jemals zuvor, er arbeitete jeden Tag der Woche sechzehn bis achtzehn Stunden und träumte während seiner kurzen Nachtruhe von Geld. Er hatte verschiedene Ideen, wie er sich vergrößern könnte. Er hatte den Kiosk bereits zu einem Schnellimbiß mit Würstchen und Eis umgebaut, mit zwei Tischen und einem Spielautomaten, und es schien an diesem Punkt ein natürlicher Schritt zu sein, Räume im benachbarten Haus anzumieten, die ihm angeboten worden waren und die sich hervorragend eigneten, einen Lebensmittelladen darin einzurichten. Das würde selbstverständlich bedeuten, daß er hauptberuflich als Kaufmann arbeiten müßte, als Kolonialwarenhändler, am besten noch im blauen Arbeitsmantel von morgens bis abends den Laden betreiben, mit den Kunden schwatzen, Bananen abwiegen; das fand er nicht spannend genug. Vielmehr überlegte er hin und her, wie er sich in der Speditionsbranche verbessern konnte, erwog schon seit einiger Zeit, sich einen Truck für Überlandtransporte zu kaufen, einen Truck, der über Straßen und unwegsames Gelände die verstreuten Dörfchen und Gehöfte des Landes mit Waren beliefern würde. Er hatte diesen Markt bis in alle Details untersucht, sich bemüht,

Verbindungen zu Händlern, Kaufvereinsleitern und Geschäftsinhabern aufzubauen, im Norden, in den Westfjorden, überall. Andererseits drängten sich viele um dieses Feuer, alle möglichen Speditionsunternehmen mit langer Erfahrung rissen sich um die Kunden, so daß Bárður einsah, daß er, um diesen Markt unter seine Kontrolle zu bringen, alle anderen schlagen, irgendwie einen besseren und zuverlässigeren Service anbieten mußte. Das Problem mit dem offenen Land war, daß die Straßen einen großen Teil des Jahres unbefahrbar waren. Einige dichter besiedelte Landstriche waren so gelegen, daß sie nahezu den ganzen Winter unerreichbar waren, die Bergstraßen zugeschneit, außer wenn sie hin und wieder mit ungeheurem Aufwand freigeräumt wurden. Die Geschäftsleute in den größeren Orten konnten kaum jemals etwas eilig bestellen oder versenden; sie mußten sich auf die unsicheren Touren der Küstenschiffe verlassen, die Ewigkeiten unterwegs waren, weil sie alle Buchten und Büchtchen anfuhren, auf der gesamten Küstenlänge an jeder noch so kleinen Landungsbrücke hielten. Bárður Killian sah, daß er, um eine Großmacht im Überlandspeditionsgeschäft zu werden, eine Lösung für das Problem der unpassierbaren Verkehrswege finden mußte. Nur mit der Garantie, das ganze Jahr mit beträchtlicher Sicherheit zu liefern, konnte er einen ausreichenden Anteil an diesem großen Markt an sich bringen. Schon seit einiger Zeit sammelte er Kataloge und Prospekte amerikanischer Truckhersteller, von riesigen Geländewagen und Kettenfahrzeugen mit Schneeschaufeln; Bárður hatte sogar schon mit den Vorbereitungen für eine Erkundungsfahrt nach Alaska begonnen, aber da stieß er auf eine noch bessere Idee, eigentlich aus Zufall.

Ein vielseitig begabter und interessanter junger Mann arbeitete bei ihm, der hieß Hálfdán und fuhr immer das

Fahrzeug, das Bárður gerade nicht selbst fuhr, und er machte damals gerade den Pilotenschein. Er war ein dunkelhaariger und gutaussehender junger Mann, ein bißchen so, wie Bárður immer hatte sein wollen. Außerdem war er vorausschauend und praktisch veranlagt, von unermüdlicher Ausdauer beim Fahren und ein gerissener Verhandlungspartner, selbst wenn er mit Bárður verhandelte; sie paßten unheimlich gut zusammen. Bárður beneidete ihn um seine Flugstunden, er fühlte, während er so die Entwicklung des Jungen und dessen Zukunftsaussichten verfolgte, daß er das selbst hätte tun sollen, als er jung war, das Fliegen lernen und dann damit arbeiten; ein harter Kerl, hochbezahlt, immer unterwegs, hierhin und dorthin und um die ganze Welt, so mußte das Leben sein. Er flog einmal auf einem Flug mit Hálfdán mit, ungefähr zu der Zeit, als der Junge dabei war, die Pilotenprüfung abzulegen und es sich abzuzeichnen begann, daß er bald nicht mehr bei Bárður Killian Transporter fahren würde. Sie hatten einen wunderbaren Flug bei schönstem Wetter, Richtung Osten über þingvellir, Hekla, þórsmörk und den Gletscher Eyjafjallajökull, und nach einem Tiefflug über Surtsey flogen sie die südliche Küste entlang und wieder zurück nach Reykjavík. Danach trödelten sie noch ein wenig und sahen sich auf dem Flughafen um, und da zeigte Hálfdán Bárður zwei alte Wasserflugzeuge, die in einem Hangar standen, und sagte, daß man eines davon oder besser noch beide für ein Butterbrot kaufen könne.

Graue Wasserflugzeuge. Große, grüne Segel waren zur Abdeckung darübergespannt, aber sie bedeckten das eine nur zur Hälfte, so daß es vor ihnen stand, die Nase zum Himmel gerichtet, mit zwei Propellern vorn an den Flügeln, nahe am Flugzeugrumpf, Propeller, die nur darauf zu warten schienen, ihre Kräfte einsetzen zu können, Kurs nach oben zu nehmen.

Sie waren hinreißend. Sie waren sogenannte Flugboote, von der Marke Grumman, mit alten, schönen Ledersitzen, weißem Steuer, einem grauen Armaturenbrett mit einer Million verschiedener Anzeigen. Sie öffneten die kleine Tür und kletterten hinein und sahen sich begeistert um. Es lag etwas Staub auf dem Steuer und den Armaturen, doch Bárður zog ein Taschentuch hervor und wischte kurz darüber, und sofort glänzte alles spiegelgleich. Obendrauf saßen die Flügel, und unter dem Bug waren kleine Räder, so daß man das Flugzeug zu Wasser und zu Lande nutzen konnte. Sie verströmten einen guten, vertrauenerweckenden Geruch von Benzin, Metall, Leder und Öl.

– Warum kauft die keiner? fragte Bárður fasziniert. Ist irgendwas nicht in Ordnung mit ihnen?

– Ich glaube, sie sind in gutem Zustand, müssen nur einmal durchgesehen und überholt werden. Das könnte allerdings etwas teuer werden.

– Hast du nie mit dem Gedanken gespielt, eine davon zu kaufen? fragte Bárður.

Doch, das hatte Hálfdán allerdings getan, aber war zu dem gleichen Ergebnis wie die meisten anderen gekommen, daß es eigentlich keinen Sinn hatte, diese alten Stücke zu kaufen, daß man mit Wasserflugzeugen nichts anfangen konnte. Sie konnten nur für Inlandflüge genutzt werden, und da waren alle Linienflüge mehr oder weniger von Sondergenehmigungen abhängig, an die heranzukommen praktisch ausgeschlossen war. Außerdem brachte es nichts, die Leute in so alten und langsamen Maschinen transportieren zu wollen; sie gehörten einfach einer vergangenen Zeit an.

Bárður hatte natürlich eine Idee, die noch niemand anderem eingefallen war: Die Flugboote konnten zum Warentransport genutzt werden, sie waren die Lösung aller Schwierigkeiten, über denen er gebrütet hatte.

Sie trafen dort im Hangar eine Vereinbarung. Wenn es Bárður gelänge, einen günstigen Kaufvertrag für die Flugzeuge zu bekommen und Aufträge einzuholen, dann würden sie eine Aktiengesellschaft gründen, in der Bárður der Geschäftsführer und Hálfdán der Oberflugleiter wäre.

Bárður bekam einen großartigen Vertrag für diese zwei alten Wasserflugzeuge; sie waren wohl ursprünglich einmal für den Grenzschutz bestellt worden, aber dann irgendwelchen Lumpen in die Hände gefallen, die nicht in der Lage waren, ihrer Zahlungspflicht nachzukommen. Und nun waren sie Eigentum der Bank, die seit zwei oder drei Jahren vergeblich versucht hatte, sie zu Geld zu machen. In diesem Geldinstitut besaß Bárður mächtige Freunde, einer von ihnen der Filialleiter und Kamerad aus dem Männerverein Glímán, der andere einer der obersten Geschäftsführer der Bank, der die Sitzungen der gleichen Freeportgruppe besuchte wie Bárður. Bárður überzeugte sie, daß er der Bank in Wahrheit einen Gefallen damit tat, ihr diese alten Flugzeuge abzukaufen, ihr den bitteren Kelch abzunehmen. Er kaufte die Maschinen für einen Preis, der kaum höher war als der, den er für sie als Altmetall bekommen hätte. Diesen Preis durfte er mit einem Kredit mit geringen Zinsen und langer Laufzeit begleichen, außerdem übernahm die Bank, vor der Übergabe die notwendigen Kontrollen und Reparaturen zu bezahlen, sie in flugfähigem Zustand zu übergeben. Diese Reparaturen, so stellte sich heraus, kosteten mehr als das, was Bárður für die Maschinen bezahlen sollte; alles in allem wäre es für die Bank billiger gewesen, jemanden die Flugzeuge zu einem Schrottplatz schleppen zu lassen, als sie an Bárður und Co. zu verkaufen. Und später, als Journalisten begannen,

Bárðurs Spur von Unterschlagungen und vorsätzlichem Betrug zu untersuchen, wurde auch diese Sache ans Licht gefördert und von einem großen Skandal gesprochen …

Aber das ist eine andere Sache.

Das erste Werk des Geschäftsführers der Aktiengesellschaft war, die Passagiersitze aus den Flugzeugen reißen zu lassen und sie bei den Auktionen seines Bruders versteigern zu lassen. Dort verkauften sie sich merkwürdigerweise zu einem guten Preis, denn sie eigneten sich hervorragend zur Überholung alter Jeeps, vor allem der alten Willis-Jeeps, wie Sigfús Killian auf Lækjarbakki einen besessen hatte und wie sie in den letzten Jahren wieder in Mode gekommen waren. Als der Passagierraum der Wasserflugzeuge vollständig ausgeräumt war, kündigte er die zukünftige Betriebsaufnahme des neuen Lufttransportunternehmens Loftsýn h. f. an, der Luftvision AG, die in der internationalen Flugsprache den Namen »Aerovision« bekam.

* * *

Es ist ein wenig seltsam, wenn man die Dinge in der Erinnerung noch einmal durchgeht, im Lichte dessen, was später geschah, daß es ziemlich genau in jenen Tagen war, als Papa die Fluggesellschaft Luftvision gründete, als der Kapitän Geirmundur Satansbraten beschloß, sich ein Ferienhaus zu bauen, und mich dabei um Hilfe bat. Ich erinnere mich, daß ich deswegen keine Lust hatte, mit ihm auf Expedition zu gehen, weil ich kaum die Zeit aufbringen mochte, die Stadt so lange zu verlassen, alles war so spannend, was mit dem neuen Unternehmen und den Wasserflugzeugen zu tun hatte; obwohl man eigentlich keine andere Wahl hatte, wenn Geirmundur der Schiffsführer sich zu etwas entschlossen hatte. Er brauchte einen Rotzbengel, der ihm einige Tage helfen konnte, denn er mußte jetzt unbedingt so schnell wie möglich einen Bungalow auf dem Lande errichten.

Tatsächlich rührte dieser Entschluß daher, daß er etwas träumte, was nichts Gutes für die Zukunft bedeutete. Was das war, sagte er keinem, und auch nicht, ob es sich um wiederholte Träume oder einen einmaligen Alptraum handelte; er verkündete einfach unerwartet und aus dem Nichts, daß er niemals wieder zur See fahren werde. Weswegen? fragten alle, aber Geirmundur hatte nicht die Gewohnheit, sich Erklärungen aus der Nase ziehen zu lassen, und antwortete meistens gar nichts. Nur seiner Frau und seinem Sohn sagte er in dürren Worten, daß er Derartiges geträumt habe, daß es am ratsamsten war, mit dem ganzen Schmodder aufzuhören, und von dort gelangte es weiter zur nächsten Verwandtschaft. Er kündigte der Besatzung und verkaufte den Schuppen am Hafen und die Fischereiwerkzeuge und schließlich das Boot selbst, die alte Kolgrímur; zu verkaufen sechzig Tonnen Eichenboot mit vierhundertzwanzig PS-Cummings-Dieselmotor, mit Ausrüstung für Grundleinenfischerei und Netzfischerei, Bodenschleppnetz, Angelgerät und Trawl ... Bekanntes Fangschiff. Bevor er den Kahn verkaufte, ließ er ihn ein wenig herrichten, vielleicht um ihn leichter verkäuflich zu machen. Zumindest ließ er das Steuerhaus auswechseln. Das neue Steuerhaus war zwar sicher eleganter in der Machart, aber vielleicht nicht besser als das ursprüngliche; das alte Haus war eichenfarben und hatte vergoldete Buchstaben an der Vorderseite: Kolgrímur RE, Geirmundurs Heim und Gerichtsstand seit Jahrzehnten. Er nannte es immer das »Ruderhaus«, er brachte es nicht über sich, es zu verkaufen, ließ es auf die Ladefläche eines Lastwagens heben und sah sich nach einem jungen Burschen um, der ihm helfen konnte, er hatte irgendwelche Pläne. Geiri, sein Sohn, war irgendwo draußen auf hoher See, daher rief er seinen Schwager Bárður an, er habe doch ein paar Jungs, oder?

– Waren die nicht sogar einmal hier bei mir zu Hause? Doch, doch, zwei Jungen, und die hatten im Grunde nichts Wichtiges zu tun, der ältere begann gerade auf der Oberschule.

– Also, er macht wie gesagt gerade nichts, und das geht ja nicht, daß man solche Jungen so völlig untätig rumhängen läßt.

Ich wurde ans Telefon gejagt, wo mich Geirmundurs harsche Stimme ohne Vorreden fragte, ob ich nicht Taschengeld brauchte.

– Doooch, sicher ...

– Hör mal, ich komm morgen früh und hol dich ab.

Er hielt Wort. Um halb sechs Uhr morgens wurde an der Tür geklingelt und energisch an der Klinke gerüttelt und an die Tür gehämmert, als nicht augenblicklich geöffnet wurde. Mama kam mühsam hoch und machte auf, und ich hörte durch den Schlaf, daß jemand mit dröhnender Stimme fragte:

– Wo ist der Junge?

Dann war er auch schon in die Küche gekommen, und während ich in die Kleider sprang, hörte ich ihn etwas sagen von jungen Männern, die sich um den Verstand schliefen. Als ich erschien, befahl er mir, eine Tasse Kaffee in mich hineinzukippen und dann gleich aufzubrechen, oben im Hochland würde ein Laster auf uns warten und er wolle vor sechs wegkommen.

Ich wußte immer noch nicht, worum es ging.

Wir fuhren in dem nach Fisch stinkenden Skoda, der bis

unter das Dach beladen war mit Zementsäcken, Tonnen, Schaufeln und allen möglichen Werkzeugen, hinauf zur Kleinen Cafeteria, und dort wartete ein Lastwagen mit voll aufgeblendeten Scheinwerfern und dem Ruderhaus auf der Ladefläche. Geiri und der Lastwagenfahrer wechselten einige Worte, und dann fuhren wir los, der Laster voraus, wir immer dicht dahinter. Der Kapitän trieb den Skodamotor zum Äußersten, indem er stets im niedrigsten Gang fuhr, nie aus dem zweiten Gang hinaufschaltete, bevor es nicht in jedem Lager kreischte und quietschte, und niemals höher als in den dritten. Aber am Ende erreichten wir unseren Bestimmungsort im Osten in Landeyjar, wo er ein Streifchen Land als heiliges Eigentum erworben hatte. In einem flachen Stück Moorland, nicht weit von einem kleinen See, wollte er das Ruderhaus der Kolgrímur niedersetzen lassen. Und wir hatten die nächsten zwei Tage genug damit zu tun, das Haus fertigzustellen. Er hatte bereits Fundamente gebaut, auf denen es ruhen sollte. Darauf ließen wir das Haus mit dem Lasterkran hinunter, dann mußte man alles festschrauben, das restliche Erdloch wieder zuschaufeln, den Boden mit Beton ausgießen, einen Schlauch eingraben, der zum See ging, und an ihm eine kleine, benzinbetriebene Pumpe anbringen, die mit einem Seilzug in Gang gesetzt wurde und hydrophytendurchsetztes Wasser in das Haus pumpte. Das Steuerhaus. Eine Nacht schliefen wir dort, oder vielmehr war ich es, der schlief, mich auf die Bank hinten im Kartenhaus warf, aber zweimal nachts hochfuhr und Geirmundur beide Male bewegungslos am offenen Brückenfenster stehen sah, dem Fenster ganz rechts, wo die Pinne für den Ruderapparat gewesen war, und hinaussah über die Fanggebiete. An diesem Fenster hatte er die meiste Zeit seiner Kapitänskarriere verbracht, und dort sollte er auch die nächsten Jahre stehen und wie zuvor gute Beute machen. Das war hauptsächlich im Herbst, denn dann lag er mit der Hagelbüchse unter dem Kinn im Brückenfenster und schoß Graugänse und Brandgänse, die zum See hinuntergeflogen kamen. Dort am See muß ein von alters her berühmter Versammlungsort dieser Vogelarten gewesen sein, denn ohne Unterlaß kamen die großen Körper aus der hohen Luft und landeten vor dem Gewehrlauf des Kapitäns Geirmundur im Brückenfenster, und jeden Herbst machte er viele Fahrten mit dem bis zum Rand mit Vögeln beladenen Skoda. Aber er aß sie nicht selbst, hatte Geflügel nie als eßbar betrachtet, so daß er die Beute in verschieden große Bündel zusammenknotete und in die Waschküchen von Freunden und Verwandten warf.

Er war niemals kleinlich gewesen, der Geirmundur Satansbraten, und nach zwei Tagen und Nächten Drecksarbeit fuhren wir in die Stadt, und er bezahlte mir beim Abschied einen guten Wochenlohn, und ich konnte mich wieder ganz dem Vergnügen mit den Wasserflugzeugen widmen.

* * *

Die Gründung einer solchen Fluggesellschaft war ein Geniestreich.

Irgendwie traf es genau ins Herz der Nation; selten ist ein Unternehmen auf den Weg gebracht worden, das von den ersten Tagen an größere Popularität genoß. Luftvision war damals in den ersten Monaten das Lieblingskind der Nation. Die Kunden waren zufrieden, und schlechthin alle Bewohner auf dem Lande waren davon abhängig, häufige und regelmäßige Warenlieferungen zu erhalten: Fischerboote konnten nicht auslaufen, weil ihnen Fanggeräte fehlten, große Fabriken gerieten in Schwierigkeiten wegen mangelnder Ersatzteile, Bauern fehlte Düngemittel, und überall kamen die Wasserflugzeuge von Luftvision zum Einsatz. Kamen mit ihrem altertümlichen, freundlichen Motorengeräusch aus dem Blauen und landeten mit würdigem Aufschäumen der Gischt; und wenn die Flugzeuge sich bei Sonnenschein wieder in die Luft erhoben, dann folgte ihnen ein farbenfroher Regenbogen auf ihrer Spur über die Wasseroberfläche. Kranke, Frauen in Geburtsnöten mußten ins Spital gelangen; auch in solchen Fällen kamen die Wasserflugzeuge von Luftvision zu Hilfe, und obwohl sie eigentlich nicht zum Transport von Passagieren vorgesehen waren, konnte man schon mal den einen oder anderen Parlamentsabgeordneten zwischen den Fjorden mitnehmen, wenn sie in ihrem Wahlbezirk zu tun hatten. Das vergrößerte das Ansehen der Politiker und machte sich bei der Jagd auf Stimmen bezahlt, wenn man sie mit diesen maschinengetriebenen Frühlingsboten reisen sah, und natürlich war es auch nicht nachteilig für die Fluggesellschaft, gute Freundschaft mit den Mächtigen des Landes zu halten. Die Preise bei Luftvision waren erstaunlich niedrig, da die Flugzeuge billig erstanden worden waren. Aber darüber dachten die Leute nicht nach, sondern vielmehr darüber, daß jemand tatsächlich so gewitzt war, einen Weg zu finden, um diese alten, romantischen Beförderungsmittel zum Wohle des Landes und des Volkes einzusetzen. Journalisten standen Schlange, um einmal mit den Flugbooten mitzufliegen, veröffentlichten dann mit vielen Bildern illustrierte Artikel, die Fernsehnachrichten berichteten ausführlich über Luftvision und die alten Wasserflugzeuge, und ein Farbbild von ihnen war auf der Titelseite der Familienzeitung »Die Woche«, die in jedem Kiosk hing und sofort ins Auge fiel. Bárður mußte drei neue Piloten einstellen, damit er beide Maschinen voll auslasten konnte, und die neuen Piloten wurden alle Miteigentümer, das war eine Idee von Bárður. Er selbst besaß 51 Prozent an der Gesellschaft, die vier Piloten teilten sich den Rest und würden daher mit größter Wahrscheinlichkeit keinen Streik beginnen oder unverhältnismäßige Lohnforderungen stellen. Bárður war der Geschäftsführer, hatte eine alte Militärbaracke westlich am Öskjuhlíð gemietet, gleich unten beim Flughafen, und dort war das Lager des Unternehmens und das Büro. Er selbst saß vorn am Telefon, mit dem schwarzen Hut auf dem Kopf, einen Bleistift hinter dem Ohr, das Gebet der Anonymen Alkoholiker eingerahmt hinter sich an der Wand und die Füße auf dem Tisch. Alte Bekannte waren eingestellt worden. Kobbi Kalypsó der berühmte Schlagerträllerer war Lagerleiter, Sigtryggur Sigurðsson der Lasterfahrer war der Manager der Fahrzeugflotte des Unternehmens: Bárðurs zwei Lieferwagen, die dauernd in rasender Geschwindigkeit hierhin und dorthin durch die Stadt fuhren, um Dinge einzuladen, die eilig aufs Land transportiert werden sollten; die Trawlermatrosen Garðar und Glóblesi für alles übrige. Der Aufsichtsratsvorsitzende und Ehrenprokurist war die ersten Monate Jóakim Ísfeld, der Anwalt beim Landgericht. Es wirkte natürlich vertrauenerweckend, irgendwo in den Papieren des Unternehmens einen Juristen zu haben und nicht nur Glücksritter wie Bárður Killian. Aber vor allem war es, um den alten Fürsten der Rechtsverdreher zu ehren, diesen Ehrentitel hatte er sich redlich verdient. Seine Haut war vollkommen gelb geworden, das Gesicht lang und die Wangen eingefallen, er hatte aufgehört zu arbeiten, es war offensichtlich, daß er nur noch kurz zu leben hatte. Aber er kam mindestens jeden zweiten Tag hinaus zu dem Unternehmen auf dem Flughafen, und dort braute Kobbi der Lagerleiter ihm

Kaffee mit Cognac, und er wurde auf das schönste Möbelstück der Firma gesetzt, einen riesigen, alten Lederstuhl, den Bárður irgendwo in seinen Besitz gebracht hatte. Dann sah er die Papiere durch, die Kaufverträge, unterschrieb und schwatzte mit den Leuten, die kamen und gingen. Der lässige Zug, den alles dort hatte, weckte ebenfalls Aufmerksamkeit; Bárður selbst bemühte sich nach Kräften, ein ungewöhnlicher Geschäftsführer zu sein, nahm sich darin seinen Bruder Sigfús zum Vorbild, ließ sich immer mit einem Karton in den Händen ablichten, beim Beladen der Flugzeuge, beim Auftanken, war der Flugfürst mit dem Pennermantel und dem schwarzen Hut, schickte Kobbi Kalypsó und die Trawlerfischer hinein in die feinen Büros. Das verringerte keinesfalls die Beliebtheit von Luftvision. Bárður und seine Genossen waren die Botschafter der kleinen Leute im Geschäftsleben, die demütigen Diener des Volkes, Robin Hood und seine Gefährten ...

Auf, auf, meine Seele

– Warum fragst du mich danach? (Forschender Blick)

– Einfach … aus Interesse für die Geschichte der Familie und so, du brauchst mir nicht zu antworten, wenn du nicht willst, ich hab nur so gefragt, wie man eben fra…

Doch, doch, keine Sorge, ich bin nicht mehr empfindlich deshalb, das ist es nicht, mir fiel nur plötzlich ein, ob du das vielleicht bist, der darüber geschrieben hat …?

– I… ich! (Erröten)

– Irgend jemand arbeitet da dran, glaub ich. Meine Schwester ist nämlich bei einem Verlag, und die hat gesagt, sie habe gehört, daß dort unter einem Pseudonym ein Roman eingereicht worden sei, in dem sie das eine oder andere wiedererkannt habe, das verdammt stark an die Familie erinnern würde, in die ich eingeheiratet hab.

– So was? Und, war er gut?

– Hm, von dir war er also nicht … Sie arbeitet eigentlich nur da am Telefon, aber jedenfalls fanden die wohl, er würde sich ganz flott lesen, aber sei ein bißchen unzusammenhängend, hat sie gesagt, soweit ich mich erinnern kann. Da war wohl so was drin wie mit dem berühmten Goldschlüssel, und noch mehr solche Sachen.

– Welcher Goldschlüssel?

– Ja, willst du mir erzählen, daß … Nein, du warst natürlich noch so klein damals, oder nicht, bist du nicht genauso alt wie meine Tochter Elsa?

– Nein, ich bin ein Jahr jünger.

– Genau, du bist so alt wie Diljá. Nein, das wurde

berühmt, als wir von England nach Hause zogen, da war Vilhjálmur nämlich schon ein paarmal vor uns nach Hause gefahren und hatte für uns ein Haus bauen lassen, schon ein ziemlich schmuckes Haus, aber ich hatte es nie gesehen, bevor es fertig war und wir auf den Eingangsstufen standen, da überreichte er mir den Schlüssel zum Haus, aus Gold, und da kam ein bißchen was drüber in den Zeitungen, ach ja ...

– Ja, nein, nein ...

– Ach, das war alles irgendwie so amerikanisch und albern, aber ich war ja noch ein halbes Kind, auch wenn ich selbst schon vier Kinder hatte. Vilhjálmur war zehn Jahre älter als ich und weit berühmt in ganz Island, der Heldensportler und was nicht, und ich bekam irgendwie alles immer nur in die Pfoten gedrückt, Goldschlüssel und Häuser und was nicht, bis einem alles wieder weggerissen wurde, auf einen Schlag.

– Ja, das war auch was, wonach ich fragen wollte, gab es keine Vorzeichen oder so ... Wie konnte das passieren?

– Er hatte eine Abmahnung bekommen! Ich wußte natürlich, daß irgendwas Komisches im Gange war, obwohl ich mich nie mit den finanziellen Angelegenheiten und so beschäftigen mußte, bekam einfach, was ich brauchte und noch mehr. Trotzdem sah ich, daß irgendwas Komisches im Gange war. Man fand vielleicht irgendeine Ankündigung, obwohl ich nie etwas davon hätte wissen sollen, Androhung der Pfändung wegen irgendeinem Kredit oder einer Ratenzahlung, die ein halbes Jahr lang nicht bezahlt worden war, mit Zinsen und Mahngebühren und allem, und man wußte, da gab's noch mehr so was. Aber dann, vielleicht eine Woche später, war ein neues Auto gekauft worden und bar auf die Hand bezahlt, und Gemälde und endloser Luxus. Er völlig euphorisch, man hatte beinah

Angst vor ihm. Nie durfte man ihn nach irgendwas fragen, da wurde er gleich laut oder verschwand einfach, kein Wort war aus ihm herauszukriegen. Und am Ende hatte ich beschlossen, mich von ihm zu trennen.

– Und gingst?

– Nein, da bekam er die Abmahnung. Da kam ans Licht, daß irgendwas Furchtbares im Gange war, er war kurz davor, aus der Bank geschmissen zu werden, Rechtsanwälte kamen, und er war so erbärmlich beieinander, daß ich ihn nicht allein lassen konnte. Es gelang ihm allerdings, sich aus der Schlinge zu ziehen. Wir mußten natürlich das Auto verkaufen und ein paar Bilder und so, ja, und das Sommerhaus, diese Sommervilla da, von der war ich sowieso nie so begeistert gewesen. Doch man hat ihm noch eine Chance gegeben, ich glaub auch, die Bank hatte Angst, in einen Skandal zu geraten. Fünf Jahre später, da ging dann doch alles den Bach hinunter. Ich war entschlossen, bei ihm zu bleiben, es zu nehmen, wie es kam, war sogar halbwegs froh, nicht mehr diese Unsicherheit zu haben, dachte bei mir, daß wir nun einfach ein normales Leben leben würden wie andere Leute auch, ich würde mir eine Arbeit besorgen, wir würden unsere Schulden bezahlen. Aber dann ging er.

– Was? Er ging? Ich habe die Geschichte immer so gehört, daß du ihn verlassen hast, als er aufhörte, das große Geld zu verdienen.

– Aufhörte, das große Geld zu verdienen! Wer sagt das? Ja, Lára natürlich ... Nein, ich bin nicht gegangen, er spazierte einfach davon. War völlig neben der Kappe. Als die Polizei kam und die Gerichtsvollzieher und alle möglichen Rechtsanwälte und wir eigentlich völlig mittellos auf die Straße gesetzt wurden, kaum daß uns die Kleider auf dem Leib blieben, keine fünf Öre hatten wir mehr, nirgends, wo wir uns hinwenden konnten, da war keine Spur von ihm zu sehen!

– So war das!

– Ja, ja, das ist nun alles passiert und vorbei und ging nun mal, wie es ging. Aber du tust mir leid wegen deinem Opa, mein Lieber, du hast dich ganz allein um ihn kümmern müssen in der letzten Zeit, hat der Áslákur mir irgendwann erzählt.

– Ja, das kann man sagen.

– Ja, ja, er war immer anständig zu mir, der alte Mann, deswegen fand ich, ich müßte mal vorbeischaun ... Nein! Haaaaai! Meine Liiiiiiebe! (Küßchen, Kuß, Umarmung. Tante Lára war gekommen, und die alte Liebenswürdigkeit verließ die früheren Schwägerinnen nicht, auch wenn alles andere in ihrer Welt in Flammen aufging, bis auf die Grundmauern niederbrannte und die Asche in Wind und Wetter zerstob.)

⋆ ⋆ ⋆

Gúndi und ich bekamen einen Sommerjob bei der Luftvision AG, im ersten Frühjahr in der Geschichte des Unternehmens. Ich hatte da gerade einen Winter auf dem Gymnasium hinter mir, Gúndi würde im darauffolgenden Herbst anfangen. Wir sollten an allen anfallenden Aufgaben mitarbeiten, alle möglichen Botengänge und kleinen Aufträge erledigen, sogar das Telefon im Büro beantworten. Aber was uns am spannendsten erschien, war der Gedanke, daß wir vielleicht mitfliegen, eine Art Kopiloten bei den Warentransporten auf das Land sein könnten, beim Anlanden, dem Laden und Löschen helfen. Papa hatte uns das vage in Aussicht gestellt. Aber der Sommer verging, ohne daß wir ein einziges Mal mitfliegen durften, Papa schob es immer auf, irgendwelche Wirbelstürme wären zu erwarten, die merkwürdigsten Entschuldigungen und Ausflüchte. Später wurde mir klar, daß natürlich Mama dahintersteckte, die strikt verboten hatte, daß Papa uns auf irgendwelche Flüge schickte. Sie fand es schon schlimm genug, daß das Auskommen der Familie vom dauernden Spiel mit der Gefahr abhängig war, da brauchte man nicht noch das Leben ihrer Kinder aufs Spiel zu setzen. Das Ergebnis war, daß Gúndi bald das Büro übernahm dort in der alten Baracke, während ich auf Lieferfahrt war und die Autos be- und entlud.

Natürlich war es eine viel würdigere und einflußreichere Tätigkeit, die Gúndi innehatte, obwohl er nur sechzehn war, ein Jahr jünger als ich. Aber ich hatte keinen Grund, die Ohren hängen zu lassen, er war mir so offensichtlich überlegen in solcher Büroarbeit. Dort war er, ein sechzehn Jahre altes Kind, in der offenen Wollstrickjacke mit den Messingknöpfen, weißem Hemd und mit Krawatte, mild lächelnd, mit reinen Zügen, liebenswürdig und überzeugend, ganz anders als ich, der menschenscheue Klotz. Außerdem war Gúndi der geborene Finanzmann, er war »businesslike«, wie man das später nannte. Bald stellte sich heraus, daß man ihm auch die Vertragsverhandlungen überlassen konnte, in seiner reinen und optimistischen Art schacherte er mit hartgesottenen Geschäftsleuten, machte mit allem, was er anpackte, Gewinn, empfing die Schuldner und entließ sie wieder glücklich und mit leeren Händen, erkannte immer wieder neue Geschäftsmöglichkeiten. Er wurde langsam so wichtig, daß Kobbi Kalypsó der Lagerleiter immer, wenn er vor einer schwierigen Situation stand, sagte:

– Das werde ich Gúndi persönlich vorlegen müssen.

Und so zufrieden, wie Papa mit seinem Jungen war ...

Na ja, ich konnte eigentlich nicht klagen, ich hatte einen wunderbaren Sommer, die meiste Zeit auf Achse mit Sigtryggur Sigurðsson, dem kleingewachsenen, aber zähen Lasterfahrer auf Papas altem Lieferwagen, dem englischen Diesel, ein Austin oder Morris, ich weiß es nicht mehr, aber er hatte Schiebetüren, die klemmten und nur schwer zu bewegen waren. Sigtryggur und ich kamen ziemlich gut miteinander aus. Er saß am Steuer, in seiner Lederjacke und mit der verspiegelten Sonnenbrille, und schwieg wie ein Stein, schien mich nie zu bemerken, wenn ich stolz und froh auf dem Beifahrersitz neben ihm saß. Wir fuhren vielleicht hinein in irgendein Lager unten beim Hafen, wo wir, sagen wir mal, zugeschnittenes Palisanderholz abholen sollten. Hielten, stiegen aus dem Auto, und der beinharte Sigtryggur, mein Anführer, fand irgendein armes Kerlchen, das uns die Bretter aushändigen sollte. Dann ging er ganz nahe an den Betreffenden heran, sah ihn durch die Sonnenbrille an, blies ihm Camelrauch ins Gesicht und sagte:

– Palisander?

Weitere Gespräche fanden nicht statt, außer wenn er mir Anweisungen zu geben hatte, dann richtete er den Zeigefinger auf mich wie eine Pistole:

– Du!

Zeigte dann mit dem Daumen auf das Zeug.

Wir kutschierten, wie gesagt, fast den ganzen Sommer in dem Lieferwagen durch die Gegend, aber er redete mich nie mit meinem Namen an. Nannte mich nur »Du«. Ich bezweifle, ob er überhaupt wußte, wie ich hieß. Außerdem spielte das keine Rolle. Wenn er etwas anderes als »Du« sagte, dann kam das so unerwartet, daß ich kein Wort herausbrachte, so daß wir einfach weiter schwiegen.

Einmal in diesem Sommer bemerkte ich, daß Sigtryggur

so sprachlos wurde, daß er schließlich doch das Wort ergreifen mußte. Wir kamen gerade aus dem Süden, aus Keflavík, und mußten noch in Arnarnes vorbei, beim Haus meines Onkels Vilhjálmur. Seine Frau, die Fríða, hatte Papa unten bei Luftvision angerufen und gefragt, ob es möglich sei, wenn die Flugzeuge ohnehin mal auf dem Weg nach Norden in den Eyjafjord wären, ob sie dann eine Kleinigkeit an ihre Eltern mitschicken könne, die dort wohnten. Ganz wie es zu erwarten und üblich war, antwortete Papa nach der Art von Fürsten, die einem kleinen Untertan Gnade bezeigen wollen, daß das nun keine große Sache sei, ihr bei so einem kleinen Problem zu helfen, und daß es auch nichts ausmachen würde, die Sache bei ihr abzuholen. Das war der aktuelle Auftrag von Sigtryggur und mir in diesem alten englischen Lieferwagen mit den Schiebetüren. Ich zeigte ihm den Weg, als wir dort nach Arnarnes hinauskamen, wir verfuhren uns zwar erst ein bißchen, aber dann erkannte ich den Palast. Er war nämlich leicht zu erkennen, denn selbst in diesem Reicheleuteviertel fiel er auf durch seine pompöse Ausstattung und Pracht.

Wir fuhren die Auffahrt hinein, gingen dann eine Ewigkeit durch einen dichtbewachsenen Laubengang den Garten entlang hinauf zur Eingangstür und betätigten die Klingel, die ein Barockstück auf dem Glockenspiel drinnen im Haus spielte. Es stellte sich heraus, daß wir besser durch die Hintertür und die Waschküche gekommen wären, denn dort befand sich die kleine Sendung, die mal eben nach Norden in den Eyjafjord befördert werden sollte: die alte Spülmaschine des Haushalts. Oder vielleicht nicht unbedingt alt, denn sie hatte höchstens vier oder fünf Jahre auf dem Buckel, eine amerikanische Westinghousemaschine, ein Riesending mit allen Schikanen, wog denn auch knapp zweihundert Kilo, und Sigtryggur und ich mußten unser Äußerstes geben, um uns nicht die Anstrengung ansehen zu lassen, als wir das gute Stück hinausbugsierten und den ganzen Weg zum Auto schleppten. Frau Fríða murmelte, Jesus, daß sie uns nun diese Plackerei zumutete, sie hätte natürlich genausogut einfach einen Wagen von der Bank kommen und das Ding hinunter zu Luftvision bringen lassen können, aber weil wir nun so hilfsbereit und liebenswürdig gewesen seien, müßten wir einfach kurz in die Küche kommen und einen Kaffee trinken. Das war keine kleine Einladung. Die Küche teilte sich in zwei Flügel und war insgesamt so groß wie die ganze Kellerwohnung, in der ich wohnte. Alles strahlte schön und glänzte, wie nicht anders zu erwarten, denn erst wenige Tage zuvor war die neue Kücheneinrichtung fertig geworden, maßgefertigt aus ausgewählten Edelhölzern. Die Dame des Hauses hatte die Gelegenheit genutzt und gleich auch die technischen Geräte ausgewechselt, hatte welche besorgt, die vom Stil her besser zur Einrichtung paßten, deshalb war die Spülmaschine übrig.

– Die Mama hat es immer überflüssig und verschwenderisch gefunden, eine Spülmaschine zu haben, sie gehört noch zu der Generation. Aber jetzt werd ich das einfach über ihren Kopf entscheiden und ihr die alte schicken, die ist in gutem Zustand. Es ist unnötig, daß eine über sechzig Jahre alte Frau sich damit abplagt, den ganzen Abwasch von Hand zu machen, erklärte Fríða mir und Sigtryggur, während wir es uns am Küchentisch gemütlich machten. Dann wurden die Porzellantassen vor uns hingestellt und eine Kristallschale mit fünf verschiedenen Kekssorten, und die Dame des Hauses setzte sich, um zu fragen, wie es mir in der Schule ginge, und zu bewundern, wie tüchtig ich sei, daß ich mich in den Sommerferien so bei meinem Papa in der Arbeit abschuftete.

– Ja, ich könnte mir im Leben nicht vorstellen, daß mein Biggi sich mal aufraffen würde, so was zu tun! Ja, ja, er ist zwar etwas jünger als du, der Junge, oder zwei Jahre genau, du bist so alt wie die Diljá, die ist drüben in Frankreich diesen Sommer, auf einem Sprachkurs. Das tut ihnen gut, diesen Kindern, sich mal ein bißchen umzusehen und nebenbei ohne großen Aufwand eine Sprache zu lernen. Aber der Biggi, ich glaube, der ist einfach auf seinem Zimmer, der Junge, er hilft seiner großen Schwester mit dem Pferdestall, den sie draußen auf der Landzunge bauen läßt. Sie interessiert sich nur für Pferde, für nichts anderes als Pferde. Diese Teenager sind immer so absolut in ihren Vorlieben, früher war es ausschließlich Jazzballett, jetzt sind es ausschließlich Pferde, was kommt als nächstes? Na ja, man kann sich vielleicht nicht beklagen, manche Jugendliche geraten in viel Schlimmeres, alle reden ja jetzt von Drogen und der ganzen Kriminalität und Unmoral, die damit einhergeht. So was zwingt einen vielleicht einfach, mit seinen Leuten zufrieden zu sein, solange es nur die Pferde sind, und Schach, wie beim Biggi. Es könnte schlimmer sein, sagte sie und versuchte, bitter zu wirken, aber der Stolz auf ihre Kinder übertönte das deutlich. Sie sprach ohne jede Pause und bewegte dabei nervös die Hände, stellte mehrmals den Salzstreuer links vom Pfefferstreuer oder umgekehrt und schob uns die Kristallschale hin. Ich versuchte, für uns beide Kekse zu verputzen, denn Sigtryggur war wie gelähmt, saß bewegungslos mit der Kaffeetasse in der einen Pfote und ließ die Augen auf der Hausfrau ruhen mit einem Gesichtsausdruck, als ob er einen Schlag auf den Hinterkopf bekommen und das Bewußtsein verloren hätte. Doch ich nahm die Aufforderung der Hausfrau an und ging nach meinem Cousin Biggi sehen. Ich wußte, wo sein Zimmer war, und wanderte durch die Gemächer, betrachtete das Wohnzimmer, den roten Kamin, und hatte ein kurzes Déjà-vu, als ich obendrauf eine Schachtel mit extralangen Streichhölzern sah. Ich ging weiter in den Flur, der zu den Schlafzimmern führte, und die Tür zu Biggis Zimmer war offen. Er hatte die Vorhänge vorgezogen, aber es brannte Licht am Schreibtisch, auf dem ein Schachbrett stand, über dem er brütete. Ich ging hinein und sagte: »Grüß dich, Cousin«, und er empfing mich herzlich, begann mir gleich die Schachpartie zu zeigen, die er studiert hatte, er war in der Tageszeitung darauf gestoßen. Diese Partie war vor gut einem Jahrhundert gespielt worden, auf der einen Seite des Tisches hatte ein Deutscher gesessen, der Mayer hieß, ihm gegenüber ein viel bekannterer Mann, und zwar Karl Marx in eigener Person, und dafür war die Partie berühmt. Damals hatte ich gerade mit meinen radikalen Tendenzen begonnen, und der Gedanke traf mich wie ein Schlag, wie symbolisch und bedeutungsvoll doch die Tatsache war, daß die Leute in einem solchen Haus nicht darum herumkamen, Karl Marx' Werke zu überdenken. Und als ob es niemals anders gewesen wäre, hatten wir Cousins angefangen, die Partie gemeinsam zu studieren, die Möglichkeiten zu analysieren. Biggi hatte das Sagen, ich stimmte zu. Es war ganz so, als ob wir erwachsene Männer wären, die sich alle Tage träfen und keine Vorreden bräuchten für ihr Beisammensein, nur »grüß dich, Cousin, wie findest du diesen Zug des schwarzen Springers?« So gingen wir durch die letzten Spielzüge, bis der Verfasser des »Kommunistischen Manifests« seinen Gegner mit kalter Berechnung Schachmatt gesetzt hatte, und dann verabschiedeten wir uns wieder. Dieses war das eine Mal in ungefähr zehn Jahren, daß Biggi und ich uns trafen. Vor kurzem hörte ich, daß mein Bruder Gúndi und er gemeinsam Pläne machten für irgendein Computerunternehmen. Als ich wieder zurück in die Küche kam, saß Sigtryggur noch in der gleichen Stellung, die einzige Veränderung war, daß meine zwei Cousinen, Elsa und Klein Fríða, ins Haus gekommen waren. Die Tür zum hinteren Garten war offen, denn auf diesem Weg waren sie hereingekommen, mit roten Wangen, die Kleidung voller Pferdehaar. Klein Fríða war so zwölf Jahre, klein und auffällig schön, hatte allerdings ein wenig die Neigung zum Ernstsein, schien nicht so fröhlich und umgänglich wie ihre älteren Schwestern, war darin Biggi ähnlicher. Meine Cousine Elsa war völlig unwiderstehlich. Groß, schlank und kraftvoll, in Reitkleidung, und sie leuchtete, es war, als ob sie einer höheren Menschenart angehörte. Selbst wenn sie nicht meine Cousine gewesen wäre, hätte ich mich nicht in sie verlieben können, weil man ein Hollywoodstar hätte sein müssen, um sich mit ihr zu vergleichen. Die Schwestern waren nur hereingekommen, um sich von ihrer Mama das Auto zu leihen, das Auto der Hausherrin, das in einer der beiden Garagen stand, ein Triumph, und damit rasten Elsa und Klein Fríða gerade davon, als Sigtryggur und ich hinaus auf die Ausfahrt kamen, nachdem wir uns verabschiedet hatten. Als wir gerade losfuhren, die Schiebetüren mit Schwung zugezogen, den nagelnden Dieselmotor angelassen und mit langgezogenem Kreischen den Gang eingelegt hatten, da schließlich schmolz das Eis des Schweigens von Sigtryggur Sigurðsson, und er sagte:

– Waaaahnsinnsrakeeete, Mann.

Zuerst dachte ich, er spreche von dem Auto, dem Triumph, aber dann begriff ich, daß es ein Wort war, das seine Generation für Frauen gebrauchte, und ich mußte zugeben, daß man selten etwas Vergleichbares zu sehen bekam.

– Ja, die Elsa, sagte ich, die ist jetzt achtzehn, ja, sie ist ein Jahr älter als ich.

Aber da schnaubte Sigtryggur und wiederholte nur höhnisch:

– Ein Jahr älter als du! Ich habe von der Dame gesprochen.

* * *

Nachdem wir den ganzen Sommer über im neugegründeten Sputnikunternehmen unseres Vaters, der Luftvision AG, gearbeitet hatten, war geplant, daß Gúndi und ich beide aufs Gymnasium gehen sollten, ich in die zweite Klasse, er in die erste. Aber als es soweit war, wurde nichts aus der höheren Bildung bei Gúndi, er hörte nach einem guten Monat auf, konnte sich unmöglich mit der unrentablen Trödelei in der Schule abgeben, und ging zurück zur Fluggesellschaft. Mama war unzufrieden und stinksauer, sah keine Zukunft in Spekulation und Schwindelei, schließlich hatte sie Nahkampferfahrung damit. Sie wollte, daß ihre Söhne »Staatsexamen machten«, wie sie das nannte, sie wollte, daß wir Juristen, Ärzte oder Ingenieure werden. Sie konnte sich nicht damit abfinden. Papa war zufrieden, den Jungen mit in seine Branche zu kriegen, er hatte nie an den Zukunftsaussichten derer gezweifelt, die sich dem Geschäftsleben widmeten, und um Mama zu beschwichtigen, begann Gúndi in diesem Winter, neben der Arbeit Flugunterricht zu nehmen. Das schaffte er spielend. Er war der zukünftige Flugfürst. Kurz darauf, als Luftvision schon expandierte und sie anfingen, den internationalen Markt in Augenschein zu nehmen, und Papa auf Geschäftsreisen ins Ausland mußte wie andere vornehme Leute, da fuhr Gúndi einige Male mit ihm. Er war mittlerweile der Kronprinz im Unternehmen. Außerdem war es bekannt, daß immer, wenn der trockene Geschäftsführer über den großen Teich flog, die Sehnsucht nach Branntwein wieder in ihm aufflammte, und daß diese leichter zu kontrollieren war, wenn seine Nächsten mit auf die Reise kamen. Und auf der zweiten oder dritten Fahrt dieser Art fuhren sie unter anderem zu einer Flugschau irgendwo auf den Britischen Inseln. Auf der Ausstellung gab es alle Arten von Luftfahrzeugen; glänzende, neue überschallschnelle Kampfflugzeuge, nutzlose Flügel, die man sich gemäß einer Zeichnung Leonardo da Vincis auf die Arme binden konnte, und alles dazwischen: einen Zeppelin, das Flugzeug der Gebrüder Wright, Fallschirme, Satelliten und, last but not least, Freiballons. Ballons in allen Größen, die Gúndi so vollkommen hinrissen, daß er sich nicht beherrschen konnte und einen kaufte. Der Ballon kam drei Wochen später mit dem Schiff nach Island, ein riesiges Paket, mit einem Korb für zwei bis drei Passagiere, ungeheuer vielen Schnüren, Anker, Korbring und Gasbrenner, und dann natürlich der Ballon selbst, zusammengelegt und eingepackt. Die Zeitungen hatten davon Wind bekommen, daß Guðmundur Killian von der Luftvision AG sich einen Ballon zum Transport von Passagieren gekauft hatte, keinen gewöhnlichen Wetterballon, und das schien eine große und spannende Nachricht in der Sauregurkenzeit mitten im Sommer. Als der Ballon das erste Mal aufgeblasen wurde auf einer Wiese nahe der Sporthalle in Laugardalur, sammelte sich dort eine beträchtliche Menge Leute, unter anderem der rothaarige Flugheld, Waghals und Zechmeister, der damals in der Nachrichtenredaktion des Fernsehens arbeitete und in einem höheren Tempo zu leben schien als andere. Er verfolgte alles und ließ seine Männer jeden Augenblick filmen, von dem Moment an, als das

Luftgefährt nach den Regeln der Kunst ausgebreitet, dann die Geräte angehängt, der Gasbrenner auf höchste Stufe gestellt wurde und heiße Luft in den Ballon strömte, der langsam Form annahm und sich von der Erde zu heben begann. Schließlich war er in die Luft gekommen, das blauweiße Ungetüm bewegte sich über den Köpfen der Leute, und die Schnüre spannten sich, die hinunter zum Korb führten, der mit Pflöcken sicher in der Erde befestigt war. Es war nicht vorgesehen, dieses Mal zu fliegen, nur die Sache auszuprobieren, zu lernen, festzustellen, ob alles in Ordnung war. Aber trotzdem kletterten Gúndi und der rothaarige Waghals mitsamt dem Kameramann in den Korb, dann wurden die Fangleinen gelockert, ohne sie ganz zu lösen, so daß sich der Korb zwanzig, dreißig Meter von der Erde hob und dort hin- und herschwang im frischen Wind, der an Gúndis Haaren riß. Er lächelte mild und war liebenswürdig und optimistisch wie immer, der Traum jeder Schwiegermutter, und dort fand das Interview statt. Oder eher das Gespräch. Der rothaarige Waghals vom Fernsehen kannte sich mit dem Fliegen aus und wußte das meiste über die Luftsegelkunde und hatte Zweifel an diesem Vorhaben, ob es nicht hoffnungslos sei, einen solchen Ballon im wechselhaften und böigen isländischen Wind lenken zu wollen, ob man nicht einfach aufs Meer hinausgetrieben würde, aber Gúndi hatte überhaupt keine Bange. Er sagte, er habe »so ein Biest« auf der Flugschau geflogen, und es zu lenken sei kein Problem; nun müsse er sich nur noch ein wenig mehr damit vertraut machen, darüber lesen, einen halben Monat üben, und danach, sagte er, sei er bereit, sein Gegenüber zu einer Fahrt einzuladen. Zu einem unvergeßlichen Flug, bei dem man hoch oben durch die Luft gleite, frei von Motorengeräuschen und der typischen Vibration, die zu gewöhnlichen Flugreisen gehörten. Hier schwebt man nur und fühlt den leichten Wind um sich spielen, schwatzt mit den Vögeln, die vorbeiflattern. Der Waghals vom Fernsehen hatte nicht die Gewohnheit, sich lange bitten zu lassen, er war ein Mann von der Art, der gleich zugreift, »sag mir Ort und Zeit«, und es wurde dort im schaukelnden Korb per Handschlag besiegelt, daß sie zwei Wochen darauf, am Freitag nachmittag um Punkt fünfzehn Uhr, beide zu einem Panoramaflug über Reykjavík schweben sollten. Exklusive Fernsehnachricht. Das Volk wurde aus den Fernsehsofas gehoben, als es das Gespräch dieser fröhlichen Männer sah, die unter der Weite des Himmels über den Hausdächern miteinander plauschten. Das waren Sonnenscheinnachrichten, nicht immer Krieg und Verbrechen, wir Isländer wollen hoch hinaus.

Dann kam der Freitag, nicht hell und schön wie erwartet, sondern mit etwas Regen und einer steifen Brise von Südost. Sie telefonierten miteinander, Gúndi und der Fernsehwaghals, aber keiner von beiden war der Typ, der etwas auf die lange Bank schiebt oder sich von ein bißchen Wind gleich aus der Fassung bringen läßt: das Handtuch werfen, nein, oder? Nein, nein, nein, nein. Vom Wetteramt kamen unklare Mitteilungen, daß die steife Brise vielleicht doch nicht nachlassen würde, wie zunächst vorhergesagt, sondern vielleicht bilde sich vielmehr ein schmales Tiefdruckgebiet, daß dann am Nachmittag über uns hinwegzöge, aber das war noch unbestätigt, vielleicht nichts als verdammte Schwarzseherei. Wir machen's einfach. Der Ballon war auch schon vorbereitet, draußen auf Seltjarnarnes, dort waren nach Gúndis Berechnungen die Bedingungen günstig, keine Hügel oder Türme, die das Luftfahrzeug behindern konnten. Der blauweiße Ballon bewegte sich unruhig an den Stricken, riß an dem eingefaßten

Korb. Dort standen Gúndi und der Fernsehheld, beide in Lederkluft, sehr kämpferisch, aber eingeregnet, Journalisten und Photographen um sie herum, und dann natürlich das Kamerateam vom Fernsehen, die Tontechniker, Maskenbildner und Assistenten. Es war unmöglich, alle diese Leute unverrichteter Dinge ziehen zu lassen.

– Läßt der Wind nicht etwas nach?

– Ich glaube schon.

– Wir brauchen ja nicht so lang zu fahren, wenn der Wind uns ärgern will.

Sie kletterten in den Korb, warfen den Ballast ab, lösten nach und nach alle Fangleinen bis auf eine und stiegen dann ungefähr zwei Meter in die Luft.

Doch da traf sie eine Böe, scharf und heftig. Das schmale Tief hatte nun Seltjarnarnes erreicht, die vom Wetteramt hatten sowohl bei der Luftvision AG als auch beim Fernsehen versucht anzurufen, um zu warnen, aber hatten die Waghälse nicht mehr rechtzeitig erreicht. Sie standen schon im Korb, nur noch mit einer dünnen Schnur an die Erde gebunden, und die riß soeben entzwei. Der Ballon stieg nicht in Richtung Himmel auf, sondern legte sich flach, der Korb seitlich auf der Erde, und die zwei Männer klammerten sich mit allen Kräften fest. Der Korb wurde einige Meter über den Platz geschleift und blieb am Kuhfänger eines Geländewagens hängen. Damit hätte der Flug zu Ende sein sollen, aber nun traf ein neuer Windstoß den Ballon, doppelt so kräftig wie der erste, und zerriß zwei von den vier Tauen, die den Korb hielten. Der Ballon löste sich von dem Kuhfänger und hob sich in die Luft mit dem schwankenden Korb und den zwei Männern, die noch immer an Bord hingen.

Es sah ganz nach einem Unfall aus. Der Korb hing nur an zwei von vier Tauen, es gab nichts, was ein Umschlagen verhindern konnte, als der Korb so hin- und herschwang, und nun kam eine weitere heftige Böe, und alles kippte aus dem Korb heraus, außer den zwei Männern, die sich noch immer festklammerten, irgendwie außen am Korb hingen. Dann verlor der Ballon wieder an Höhe, die geringe Höhe, die er erreicht hatte, und der Korb schlug auf der Erde auf. Gúndi hatte Halt am Korbring gefunden, dem Ring, der oberhalb des Korbes angebracht war. Daran hing er, aber der Fernsehmann war aus dem Korb geschleudert worden, hing nur an einem der zwei abgerissenen Taue und wurde über die Erde mitgeschleift. Für die Zuschauer sah es so aus, als ob er festhinge, als ob er sich irgendwie in dem Tau verheddert hätte, aber später stellte sich heraus, daß er sich nur so festgehalten hatte, das Luftfahrzeug nicht freiwillig loslassen wollte. Der Ballon raste nun nach Westen über die Landzunge, und immer noch wurde der Mann mitgeschleift, durch einen Gemüsegarten, den er plattwalzte, durch ein Moorstück, in einen Graben und wieder heraus. Schließlich geriet er in einen Zaun, einen Maschendrahtzaun, aber er ließ nicht los, der Zaun mußte nachgeben, so daß er nun noch ein langes Stück Zaun mit einigen zerbrochenen Pfählen hinter sich herzog. Am Ende schlug der Korb gegen eine Gartenmauer aus Beton, das schüttelte den Fernsehmann schließlich ab, und er blieb halb bewußtlos liegen. Aber der Ballon war unsteuerbar und bewegte sich in Richtung Meer. Oben auf dem Ring stand Gúndi und versuchte, die Kontrolle über das Luftfahrzeug zu gewinnen. Aber der Korb zog den Ballon und alles, was sonst noch an ihm hing, hinunter, und als der Ballon hinaus auf das Meer gekommen war, füllte sich der Korb mit Wasser, und der Ballon legte sich seitlich davon in die Brandung. Es gelang Gúndi, ihn wieder aufzurichten, der Ballon hob sich und flog hinaus auf die Faxaflói-Bucht. Das letzte, was man von ihm sah, war, daß der Mann auf dem Korbring es schaffte, den Korb zu lösen, ihn wahrscheinlich losschnitt, so daß er ins Meer stürzte, während sich der Ballon höher und höher hob, um dann im Nieselregen zu verschwinden.

Es ging dem landesweit bekannten Fernsehnachrichtenmann besser, als es zunächst ausgesehen hatte, denn es stellte sich heraus, daß er keine Brüche hatte, und er erholte sich in kurzer Zeit wieder. Aber von Gúndi wußte niemand etwas, er war einfach an dem steuerlosen Ballon hängend im Unwetter verschwunden. Die Rettungskräfte zu Wasser und zu Land waren schon alarmiert worden. Später am Tag hörte man von der Heldentat, daß es Gúndi gelungen sei, gesund und wohlbehalten in Akranes auf der anderen Seite der Bucht zu landen, im Sturm, auf dem äußersten Ende der Landzunge. Und das war ein großer Glücksfall, denn nach der Windrichtung zu urteilen wäre nicht zu erwarten gewesen, daß er vor dem Grönlandgletscher noch einmal festes Land unter die Füße bekommen hätte.

Het Wapen van Reykjavík

Als Salómon zu Bewußtsein kam, war Friðrik bei ihm im Zimmer. Er hatte dreißig Jahre und einen Monat geschwiegen wie ein Stein, seitdem er der Welt, wie sie ihm im Studentenwohnheim und der Theologischen Fakultät der Hochschule erschienen war, den Rücken zugekehrt hatte. Zu diesem Zeitpunkt hatte Salómon seiner Umgebung schon seit Wochen wachsendes Interesse entgegengebracht und sogar versucht, auf etwas zu deuten. Man hörte ein Schnalzen der Stimmbänder, und sein Atem ging schneller, aber dann verebbte die Erregung wieder. Er absolvierte unter Friðriks Aufsicht auch ein strenges Gymnastikprogramm und konnte sich seit einiger Zeit in seinem Hausmantel einigermaßen ohne Hilfe bewegen, aber an diesem Tag saßen sie beide in seinem Zimmer im Kleppur-Krankenhaus, als man ein Auto draußen auf den Hof unter dem Fenster fahren hörte. Da stand Salómon auf, ging zum Fenster und sah mit einer ganz kleinen Gefühlsregung im Gesicht hinaus, deutete mit der Hand, und es schnalzte in den Stimmbändern, bis er undeutlich sprechend und mit einem fragenden Blick auf seinen Bruder sagte:

– Papas Auto?

Dann strich er sich mit zitternder Hand über die Oberlippe, erblaßte, und die Lippen wurden braunrot vor Anstrengung, und Friðrik kam und stützte ihn hinüber zum Bett und rief eine Krankenschwester.

Am nächsten Tag sprach er mehr Wörter. Sie saßen zusammen, die Zwillingsbrüder, Friðrik in seinem Arztkittel und Salómon nur einfach in einem normalen Kittel, und besprachen die Dinge. Friðrik sprach sacht mit ihm, brachte ihn dazu, zuzuhören und zu verstehen, und Friðrik stellte ihm Fragen, »wie geht es dir, lieber Salómon?« Aber Salómon erschien das kein attraktives Gesprächsthema nach all diesem Schweigen. Er sagte nichts darüber, wie es ihm gehe, sondern nach einigem Luftschnappen und Stimmbandschnalzen fragte er nach Mama und dem kleinen Fúsi, und etwas von der Schule wollte er wissen, waren sie nicht vielleicht dabei, Friðrik und er, zur spät zur Schule zu kommen? Nach dieser Marathonunterhaltung mußte er sich wieder hinlegen, mit zitternden Händen und klopfendem Herzen, und Friðrik gab ihm mit liebevollen Bruderhänden eine Spritze und deckte ihn zu.

Er machte Fortschritte, von Tag zu Tag. Die Brüder saßen zusammen, der Nervenarzt und sein zäh kämpfender Patient, und besprachen die Dinge, mehr und mehr Sätze, einiges begann sich zu klären. Salómon erklärte, daß es ihm gutgehe. Es gehe ihm ganz ausgezeichnet. Er sei nur ein wenig müde. Und stehe ein wenig neben sich. Im Gegenzug bekam er nach und nach zu wissen, daß sich viel verändert habe, seitdem sie das letzte Mal miteinander sprachen. Jetzt wohne zum Beispiel niemand mehr auf Lækjarbakki. Sowohl der kleine Sigfús als auch Hróðný seien erwachsen, Hróðný habe sogar ein Kind, ein großes Kind. Und Friðrik war Nervenarzt geworden.

– Und ich, bin ich ... bin ich denn auch Arzt geworden?

Nein, nicht Arzt, nur Patient.

So ist das also.

Salómon begann spazierenzugehen. Durch die Abteilung und über die Flure des Krankenhauses, sogar hinaus, das gefiel ihm gut. Es war Winter, die letzten Monate, es schneite viel in dieser Zeit, und Salómon fand es interessant, herumzulaufen und seine Spur im neugefallenen Schnee zu betrachten. Friðrik machte die ersten Spaziergänge mit ihm, oder jemand vom Personal, aber dann begann Friðrik, sich allein auf dem Krankenhausgelände zu bewegen. Man konnte sich darauf verlassen, daß er nirgendwo hinging. Er hatte Angst vor der Umwelt, ging nie weiter weg, als daß er sich sicher sein konnte, den Weg zurück zu finden, hielt sich in sicherer Entfernung von Autos und allem, was sich bewegte oder laut war, und wagte sich nie in die Nähe der großen Straße, des Kleppsvegurs, wo der Verkehr in dichtem Fluß auf beiden Fahrbahnen entlangbrauste, unter Knattern und Lärmen. Salómon war ein friedlicher und leiser Mann, das war in den vergangenen Jahren immer sein Hauptkennzeichen gewesen, und das änderte sich auch jetzt nicht, obwohl er langsam gesund wurde. Denn wurde er nicht gesund? Doch, nichts anderes war zu erkennen, er hatte nur wenige Symptome, wenn er die richtige Medikamentendosis bekam, und Friðrik bereitete sich darauf vor, ihn der Welt aufs neue vorzustellen. Aber dann war Friðrik zu müde geworden, er lag krank im Bett, und ihre Mama starb.

* * *

Wie sollen alte Wasserflugzeuge heißen?

Sie waren nicht nur Luftfahrzeuge, sondern auch Meeresschoner, sie waren Flaggschiffe, für sie reichten keine normalen Allerweltsnamen.

Das Schiff des Kapitän Geirmundur hieß »Kolgrímur«, das hatte Bárður immer kraftvoll gefunden. Ohne Schnörkel alles Nötige gesagt. Aber solche Namen paßten für Fischerboote, fischabfallverschmierte Kutter, die mit der rauhen See kämpften. Die Boote von Luftvision flogen höher und brauchten Namen in angemessenem Stil. Charles Lindberghs Flugzeug hieß »The Spirit of Saint Louis«, das war mehr der Geist, in dem Bárður Killian seine Luftflotte sehen wollte, und eine Zeitlang dachte er daran, die eine der Maschinen »Geist von Reykjavík« zu nennen, doch er konnte dem Namen in seinem Kopf nicht den richtigen Klang verleihen. Aber er war damit auf die richtige Fährte gekommen, und auf dem ersten Flugzeug, das Luftvision in Gebrauch nahm, stand in großen Buchstaben »Wappen von Reykjavík«.

Wappen von Reykjavík?

Ja, der Name kam von einem berühmten Schiff, das in einem früheren Jahrhundert einmal an der Südküste Islands strandete, an der Stelle, wo die Gletscherflüsse zu beiden Seiten ins Meer strömen und der Atlantische Ozean sich mit Donnern und Tosen auf das Land wirft. Dort befand sich der größte Schiffsfriedhof des Landes. In den Untiefen waren jahrhundertelang große und kleine Schiffe gestrandet, weil es schwierig war, den flachen Strand überhaupt zu sehen, wenn die Sicht schlecht war und das Meer aufgewühlt. Und auch die hinter den ausgestreckten Sandflächen aufragenden Berge konnten den Unkundigen verwirren, wenn der niedere Teil des Strandes zu Füßen nicht zu sehen war und noch weniger die Sandbänke, die sich ins Meer hinauszogen. Vor tausend Jahren liefen dort die Wikingerschiffe auf Grund, später Fischerboote und Handelsschiffe und in noch späteren Zeiten Trawler und Dampfer und dieselmotorengetriebene Frachter. Nur äußerst selten war es möglich, diese Meeresgefährten zu bergen, denn sie gruben sich in den Sand ein, und dort starben Hunderte oder sogar Tausende Männer im Laufe der Jahrhunderte, sowohl die, die in den meterhohen Brandungswellen am Strandungsort ertranken, als auch jene, die es zum Land schafften, die naß und erschöpft auf den Strand krabbelten, oft in Frost und Sturm, und dort zwischen den unpassierbaren Gletscherabläufen gefangensaßen, in ewiger Entfernung von bewohnten Gebieten. Nichts als das Meer und endlose Sander und eiskalte Gletscher, die im Norden aufragten. Irgendwo dort im Sand lag ein Schiff begraben, das Bárður Killian zu jener Zeit nicht aus dem Sinn ging; das hieß »Het Wapen van Amsterdam«, »Das Wappen von Amsterdam« …

Dieses Schiff, »Het Wapen van Amsterdam«, stach am 26. Januar 1667 von Niederländisch-Ostindien in See, nachdem es auf den Inseln Sumatra, Java und Borneo Gold, Perlen, Diamanten, Seide, Gewürze, Kupfer und andere Luxuswaren geladen hatte. Damals herrschte gerade Krieg zwischen den Holländern und den Engländern, und deshalb segelten neun holländische Kaufschiffe in einem Zug zusammen. »Het Wapen« war das größte von ihnen, und nach dem, was allgemein angenommen wurde, auch das mit der wertvollsten Ladung. Es war um hundertfünfzig Fuß lang, fünfunddreißig Fuß breit und konnte knapp neunhundert Tonnen Fracht aufnehmen. Die Mannschaft war hundertfünfzig Mann stark, und zusätzlich war die gleiche Zahl Soldaten und Passagiere an Bord. Der holländische Schiffszug segelte nach Westen über den Indischen Ozean und um das Kap der Guten Hoffnung herum und nahm dann Kurs in Richtung Norden über den Atlantik. Wegen des Krieges wagten die Holländer nicht, durch den Ärmelkanal zu segeln, sondern sie wollten in weitem Umkreis westlich und nördlich um die Britischen Inseln herumfahren, um den englischen Kriegsschiffen auszuweichen. Aber »Das Wappen von Amsterdam« kam vom Kurs ab, fuhr zu weit nach Westen und zu weit nach Norden, und vor der Küste Islands geriet es in einen Orkan mit Wind aus Südost und wurde an Land geworfen. Am 19. September 1667 endete seine letzte Fahrt am Skeiðarársandur. Weniger als ein Drittel der Schiffsbesatzung überlebte. Es starben mehr Menschen bei einer Schiffsstrandung als jemals zuvor oder danach in der Geschichte Islands, denn mindestens zweihundert Mann verloren nach Schätzungen dort ihr Leben. Die meisten erfroren am Strand, wo die Toten wie Treibholz übereinanderlagen. Der Leichengeruch legte sich über die ganze nähere Umgebung und wurde »der Holländergestank« genannt.

Von Anfang an sprach man von »Het Wapen« als dem Goldschiff, und Bauern aus dem Skaftafellbezirk und den benachbarten Gebieten versuchten alles mögliche, um die Ladung aus dem Schiff zu bergen: Silber, Leinen, Eßwaren und sogar Holzbalken von den Schiffsaufbauten. Dann versank das Schiff im Sand, und viele meinten, der größte Teil der Waren befände sich noch immer unberührt in den Laderäumen des Schiffes; dreiundvierzig Tonnen Gold, sagten manche, neben allem anderen …

Viele haben sich schon für weniger auf den Weg gemacht.

Bárður Killian war flüchtig bekannt mit einer Gruppe Männer, die schon seit mehr als einem Jahrzehnt nach dem Goldschiff suchten. Sie waren isländische Abenteurer, Hitzköpfe, die sich nicht von irgendwelchen Zweiflern den Schneid abkaufen ließen. Jeden Sommer verbrachten sie dort auf den Sandern, mit einer Ausrüstung, die sie selbst gebaut hatten, Fahrzeuge, die Autos und Boote zugleich waren, und dann hatten sie einen Metalldetektor, der analysierte, was im Sand vergraben war. Jahr für Jahr waren sie über die Sander gestreift, hatten jeden handtellergroßen Fleck auf einer mehrere Quadratkilometer großen Fläche untersucht. Manchmal gab es etwas in Richtung dessen, was sie zu finden hofften, Trawler oder Motorboote, die zu Beginn unseres Jahrhunderts gestrandet und zumeist nichts wert waren.

Um die Zeit herum, als Bárður dabei war, einen Namen für seine Flugzeuge zu wählen, orteten die Goldsucher mit Hilfe eines Magnetometers ein großes, undefinierbares Objekt im Sand. Sofort erfüllte die Männer die Ahnung, daß dort das berühmte holländische Schiff verborgen läge, und Spezialisten des amerikanischen Heeres vom Stützpunkt in Keflavík wurden zum östlichen Teil des Sanders gerufen. Sie erkundeten das Gebiet mit hochentwickelten Spezialgeräten und bestätigten, daß in fünf bis zehn Meter Tiefe ein Schiff lag, fünfzig Meter lang. Das konnte kein anderes sein als »Het Wapen van Amsterdam«, mit den Goldtonnen und den Perlen und den Diamanten ...

Später stellte sich heraus, daß die Ausschläge des Magnetometers immer schwächer wurden, je tiefer in den Sand gegraben wurde, bis sie schließlich ganz aufhörten, als die Goldsucher sich mit ungeheurer Mühe fünfzehn Meter in die Erde hinuntergeschaufelt hatten, und die Erklärung, der man am ehesten neigte zu glauben, war, daß an diesem Punkt vor nicht allzu langer Zeit der Blitz in den Sand eingeschlagen habe und daß die Geräte dadurch getäuscht worden seien, aber Bárður Killian ließ sich davon nicht aus dem Gleichgewicht bringen. Er bewunderte Männer, die nach Schätzen suchten, und zweifelte nie daran, daß man das holländische Schiff früher oder später finden würde. Ihm zu Ehren taufte er seine Maschinen »Wappen von Reykjavík« und »Wappen von Island«, und später, als er auch eine Maschine für internationale Transporte angeschafft hatte, tat er den letzten Schritt und taufte das Flugzeug in einem feierlichen Akt »Wappen von Amsterdam«, Het Wapen van Amsterdam.

* * *

Ich auf dem Gymnasium …

Einer von denen, die sich in keinem Fach besonders auszeichnen. Kein klarer Bildungsweg war mir vorgezeichnet, weder auf dem Feld der Naturwissenschaften, wegen mangelnder Befähigung auf diesem Gebiet, noch lud meine sprachliche Begabung zu einer besonderen Karriere ein, so daß ich mich für den wirtschafts- und sozialwissenschaftlichen Zweig entschied, wie viele andere, um die es ähnlich stand. Eigentlich weckte ich keine besondere Aufmerksamkeit im Gymnasium, außer durch meinen Namen, und das geschah, als ich begann, sogenannte Gedichte und irgendwelche experimentellen Kurzgeschichten in der Schülerzeitung zu veröffentlichen. Die Leute glaubten nämlich, es handle sich um einen Witz: »Wenn der einäugige Schulkiosk dir höhnisch zublinzelt. Von Halldór Killian.« Ich hatte sogar die Idee, die Schreibung meines Familiennamen zu ändern, ihn Kiljan zu buchstabieren wie der alte Meister Laxness, es imponierte mir nämlich sehr, wieviel Aufmerksamkeit mir allein mit meinem Namen zu wecken gelang, aber das sollte bald nachlassen.

Ich hatte einen Blutsbruder in der Schule, einen alten Freund aus unserer Straße, mit dem ich früher immer im Sommer gespielt hatte, das war der Sillivaldi, oder Sveinn Sigvaldi Rögnvaldsson, wie er in der Schule hochtrabend hieß, manchmal sogar Pfarrer Sveinn Sigvaldi, weil er in seiner Sprechweise und gesamten Art so pastoral erschien. Er wohnte noch immer in unserer Straße, aber seine Mama war gestorben, einfach wegen ihres hohen Alters, glaube ich, und Vater und Sohn waren nun zu zweit allein in der Hütte. Der alte Rögnvaldur war immer ein Sonderling gewesen, schon früher, als er Sillivaldi verbot, im Winter hinauszugehen, und mit dem Alter und dem Witwerstand wurde dies nicht besser. Nun war er in einen Krieg mit allen öffentlichen Stellen geraten, vor allem mit den verschiedenen Versorgungsunternehmen der Gesellschaft: dem Stromwerk, dem Heizungswerk, sogar dem Wasserwerk. Worum es eigentlich ging, war nicht ganz klar, glaube ich. Es drehte sich nicht in erster Linie um Preise und Rechnungen, sondern der kalte Krieg begann damit, daß irgendein Meßgeräteableser sich nicht mit der ausreichenden Sorgfalt zwischen der Einrichtung bewegte, und der alte Rögnvaldur schrieb eine Beschwerde, welche die Staatsbediensteten zu faul waren zu beantworten. Daraus resultierte bei Vater und Sohn ein starkes Mißtrauen gegen die Angestellten dieser wichtigen Institutionen. Sie weigerten sich, die Heizungsrechnung zu bezahlen, und als ihnen als Antwort darauf die Fernwärme abgestellt wurde, holte Rögnvaldur zum Gegenschlag aus und lehnte es gleichermaßen ab, für den Strom zu bezahlen. Der wurde ebenfalls abgestellt und auch das Telefon dadurch mit in den Streit verwickelt, aber Rögnvaldur und Sillivaldi waren kriegerisch, schliefen in ihren Anoraks unter dicken Schaffellen, wenn der Winterfrost am bittersten war, und alles wurde bei ihnen im Haus mit Reif überzogen. So ging es mehr oder weniger zwei Winter lang, sie wohnten in einem Eisschrank. Der alte Rögnvaldur besaß das ganze Haus, er war sehr gut gestellt, auch wenn er das nicht zur Schau stellte. Er hatte immer die Wohnungen im Ober- und im Untergeschoß vermietet, aber dadurch, daß den Einwohnern der Zugang zu Heizung und Strom verwehrt war, flohen die Mieter, und die Einnahmen des Haushaltes, der Alte schon lange im Ruhestand und der Sohn auf dem Gymnasium, fielen damit weg. Sillivaldi wurde dadurch erstaunlich wenig beeinträchtigt, wenn man bedenkt, daß er in seiner Kindheit völlig gegen Kälte abgeschirmt war, er hatte nur immer eine rote Nase, die fortwährend lief. Aber er fand es schwierig, unter diesen Bedingungen zu lernen. Er konnte beispielsweise kaum ohne Handschuhe lesen oder schreiben, ohne daß ihm bald die Finger steif wurden, und so brachte er eines Tages die Frage auf, ob er sich für die Hausaufgaben zu mir in die Küche setzen könne. Dieser Wunsch wurde gern gewährt. Und es wurde zur Regel, daß er jeden Tag nach der Schule zu uns in den Keller kam und die Hausaufgaben herauszog, und nachdem er dort beim Lernen saß, konnte ich nicht anders, als meine Tasche zu öffnen und ihm Gesellschaft zu leisten, und ich glaube, das rettete mich über meinen glatten und rutschigen Bildungsweg. So stark, wie ich zur Schlamperei neigte, wäre es schlecht um meine Hausaufgaben bestellt gewesen, wenn ich nicht den Vorteil von Sillivaldis Gesellschaft gehabt hätte. Wir gingen zusammen den Lernstoff des Tages durch, er brachte mir bei, was ich im Unterricht verpaßt hatte, weil ich unaufmerksam, auf dem Tisch eingeschlafen oder wegen Schwänzens schlicht abwesend gewesen war, und ich konnte ihm auch manchmal helfen, weil ich insgesamt schneller begriff als er, obwohl auch ich nicht besonders flott war.

Wir waren auf einem modernen und fortschrittlichen Gymnasium, wo es kein Klassensystem nach herkömmlicher Art mehr gab, sondern man wurstelte zwischen verschiedenen Fachgebieten und Zweigen herum, und das tat man alles ziemlich mutterseelenallein. Man hatte keine normalen Klassenkameraden mehr (was die enge Freundschaft mit Sillivaldi dem Sonderling ungeheuer wertvoll machte), und ich hätte kaum nennenswerten Kontakt mit anderen in der Schule gehabt, wenn ich nicht lose in das Sozialleben der Clubs und Vereine in der Schule hineingezogen worden wäre. Meine Dichtungen und mein Name machten mich zum würdigen Kandidaten für die Redaktion der Schülerzeitung. Dort geriet ich in einen furchtbar lustigen Haufen radikaler Aktivisten, die auf alle möglichen Arten gegen die bürgerliche Lebensweise und die christliche Moral agitierten, und auf Diskussionsveranstaltungen schwangen sie große Worte, furchtbar große Worte, mit beleidigenden Ausfällen wegen des kleinsten Anlasses. All das ist erinnerungswürdig und erzählenswert, weil ich bei einer großen Diskussionsrunde, die bei uns im Saal abgehalten wurde und zu der von irgendeiner Schülergruppe eingeladen worden war, meinen Cousin Láki wiedertraf, Áslákur, den Sohn von Sigvaldi und Lára, den Stolz der Familie.

Láki war nicht auf demselben Gymnasium wie ich, sondern in dem alten und guten, dem einen und wahren, der Alma mater aller Stützen der Gesellschaft, wo die Volksversammlung von 1851 abgehalten worden war und der Freiheitskämpfer Jón Sigurðsson sein berühmtes »Wir widersprechen alle« gesagt hatte. Selbstverständlich wäre keine andere Lehranstalt für Láki in Frage gekommen. Mit zwölf Jahren war er bei Heimdal eingetreten, dem Verein der Jungen Republikaner, und es war bekannt, daß er großes Ansehen genoß unter jenen reichsten und mächtigsten Männern des Landes, die die Parteiführung innehatten, und schon mit fünfzehn, sechzehn Jahren hatte er wegen seiner Führungsqualitäten ein Amt in der öffentlichen Verwaltung bekommen. Während andere Kinder Sommerarbeit in der Fischindustrie, bei der Straßenausbesserung oder auf dem Bau bekamen, war unser Mann ins Gartenbauamt gekommen und saß im Anzug im Büro und besuchte alle möglichen ehrwürdigen Sitzungen.

Er hatte nämlich Ideale.

Über diese Ideale sprach er auf der großen Diskussionsveranstaltung, von der ich eben erzählte. Das war ein Redewettbewerb mit großen Themen, Konservatismus und Sozialismus, die Linke und die Rechte, zwei Redner für jeden Standpunkt. Aus meiner Schule stieg ein Linksradikaler mit Guerillamütze, ein Bekannter von mir aus dem Clubleben der Schule, auf den Rednerstuhl, imitierte Lenins Posen, ballte die Fäuste und schrie sich heiser, zitierte Marx und Engels und wies sowohl auf Entfremdung als auch Kapitalkonzentration hin. Die anderen Redner kamen von anderen Schulen, unter anderem der Verfechter des bürgerlichen Standpunkts, Áslákur Sigvaldason, der die anderen Versammelten in Dialektik und Redegewandtheit weit überragte. Sprechen wir nicht davon, wie außerordentlich gutaussehend und gepflegt er außerdem war, so daß alle Mädchen der Schule ihn mit offenem Mund anstarrten, für uns Stoffel eine bittere Erfahrung. Er war der einzige, der klar und flüssig sprach, nicht die ganze Zeit nuschelte und zu schnell redete oder in jedem Satz »äh«, »irgendwie« und »also« sagte. Er schwieg zwar manchmal, aber das war nicht, weil er feststeckte, vielmehr dachte er nach, formte irgendeine Perle im Geiste, und sein Gesichtsausdruck wurde dann sehr geheimnisvoll, die Augen schlossen sich halb. Das tat er gern zum Abschluß eines guten Arguments und bevor er zum nächsten Paragraphen ansetzte. Seine Einleitung war überschrieben »Freiheit statt Ketten«, und darin sprach er über die Macht des frei geborenen Individuums, zu handeln und zu schaffen, dem Land und Volk zum Wohle; darüber, wie gefährlich es sei, solchen tatkräftigen Männern Joch und Zügel anzulegen durch Raubsteuern, um ein sogenanntes Wohlfahrtssystem zu unterhalten, das in Wahrheit nur dazu führe, den Willen zur Selbstverantwortung im Volk bis in den Keim zu ersticken. Einiges davon kannte ich schon so halb und halb, zum Beispiel von Opa Fúsi und auf andere Art auch von Papa und Fúsi junior, ohne daß ich diese Sichtweise allerdings jemals mit Politik verbunden hätte. Dann sprach Láki auch über die Freiheit der Bürger, unter sich Verträge abzuschließen ohne Einmischung Dritter, die das nichts angehe, wie zum Beispiel die Gewerkschaften, und auch wenn er Zwischenrufe, Buhen und Pfiffe erntete, blieb doch niemandem verborgen, daß er überlegen war, die Radikalen ihm nichts entgegenzusetzen hatten. Der andere konservative junge Mann war schrecklich schüchtern und sprach leise, las seine Einleitung vom Blatt ab, und die Blätter zitterten ihm so in den Händen, daß alle Anwesenden Herzschlagen bekamen und schrecklich froh waren, als er seine Rede endlich beendete, nicht zuletzt er selbst. Mehr sprach er auch nicht auf dieser Versammlung, die sich zu einem Duell zwischen den redegewandtesten linken Gymnasiasten Reykjavíks und meinem Cousin Láki entwickelte, der allein gegen sie stand und sie alle überwand. Sie sprachen abwechselnd, einer von den linken Wilden und dann wieder Láki und so immer weiter. Sie versuchten, ihn aus der Fassung zu bringen, ihn mit Sticheleien und Schimpfworten zu erregen, doch diese trafen nur sie selbst, denn Láki bewahrte die ganze Zeit seine Ruhe, seine Frisur verschob sich nicht, seine Krawatte verrutschte nicht. Er war sehr gut darin, Spitzfindigkeiten und Beschimpfungen schon in der Luft anzunehmen und mit gutmütigem Lächeln im Gesicht umgehend an den Sender zurückzuschicken, er war unschlagbar. Nicht für mein kleines Leben hätte ich gewagt, gegen ihn anzutreten, zumal ich weder besonders beredt noch von klaren politischen Ideen beseelt war. Ich gehörte zwar der anderen Seite zu, das war klar, saß neben Sillivaldi ganz hinten im Saal, umgeben von anorakbekleideten Revolutionären, die hin und wieder nach vorn brüllten, aber ich schwieg. Sonst wäre die Sache sicher ähnlich ausgefallen wie in alten Zeiten, als wir beide Handball spielten, ich bei Þróttur – Die Kraft – und er bei Valur – Der Jagdfalke –, wo er zehn Tore schoß, während ich höchstens durch meine Kraftausdrücke Aufmerksamkeit erregte und dafür vom Schiedsrichter vom Platz gestellt wurde. Auf diesem Feld hier wollte ich mich lieber nicht mit ihm messen. Es war gegen Ende der Versammlung, als Láki gerade eine höchst ergreifende Rede hielt. Er hatte alle Argumente gegen seinen Standpunkt bei den Hörnern gepackt und zu Boden gerungen und sprach nun wieder von seinen Idealen, von Island als dem Land der Möglichkeiten, wo frei geborene, tüchtige Männer keine Ketten tragen und sich froh an ihr Tagwerk machen können. Er sprach über jene Wohltäter des Volkes, die mit ihrem Tatendrang der Masse der Menschen Arbeit verschaffen, damit diese für sich sorgen können, Unternehmer, die mit ihrem Genie und ihren zweckorientierten Geschäftsmethoden die Verhältnisse der Landsleute viel mehr verbessert haben als alle Streiks der Gewerkschaftsbewegung zusammen, und am Ende begann er, die christlichen Werte und die Nächstenliebe zu preisen. Da war es auf einmal totenstill im Saal, niemand machte noch Zwischenrufe, denn hier sprach ein Mann, der meinte, was er sagte, wir hörten die Stimme eines Mannes, der einen Traum hegte, und wieder wurde eine Erinnerung in mir wach. Es waren nicht nur seine Ansichten, die mich an verschiedene nahe Verwandte von uns beiden erinnerten, sondern da war noch etwas anderes. Während der letzten Sätze war die Stimme meines Cousins Láki so hell geworden und sein Gesicht so rein und aufrichtig, daß ein Bild aus längst vergangenen Tagen in meinem Gedächtnis aufstieg.

Mit einemmal ging mir ein Licht auf: Er erinnerte mich an den Fernsehstar, der er damals gewesen war, in der Rolle des Amal in der Operette »Amal und die nächtlichen Gäste«. Und nun, wie er dort stand und sich anschickte, die abschließenden Worte seiner Rede vorzutragen, als der Saal schwieg und andächtig zu ihm aufsah und sogar aus den Gesichtern seiner Gegner Bewunderung leuchtete, die es ihnen nicht zu verbergen gelang, genau da, in dem Augenblick, als er den Mund öffnete, um seinen glänzenden Sieg in diesem Redewettbewerb zu krönen, brach es in schrillem Falsett aus mir heraus, so wie ich dort zwischen den anderen anorakgekleideten Radikalen ganz hinten im Saal saß:

– Mam-a.

Láki war völlig verwirrt. Er errötete und sah unsicher über den Saal, wußte offensichtlich nicht, woher das gekommen war, aber viele Zuhörer begannen nun zu kichern. »Mam-a« wurde von vielen im Saal wiederholt, und überall um mich herum hörte ich flüstern, »Ist er das?« und »Das ist er!«, »Amal und die nächtlichen Gäste«. Und obwohl Láki wieder zu sprechen begann, war die Stimmung doch völlig umgeschlagen, er predigte nun den tauben Ohren alberner Schulkinder, aus allen Richtungen hörte man »Mam-a« und immer lauteres Gelächter. Als er den Rednerstuhl verließ, rot und gedemütigt, wurde kaum geklatscht, nur mit Fingern auf ihn gezeigt und gelacht. Der Veranstaltungsleiter, der den Wettbewerb nur noch für beendet erklären konnte, brachte kaum ein

Wort heraus vor unterdrücktem Lachen; alles drehte sich nur noch um dieses lustige Detail aus der Vergangenheit, aus den Kinderjahren des Fernsehens und unseren eigenen. Ich bekam leise Gewissensbisse, fürchtete, Láki könnte herausfinden, wer dies alles ausgelöst hatte, und vermied, ihm zu begegnen. Aber wenig später sah ich ihn allein über den Parkplatz gehen, ganz allein mit seinem Aktenköfferchen, während die anderen Veranstaltungsbesucher sich zu verschieden großen Gruppen zusammenrotteten, um Kaffee trinken zu gehen und dabei über alles zu sprechen, was einem schon während der Versammlung auf der Zunge gebrannt hatte, und nicht zuletzt über die wunderbare Operette »Amal und die nächtlichen Gäste«.

* * *

Es war mindestens zwei Jahre später, ein Jahr nachdem Oma starb, ich war zwanzig und wäre eigentlich schon mit der Schule fertig gewesen, wenn es nicht zu einigen mehr und einigen weniger entschuldbaren Verzögerungen gekommen wäre, als mich Papa eines Nachmittags bat, bei ihm im Büro vorbeizuschauen.

Ich kam zur Kaffeezeit, und die Mannschaft saß drinnen im Kaffeezimmer und schwatzte. Ich wurde freundlich begrüßt, Kobbi Kalypsó schubste mir mit dem Fuß den Stuhl zu, auf den er seine Beine gelegt hatte, und mein Vater der Direktor stand auf und streckte sich nach einer Kaffeetasse für mich. Dabei gab es nicht viel Gelegenheit zum Gespräch, denn der Fahrer, der zufällig beim Kaffeetrinken dabei war, erzählte Geschichten vom Baron Münchhausen. Ich verstand schnell, daß damit nicht der alte, ursprüngliche Baron gemeint war, sondern irgendein Mann, den sie alle kannten. Als das Gespräch weiter fortschritt, begriff ich langsam, daß sie über den gerade neu eingestellten Finanzdirektor des Ladens sprachen, der Kúddi hieß.

– Ja, ja, den kenn ich gut, sagte der Fahrer, den Kúddi! In diesem Land ist in diesem Jahrhundert wohl kein größerer Lügner zur Welt gekommen.

– Männer, die lügen können, können aber auch sehr unterhaltsam sein, sagte Papa.

– Das kann gut sein, sagte der Fahrer, und vielleicht vor allem dann, wenn man angefangen hat, sie zu durchschauen. Ich hab einmal mit ihm zusammengearbeitet, im Süden auf dem Flughafen, und nach jedem Wochenende erzählte er immer völlig irrwitzige Geschichten von seinen Jagd- und Angeltouren. Er wär an irgendeinem Fluß gewesen und hätte zwanzig Riesenlachse gefangen, während niemand anders dort überhaupt einen Fisch bemerkt hätte, er wär mit seinem Sohn runter zur Schiffsanlegestelle gefahren, um dort Seeskorpione zu angeln, und da hätte eine zweihundertpfündige Flunder angebissen, und er hätte fast den ganzen Tag gebraucht, um sie hinauf auf den Kai zu ziehen. Na? Solche Geschichten waren das!

– Stimmt das, Bárður? fragte Hálfdán der Pilot. Hast du so ein Lügenmaul für unsere Geldangelegenheiten eingestellt?

– Na, na, ganz ruhig, sagte Papa, ich wußte das alles. Das Tollste ist doch, einmal mit ihm auf Tour zu gehen, hast du das nie versucht? fragte er den Fahrer.

Der Fahrer war ein dicker, kräftiger Mann mittleren Alters mit einer tiefen Stimme, der offensichtlich daran Gefallen hatte, daß man ihm zuhörte; doch, doch, einmal war er mit dem Kúddi auf Jagd gegangen.

– Ach du lieber Mann! Er erzählte damals, er habe einen Vertrag bekommen als Kormoranjäger, für irgendein Restaurant in der Stadt, und damit würde er tonnenweise

Geld verdienen; er habe den Auftrag übernommen, ihnen jede Woche zweihundert Kormorane zu liefern, und das erledige er meistens an einem Sonntagnachmittag mit seiner Schrotflinte draußen auf der Faxaflói-Bucht. Nachdem einige Wochenenden vergangen waren und er sein Boot angeblich jedesmal bis zum Kentern voller Kormorane hatte, da warf ich so ein, ob ich nicht das nächste Mal mitkommen könne, ich hätte eine gute Büchse und würde ihn gern begleiten. Kúddi antwortete zwar etwas ausweichend, aber ich hielt an der Sache fest, und er sagte so halb und halb zu. Am nächsten Sonntag, früh am Morgen, starteten wir von Örfirisey aus, in so einem verdammten, kleinen Zodiacschlauchboot, von dem ich das Gefühl hatte, es wär schon seit Jahren nicht mehr mit Wasser in Berührung gekommen. Bei der kleinsten Welle schwappte das Wasser zu uns herein, und den ganzen Sonntag, vom frühen Morgen bis spät in die Nacht, kämpften wir uns frierend und bis auf die Haut durchnäßt in der Faxaflói-Bucht ab. Das Ergebnis dieser Plackerei waren drei ganze Kormorane!

Und ich bin mir auch sicher, daß das die einzige Tour war, fügte der Fahrer hinzu, denn einen Monat später besuch ich den Kúddi bei sich zu Hause, und während ich vor der Tür warte, fang ich an, mich über den Verwesungsgeruch zu wundern, der da über allem hängt. Da seh ich das verfluchte Gummiboot mit dem Außenbordmotor, mit dem wir vier Wochen vorher kreuz und quer über die ganze Bucht getuckert waren, und werf einen Blick unter die Abdeckung in das Boot. Und liegen da nicht die drei verdammten Kormorane, halb verwest und voller Maden!

Wir lachten alle in dem Kaffeezimmer, und Kobbi erklärte, dieser Mann sei wirklich ein richtiger Baron Münchhausen. Und der Fahrer sagte, daß er genau diesen Namen getragen habe, ja, ja, diesen und keinen anderen, in der ganzen Zeit, die sie zusammen im Süden auf dem Flughafen gearbeitet hatten.

– Ich bin auch einmal mit ihm zum Schießen gefahren, sagte Papa (der nie eine Geschichte anhören konnte, ohne nicht auch eine beizutragen). Kúddi hatte mir erzählt, daß er nie auf Schneehuhnjagd ginge, ohne nicht mit mindestens hundert Vögeln nach Hause zu kommen. Dann machten wir uns auf, er kannte ein unübertreffliches Jagdgebiet, und wir verbrachten knapp zwei Tage dort. Es war gutes Wetter, und es gab einiges an Schneehühnern, ich schoß vielleicht acht oder neun. Er erwischte auch eins! Wir waren schon auf der Rückfahrt in unserem Auto, da flattert ein benommenes Schneehuhn im Tiefflug vor unserem Auto vorbei. Und stell dir vor, da stößt unser Mann die Autotür auf, wie man es manchmal in Gangsterfilmen sieht, und schlägt das arme Huhn bewußtlos. Ha! Erledigt es mit der Autotür, der Alte!

– Werden hier Spottgeschichten auf meine Kosten erzählt? hörte man da die grabesernste Stimme des Finanzdirektors, der hinaus in den Flur getreten war und nun in Richtung Kaffeezimmer kam. Aber niemand erschrak, es war offensichtlich in Ordnung für Kúddi, daß man ein bißchen über ihn scherzte. Wie viele selbstzufriedene Leute fand er es immer schön, Gegenstand des Gesprächs zu sein. Er kam hinein und setzte sich, ein großer, schwerer Mann mit einem breiten, fleischigen Gesicht, dem er versuchte, einen würdevollen und wichtigen Ausdruck zu geben, und als er Platz genommen hatte, sagte Kobbi Kalypsó:

– Die Jungs haben gerade davon erzählt, was du für ein großartiger Jäger und Angler bist. Wie kam das, erzähl uns doch mal von deinen Anfängen, wie hast du das erste Mal etwas Nennenswertes erlegt, erinnerst du dich?

– Ich erinnere mich daran, als ob es gestern gewesen

wäre, sagte Kúddi mit bedeutungsschwerer Stimme. Ich fuhr im Auto mit meinem Großvater in Richtung Norden aufs Land, und ich hatte eine Steinschleuder dabei, die mir gehörte. Das war, als ich elf Jahre alt war. Da sah ich durch das Autofenster einen Fuchs, der lief an der Straße entlang, und weil es schon immer eine Eigenschaft von mir war, fix zu denken und blitzschnell zu reagieren, fackelte ich nicht lang, sondern schoß mit meiner Schleuder aus dem offenen Fenster. Traf ihn direkt in den Kopf. Das Auto wird dabei wohl so sechzig Stundenkilometer gefahren sein.

– Mein lieber Mann, sagte Papa. Und war er tot?

Kúddi schlürfte gedankenverloren an seinem Kaffee und wurde so ernst und wichtig, daß die Sorgenfalten auf seiner Stirn an die Auffaltung der Gebirge nach der Landverschiebungstheorie erinnerten.

– Ja, ich hoffe jedenfalls sehr stark, daß er tot war, denn eine Woche später schenkte ich meiner Mutter seinen Pelz als Kragen. Und den hat sie immer noch.

* * *

Mein Vater und ich waren in das Geschäftsführerbüro gegangen; dort lag alles in Unordnung und Durcheinander, er lehnte sich in seinem Sessel zurück und legte seine Füße auf einen Stapel Papiere auf seinem Schreibtisch.

– Kennt sich dieser Mann gut aus in finanziellen Dingen?

Papa dachte an etwas anderes, hatte offensichtlich nicht vor, sich mit mir über Kúddi den Finanzdirektor zu unterhalten, sondern sagte:

– Kúddi, der ist ein Genie. Einfach genial, du hast es ja gehört. Man muß ihn nur richtig einsetzen. Aber hör mal, ich muß dich bitten, eben kurz mit mir nach Amerika zu fliegen, du hast doch nichts Dringenderes vor?

Mein lieber Mann

– Nein, ich erinnere mich an nichts Besonderes in der Richtung, außer natürlich, daß es eine entsetzliche Enttäuschung war, daß wir es nie geschafft haben, uns irgendwo in Ruhe und Frieden dauerhaft niederzulassen. Auf der anderen Seite waren wir natürlich alle, und dafür müssen wir Gott danken, immer gesund und munter, und das ist vielleicht das wichtigste ... Ich finde, es gibt keinen Grund, wieder anzufangen von allem, was damals traurig war und schwierig, obwohl es da vielleicht genug zu berichten gäbe. Die Schrift lehrt uns, nach vorn zu blicken und sich nicht über das Vergangene zu ereifern. Vielleicht ist es verständlich, daß du größeres Interesse daran hast, mein Dóri, und deine Geschwister, immerhin war das eure Kindheit. Übrigens sprechen wir nie darüber, deine Schwester Ingibjörg und ich, obwohl wir beide hier draußen auf den Inseln wohnen und uns täglich sehen.

– Nein, ich denke nur darüber nach, wie es gewesen sein muß, in so eine Familie einzuheiraten ...

– So eine Familie? Ja, also ich habe nicht vor, schlecht über deinen Papa zu sprechen, mein Dóri, und das weißt du bestimmt, daß ich das nie getan habe, aber wir wissen beide gut, daß es nicht leicht war, das Heim zusammenzuhalten, drei Kinder großzuziehen, dafür zu sorgen, daß wir immer genug zu essen hatten und ein Dach über dem Kopf, und einfach dieses Normale, das ja oft schwierig genug war hier auf Island, und auf der anderen Seite nie zu wissen, was einen am nächsten Tag erwartet, ob wir irgendwoher Geld bekommen würden, ob wir vielleicht aus unserem Zuhause fliegen würden, wie es, darf man anmerken, ja auch zweimal geschehen ist, ob einem alles genommen würde und alles zerstört, was man versucht hat aufzubauen. Ich will nur, daß du das weißt, mein Halldór, daß das manchmal Nerven gekostet hat, leider bin ich keine solche Abenteurernatur. Deswegen habe ich am Ende auch aufgegeben, es war nicht aus Bosheit, ich hatte versucht, es auszuhalten, solange ich konnte, obwohl …

– Nein, nein, nein, es fällt mir gar nicht ein, Schuldzuweisungen auszusprechen, das ist ganz abwegig, es ist nur so … *human interest* …

– Was?

– Nur so Neugier, so das Schicksal der Familie, ich denke da mehr so allgemein darüber nach.

– Ja, aber du darfst mich nicht so mißverstehen, als ob ich immer nur am Jammern wäre, ich finde nicht, daß wir unser Leben verspielt haben, ganz im Gegenteil, ihr seid alle was geworden, und wir hatten viele gute und frohe Tage zusammen, und dein Papa ist natürlich ein großartiger Mann, mit dem man gerne zusammen ist, er hat nur diese Schwäche, daß er immer mit dem Feuer spielen muß, das liegt schrecklicherweise eigentlich in der ganzen Familie. Der Sigfús, dein Großvater, war auch nie einfach so wie die meisten Leute, obwohl er auf seine Art in Ordnung war. Aber es war eben das mit deinem Bruder Guðmundur, das hat den Ausschlag gegeben. Meine Ansicht war immer, daß ihr Kinder das wichtigste wart, und der einzige Schluß, zu dem ich kommen konnte, war der, daß seine Probleme, als er im Ausland ins Gefängnis gekommen war und so, daß das nur eine Folge davon war, daß nie irgend etwas sicher war, sondern daß mit allem immer auf höchstes Risiko gespielt wurde, bis es nicht mehr weiterging, und dann wurde nur Branntwein getrunken und im Taxi spazierengefahren, wenn die Folgen über uns hereinbrachen.

– Ist Gúndi nicht genau wie Papa?

– Wie dein Papa?! Ja, also in dieser Familie hat es zum Beispiel immer eine gute Begabung zum Lernen gegeben, und bei deiner Schwester Ingibjörg ging es ja glänzend, und du warst ja auch auf die Hochschule gekommen, das war eine entsetzliche Enttäuschung, daß du das aufgegeben hast, ich brauche dich nicht daran zu erinnern, wie froh ich darüber wäre, wenn du den Faden wiederaufnehmen und versuchen würdest, ein gutes Staatsexamen zu machen. Es mag vielleicht schön und gut sein, sich die Zeit ein wenig damit zu vertreiben, zu schreiben und Bücher und so was zu studieren, aber darin liegt keine Sicherheit, nichts, auf das man zurückfallen kann, und das muß man eben haben ... Ja, ja, wir haben darüber schon oft gesprochen, und ich weiß, daß du das selbst siehst, aber mit dem Guðmundur, dem geht es jetzt sehr gut mit dem Lernen, so einen glänzenden Schulabschluß nach zwei Jahren an der Abendschule, das zeigt, was er kann, wenn er nur will. Und möge Gott nur geben, daß er eine Richtung im Leben für sich findet. Diese Streunernatur, die kriegt man nämlich nie los, wenn man sich nicht gleich in jungen Jahren darum bemüht. Das hat dein Papa nie versucht, das wurde mir am Ende klar, das ist wie die Spielsucht, und deshalb ging alles, wie es ging. Der Guðmundur, dein Bruder, dagegen, der hat den Verstand, sich in acht zu nehmen, den Verstand, sich vorzusehen, deswegen glaube ich, daß er in seinem Herzen Frieden finden kann. Aber dein Papa, der wird das nie los, das wird er nie schaffen, ich will hier keine Unglücksprophezeiungen machen, aber noch mehr kann er ja gar nicht mehr verlieren, deswegen weiß ich, daß Gott mir vergeben wird, solche Dinge zu sagen.

– Ja, da im Osten gibt es wohl auch nicht viele Gelegenheiten zum Gambeln …

– Tss, das fehlt mir noch, zu sehen, daß er sich dort niederläßt. Man hat mir erzählt, daß er jetzt lebt wie ein Philosoph, aber das hat auch immer in diesen Leuten gelegen. Dein Großvater studierte ja Philosophie an der Hochschule, viel hat er sich allerdings nicht dran gehalten. Und dein Papa, der wird sich schon wieder in irgendwelche Spekulationen stürzen. Solange er lebt, wird diese Unruhe in seiner Seele sein, ich weiß das aus bitterer Erfahrung. Deswegen bin ich hier hinaus auf die Inseln gezogen, und hier bin ich durch die Pfingstgemeinde Gott begegnet. Und dafür werd ich ewig dankbar sein …

* * *

In den ersten Jahren von Luftvision war mein Vater ein ordentlicher und harter Arbeiter, nichts anderes hatte für ihn Bedeutung als die Entwicklung des Unternehmens. Er hatte nicht einmal Zeit, sich damit abzugeben, eine größere und bessere Unterkunft für unsere Familie zu suchen. Noch immer lebten wir in dieser kleinen Kellerwohnung, die wir von Onkel Friðrik gemietet hatten. Immer in Wohlstandszeiten tauchte der Plan auf, eine größere und angemessenere Wohnung für uns zu suchen, aber jetzt war nicht einmal genug Zeit, überhaupt darüber zu reden. Und uns ging es ganz gut dort, alles in allem, es war in einem guten Viertel der Stadt, und über die Nachbarn konnte man nicht klagen.

Friðrik und Gertrud wohnten natürlich über uns im Erdgeschoß, er immer am Arbeiten, so daß er kaum Zeit hatte, sich länger mit seinem Garten zu beschäftigen, aber Gertrud kümmerte sich darum, daß er nicht verkam. Gertrud war das vollkommene Gegenteil ihrer verstorbenen Tochter Ethel. Arbeitsam, selbstsicher, bestimmend, und offensichtlich gefiel es ihr, auf Island zu wohnen. In erstaunlich kurzer Zeit lernte sie die Sprache, und sie redete die ganze Zeit, nicht zuletzt, wenn sie bei uns unten in der Küche saß und mit Mama Kaffee trank. Außerdem mischte sie sich in gesellschaftliche Themen ein. Sie war in die Leitung der katholischen Gemeinde in Reykjavík gekommen und schrieb einen kurzen Artikel in einer der Tageszeitungen, in dem sie ihre Verwunderung über das Hundehaltungsverbot in der Hauptstadt zum Ausdruck brachte. Sie wollte auch Neuerungen in der Gartenpflege und der Gartengemüseauswahl hierzulande einführen, vertrat den Standpunkt, daß die Isländer in diesen Dingen viel zu konservativ seien und nicht ausreichend an die Möglichkeiten ihres Landes glaubten, hier könne man durchaus verschiedene südliche Kohlarten unter freiem Himmel züchten, wenn auch ihre Versuche, dies praktisch unter Beweis zu stellen, im Sande verliefen. Dagegen arbeiteten Mama und sie gemeinsam daran, oben auf dem alten Familiengrund auf Lækjarbakki ein wenig Ackerbau zu betreiben. Es war Gertrud, die zuerst vorschlug, diesen Ort etwas zu nutzen, an dem keiner mehr wohnte und an dem nicht viel mehr an die Familie Killian erinnerte als Papas alter Bulldozer, der dort neben dem Wohnhaus stand, das »das Weiße Haus« genannt wurde. Am liebsten wollte Gertrud Lækjarbakki als Landsitz nutzen, und da erwachte aufs neue ein alter Traum in uns, der Familie in Onkel Friðriks Keller, nämlich ein Sommerhaus zu besitzen. Alle erinnerten sich mit Sehnsucht an unsere Hütte am See, in Veiðilundur am Þingvallavatn, aber nur für sich allein. Sie war mehr oder weniger ein Tabu, nachdem sie verlorenging, über sie wurde nicht gesprochen, der Ausgang dieser Sache erinnerte allzu traurig an das wechselhafte Schicksal der Familie. Aber nun waren andere Zeiten und kein Grund zu klagen, alles schwamm im Geld, Papa war der Geschäftsführer eines aufstrebenden Unternehmens, einer ganzen Fluggesellschaft, und kein Grund, sich in Depressionen zu wälzen. Dort stand das »Weiße Haus« noch immer, in gutem Zustand, man brauchte nur zwei, drei Fenster auszuwechseln, die Haustür zu reparieren, aufzuräumen und ein wenig zu dekorieren, dann würde das ein ausgezeichneter Ort werden, um es sich mit der Familie an schönen Sommertagen gutgehen zu lassen. Die nächsten Wochenenden hatten wir genug zu tun, kleine Ausbesserungen vorzunehmen, neue Scheiben in die Fensterrahmen einzusetzen, Stühle und Tische hinaufzubringen, zu wischen und zu scheuern, aber als es soweit war, hatten wir keine Lust, dort alle zusammen untätig herumzuhängen. Meine große Schwester fing gerade an der Universität an, ich war auf der Oberschule und konnte mir das Ganze als Partyräume vorstellen, hin und wieder am Wochenende, mit Gleichaltrigen aus der Schule, aber dort mit Eltern und Geschwistern herumzusitzen war völlig absurd. Papa hatte sowieso keine Zeit für irgend etwas, das nicht mit dem Geschäft zu tun hatte, er arbeitete Tag und Nacht, und die wenigen Augenblicke, die er zu Hause war, hing er am Telefon, und außer den paar Wochenenden, die Mama und Gertrud dort zusammen verbrachten und auf ihren Kartoffel- und Kohlbeeten herumwirtschafteten, war es eigentlich nur Gúndi, der einen Weg fand, den Ort zu nutzen. Er fuhr mit seinem Ballon nach Lækjarbakki hinauf, lagerte ihn dort im Schuppen, stellte ein kleines Ersatzteillager zusammen und plante, eine Verkaufsniederlassung aufzubauen; seine ganze Energie und sein ganzes Interesse konzentrierten sich damals ausschließlich auf Ballons. Er hatte eine Ballonzeitschrift abonniert und besuchte Ballonvorführungen und -veranstaltungen überall auf der Welt, seine Karriere im Familienunternehmen Luftvision AG ließ er ziemlich schleifen.

Im ersten Stockwerk wohnten Guðfinna und ihre beiden Söhne. Guðfinna war eine sanftmütige und stille Frau; Gertrud fand sie schrecklich schafig. Ihre beiden Söhne waren auch sehr ruhige Zeitgenossen und machten normalerweise keinen großen Lärm, außer wenn sie anfingen zu trinken und ihre Mutter Guðfinna hinaus auf den Balkon sperrten.

Guðfinna war mittleren Alters, dick und mit ziemlich sorgenvollen Gesichtszügen, die Mundwinkel herabgezogen, eine scharf gebogene Nase, aber sie war höflich und mischte sich im Umgang mit den Nachbarn nie in deren Dinge ein. Schweigend ging sie mit ihren dicken Beinen unter dem Popelinmantel die Straße hinauf und hinunter und hielt die Handtasche mit beiden Händen, wenn sie zum Einkaufen ging. Ihre Söhne waren ebenfalls ziemlich gewöhnliche Männer, um die Dreißig wohl, beide hatten einen etwas verzerrten Gesichtsausdruck, so wie man ihn von zuwenig Schlaf bekommt, sprachen wenig und gingen irgendeiner Arbeit nach, wenn sie nicht an ihren Schrottkarren auf dem Parkplatz vor dem Haus herumpusselten. Außer wenn sie anfingen, Branntwein zu trinken, dann geschah immer das gleiche: Sie sperrten ihre Mutter hinaus auf den Balkon.

Beschlossen die Burschen, den Tag zu feiern, so erinnere ich mich, dann begannen sie meist so um die Mittagszeit, fuhren schnell beim Staat vorbei, so der Spitzname der Staatlichen Alkohol- und Tabakverkaufsstellen, und mischten sich dann ihre ersten Drinks. Sie waren nur zu zweit, kein Zusammenrufen von Freunden und Bekannten, nur die Mutter war um sie herum, und vielleicht hat sie die Trinkerei kritisiert, jedenfalls empfanden die Burschen die alte Frau wohl als störend bei ihrem Beisammensein, so daß sie sie hinaus auf den Balkon schoben und hübsch hinter ihr abschlossen.

Der Balkon ging hinaus auf die Straße und war für alle, die vorbeigingen, einsehbar. Er war klein und bogenförmig und hatte ein Eisengitter darum herum, ein äußerst kalter Platz, und deswegen waren viele schockiert, die Mutter dort draußen im Kittel und in Hausschuhen Wintertage lang stehen zu sehen, während sich die Söhne drinnen im Warmen eine schöne Zeit machten.

Manchmal, wenn niemand da war, kletterten die Kinder hinauf auf diesen Balkon. Das war ziemlich einfach, wenn man auf ein Fensterbrett und dann auf das Dach über der Haustür stieg. Aber ältere Hausfrauen sind sich natürlich ihrer Würde bewußt und können nicht außen an einem Haus hinabklettern, selbst wenn es gar keine Schwierigkeit ist. Wenigstens tat Guðfinna nichts, um von dort fortzukommen, klopfte nicht an der Tür, kraxelte nicht hinunter, rief nicht um Hilfe. Stand nur geduldig da. Im Kittel. Im strömenden Regen oder im Schneesturm. Manchmal riefen die Leute zu ihr hinauf:

– Bist du ausgesperrt, liebe Guðfinna?

Dann antwortete sie:

– Ich warte nur ein bißchen hier draußen.

Einmal, erinnere ich mich, bekam sie Hilfe. Ein wackerer Nachbar verlor die Geduld und rief die Feuerwehr, die mit einer Leiter anrückte. Die Feuerwehrleute stiegen bis zum Balkongeländer zu der Dame hinauf und boten an, ihr hinunterzuhelfen. Sie sagte, das sei völlig unnötig.

– Mir ist nicht kalt, fügte sie hinzu. Das war im Februar, ich weiß es noch, Orkanwind aus Südost und Schneeregen.

Wenig später kam auch die Polizei angerast, die meisten Einwohner der Straße waren am Ort des Geschehens erschienen und hatten sich im Vorgarten versammelt. Die Gefangene auf dem Balkon versuchte so zu tun, als ob alles normal wäre, in ihrem regendurchnäßten Kittel, das Haar im Gesicht klebend.

– Mir gefällt es, so ein bißchen auf den Balkon hinauszugehen, sagte sie wie zur Erklärung. Aber da kletterten zwei Polizisten zu ihr hinauf und brachten sie die Leiter hinunter, einer vor ihr, einer hinter ihr kletternd. Sie widersprach nicht. Versuchte nur so zu gucken, als ob alles ganz gewöhnlich und selbstverständlich wäre. Dann brachten die Polizisten sie zur Tür, klopften an, und ihre Söhne ließen sie hinein. Und warfen sie an diesem Tag nicht mehr hinaus. Aber etwa einen halben Monat später sah man die Brüder mit etwas Klirrendem in den typischen schwarzen Plastiktüten nach Hause kommen, und wenig später öffnete sich wieder einmal die Balkontür und Guðfinna wurde hinausgestellt. Allerdings war es diesmal so, daß sie einen Mantel und einen Regenschirm mitbekommen hatte. Sie zog den Mantel an und öffnete den Regenschirm und stand so die nächsten Stunden mit einer Geduldsmiene, als ob sie auf den Bus wartete.

Unter dem Dach befanden sich Abstellräume, die zu den zwei oberen Stockwerken gehörten, und außerdem eine ziemlich große Dachkammer, in die später Opa Fúsi einziehen sollte …

* * *

Bárður Killian besaß dank seiner Fluggesellschaft mittlerweile eine solche Macht, daß die Leute ihm langsam Achtung entgegenbrachten. Papiere von ihm galten nun als feine Papiere. Wenn er mit jemandem verhandelte, dann brauchte man nicht länger Zeugen dazu, und mit den Managern der Kreditinstitute sprach er jetzt wie mit Gleichgestellten. Abgeordneten und Ministern gab er Anweisungen zum Handeln. So schnell verändern sich die Dinge. Zwar gereichte der große Skandal um seinen Bruder den Bankdirektor ihm ebensowenig zu größerem Ansehen wie irgend jemand anderem aus der Familie, auf einmal war Villi eine Belastung für den Ruf seiner Geschwister, aber das ließ sich ertragen. Dann begann Bárður, an geschäftlichen Verhandlungen im Ausland teilzunehmen wie ein vornehmer, würdevoller Finanzpotentat: dieser konzessionslose Taxifahrer aus dem Reykjavíker Schwindler- und Tricksermilieu flog nach Amerika und Großbritannien, im blauen Anzug und mit einer Aktentasche, um höhere Geldangelegenheiten mit den dortigen Fürsten zu besprechen. Zwar trug er noch immer seinen graugesprenkelten Pennermantel und den schwarzen Gangsterhut, aber in seiner Aktentasche befanden sich echte Dokumente, Bankbürgschaften, Vollmachten und sogar Geld, und das war das Entscheidende.

Das einzige Problem war, daß der Geschäftsführer in so große Verführung zu trinken geriet, wenn er kurz ins Ausland mußte. Größere Standhaftigkeit besaß er nicht. Es ging gut, wenn er seinen Sohn Gúndi bei sich hatte, die Familie bietet Geborgenheit und Trost, aber Gúndi kümmerte sich nun viel weniger um das Unternehmen als früher. Die Ballons nahmen ihn ganz in Beschlag, und beim letzten Mal, als Bárður ins Ausland fuhr, da begleitete ihn Kúddi, der gerade als Kassierer im Unternehmen angefangen hatte und Finanzdirektor genannt wurde. Es war ein Kurztrip nach London, nur drei Besprechungen, aber es stellte sich heraus, daß dies die Kräfte des Geschäftsführers überstieg, am dritten Abend begann er zu trinken. Da waren die beiden wichtigen Treffen zum Glück schon vorbei, und er hatte sich ganz wacker gehalten, obwohl er ein wenig manisch gewesen war. Die Hände hatten ihm gezittert und in seinen Augen ein Funken Wahnsinn geblitzt, aber kaum, daß er am dritten Abend zu trinken begann, überfiel ihn der Blues. Er fing an zu weinen. Er saß und trank weinend die ganze Nacht und rannte dann gegen Morgen hinaus, als Kúddi, der auf Bárður aufpassen sollte, eingeschlafen war. Aber zu aller Freude kehrte Bárður spät am Abend ins Hotel zurück, die Polizei brachte ihn an, er war ein wenig benommen, war in einiges hineingeraten, überfallen und bewußtlos geschlagen worden und konnte irgendwie weder sprechen noch trinken, das war sein Glück. Am Tag danach flogen sie nach Hause, und es stellte sich heraus, daß Bárðurs Kiefer gebrochen oder gesplittert war, und die wenigsten, außer seiner Frau und seinen engsten Mitarbeitern vielleicht, erfuhren von diesem Rückfall des AA-Missionars in die Trunksucht.

* * *

Ich arbeitete zu dieser Zeit sehr viel bei Luftvision, erledigte verschiedene Aufgaben, manchmal allein und manchmal zusammen mit dem Alten, meinem Vater. Es machte jetzt Spaß, mit dem Alten durch das ganze Land zu gondeln, in Firmen, Banken, Verbände, Läden, Restaurants zu kommen. Überall wurde er mit Achtung behandelt, sobald er seinen Namen oder seine Firma nannte, an vielen Orten hatte er Freunde und Bekannte, alle wollten mit ihm bekannt sein und ihn unterstützen, er bekam den besten Service, wohin er kam, und wenn es einmal passierte, daß er irgendwo nicht nach seinem Kopf bedient wurde, dann sprach er davon, den verdammten Laden einfach aufzukaufen:

– Was soll dieses Hotel hier kosten?

Dann fuhren wir zwei Richtung Westen über das Meer, um uns Transportflugzeuge anzusehen, mit einem möglichen Kauf im Hinterkopf, oder Miete, oder Mietkauf, das waren keine einfachen Angelegenheiten …

Der Alte hatte mir gesagt, er brauche jemanden als Halt und Trost; die internationale Flugbranche ist etwas anderes als die Führung eines Kiosks, das ist die Welt der großen Jungs, derer, die nicht beim kleinsten Anlaß den Mut verlieren, die zu denken wagen, zur rechten Zeit am rechten Ort sind, immer funktionieren. Aber ich habe den Verdacht, er hatte nur Angst, nicht wieder nach Hause zu kommen, wenn alles schiefginge. Ich wußte nicht, was ich auf dieser Reise tun sollte, aber versuchte dem Auftrag nachzukommen, den Alten im rechten Fahrwasser zu halten.

Eigentlich war das ein recht unverschämter Vorwand von dem Alten, daß er uns Söhne als Halt und Trost in internationalen Handelsgeschäften brauchte, denn andererseits betrachtete er uns weit über das entsprechende Alter hinaus als Kinder. Er schien sich nie an den Gedanken gewöhnen zu können, daß wir etwas anderes waren als nur kleine Jungs. Einmal, als ich ein achtzehn, neunzehn Jahre alter Gymnasiast war und schon lange in verrauchten Cliquentreffen herumsaß oder in die Kaffeehäuser ging und mich nie mehr bewegte als unbedingt notwendig, wie zum Beispiel zur Schule zu latschen oder zur Bushaltestelle zu schlurfen, da riß mir irgendein Kleidungsstück, wahrscheinlich weil ich noch immer in die Höhe und Breite wuchs. Der Saum an einer Jacke oder einem Hemd war aufgerissen. Ganz im Geiste traditioneller Arbeitsteilung setzte sich meine Mutter im Wohnzimmer nieder, wo mein

Vater und ich fernsahen, und begann, sich in gutmütig ärgerlichem Ton darüber auszulassen, was ich doch für ein schrecklicher Kleiderzerstörer sei, dauernd müsse sie an irgendwelchen Klamotten von mir herumstopfen. Mein Vater hob den Handschuh für mich auf, wie er uns als Kinder immer in Schutz genommen hatte. Er beschloß, an das wahre Wesen der Kindheit zu erinnern, und sagte mit hoher, heller, verständnisinniger Stimme:

– Ach du weißt doch, wie die Jungen sind. Die rennen doch den ganzen Tag nur herum und raufen sich!

Sagte er über mich, den knapp zwanzigjährigen angehenden Akademiker. Und nur zwei Jahre später bin ich ein unverzichtbarer Rückhalt im Millionengeschäft mit den Amerikanern geworden …

Wir saßen im Flugzeug auf dem Weg nach New York. Von dort sollte es weitergehen nach Chicago, der Hauptstadt der Gangsterbosse, um mit wichtigen Männern zu sprechen und eine alte Propellermaschine zu besichtigen … Langsam wurde es lebhafter und fröhlicher im Flugzeug, die Leute sprachen lauter, sprangen mittlerweile im Hemd herum, steckten die Köpfe zwischen den Sitzreihen hindurch und fragten: »Wohin soll es denn gehen?«, die Stewardessen hatten alle Hände voll zu tun, den ehrenwerten Herrschaften Bier und Cola mit Wodka zu bringen, aber Papa bat immer nur um Kaffee. Tasse um Tasse, schluckte Kaffee, als ob sein Leben davon abhinge, mit verzerrtem Gesicht, sprach kaum, antwortete einsilbig. Ich wagte nicht, um ein alkoholisches Getränk zu bitten, hatte schon lange allen Kaffee getrunken, den ich mir überhaupt einverleiben konnte, doch im Hause des Gehängten soll man die Schlinge nicht erwähnen. Außerdem war Papa der Anführer, und es war selbstverständlich, seinem Beispiel zu folgen. Es wäre auch zu befürchten gewesen, daß er sonst meinem Beispiel folgen und sich vielleicht so vollaufen lassen würde, daß die ganze Reise zum Scheitern verurteilt wäre. Aber als er die neunte Tasse Kaffee bestellte und ich das fünfte Mal »Nein, danke, für mich nichts« sagte, da hatte Papa wohl genug und sagte:

– Du kannst dir meinetwegen ruhig etwas bestellen! Ich hoffe, du willst mir nicht deine Rücksicht beweisen, indem du dasitzt wie ein Huhn mit trockener Kehle!

Die Stewardeß lächelte voller Verständnis und sah mich aufmunternd an, so als ob sie kurz davor wäre, mich zu fragen, ob ich denn wirklich wie ein Huhn mit trockener Kehle dasitzen wolle. Nachdem ich einen Augenblick verwirrt dagesessen und versucht hatte, zu einer vernünftigen Lösung zu kommen, fiel mir nichts Besseres ein, ich rieb verlegen meine Hände und sagte:

– Ein Bier, so ein kleines Bier, das könnte wohl kaum schaden. Oder?

– Natürlich! sagte Papa. Es ist idiotisch, eine ganze Auslandsreise mit trockener Kehle herumhängen zu wollen. Wer weiß, ob man nicht selbst bald mit anstoßen wird!

Ich sah die Stewardeß mit einem kurzen Funkeln drohender Nervenschwäche in den Augen an, aber beschloß dann, dies als Witz aufzufassen, lachte laut und abrupt und unnatürlich:

– Hahahahaha!

Wir landeten auf dem Kennedy Airport. Wollten am Tag darauf nach Chicago weiterfliegen, ein paar Männer treffen, die uns angeblich alte Militärtransportmaschinen zu günstigen Konditionen vermitteln konnten. Papa war der Verhandlungskünstler, er konnte mit den großen Herren in aller Welt reden, ich war Behelfskoch, Sanitäter, Taschenträger. Vielleicht war meine Stellung wichtig, aber ohne den Alten war ich nichts. Zu diesem Zeitpunkt hatte er fünfzehn Monate lang keinen Tropfen angerührt, nicht seitdem Kúddi und er die Reise nach London gemacht hatten, auf der bekanntlich der Teufel des Branntweins ihn überwältigt hatte. Ich hatte gleich das Gefühl, der Teufel des Branntweins rühre sich auch diesmal wieder, Papa war so sarkastisch. Wir waren in dem Hotel in Manhattan angekommen, wo wir die Nacht bleiben wollten. Ein riesengroßes und schändlich vornehmes Hotel, vielleicht in der Tat angemessen für Männer, die im internationalen Luftfahrtgeschäft tätig waren, eben den Jet-set, aber trotzdem hatte ich das Gefühl, daß wir dort nicht ganz heimisch waren. Dennoch ließ Papa im vornehmsten Restaurant des Hotels einen Tisch für uns reservieren. Es gab ein chinesisches und ein französisches Restaurant, und dann dieses, das nach Victoria, der früheren Königin Englands, benannt war, und dort ließen wir uns nieder, nachdem wir den Reisestaub von uns abgewaschen hatten. Mir schwindelte von all dem. Der Flug, das erste Mal in Amerika. Das Restaurant allerdings war ganz im Stil der Alten Welt, des Britischen Empires, mit Tüchern gedeckte Tische, Lampen, ein Mann, der auf einem weißen Flügel gedämpfte Musik spielte, und richtige Tischdiener. Ein Butler mittleren Alters mit hochmütigem Gesicht und klassischem englischen Akzent fragte die isländischen Flugfürsten, was er uns bringen dürfe. Richtete seine Rede an mich. Ich war darauf nicht vorbereitet, verstand nicht, was der Alte sich dabei dachte, mit mir in dieses Restaurant zu gehen, er war so völlig angespannt und abweisend. Verwirrt sah ich erst den befrackten Butler mit den klassischen englischen Manieren an, dann Papa, aber der war ganz darin versunken, eine Frau anzustarren, die an der Bar stand. Der Kellner räusperte sich, und ich sagte zwei-, dreimal »Öööööö« und bestellte dann einen Kaffee.

– Only coffee, sir? fragte der Kellner mit zurechtweisender Miene. Ich verstand nicht ganz, was er meinte, sah hinüber zu dem Alten, der aufgehört hatte, die Frau an der Bar zu betrachten, und nun das Gespräch zwischen dem Kellner und mir verfolgte, und Papa fragte spöttisch, ob ich nichts haben wolle außer Kaffee. Ich glaubte, er meinte, ich solle mir ein Bier bestellen, wie im Flugzeug, und fügte schnell hinzu:

– And beer.

– Das Traditionsgehabe des Butlers wurde noch herablassender, er sah von seinem Schreibblock auf und fragte:

– A beer, sir. And coffee?

– Yes, coffee and beer.

– Coffee and beer ..., sagte der Butler. Excellent choice, sir!

* * *

Am Morgen danach fuhren wir mit einem Taxi ein kurzes Stück, was wegen des dichten Verkehrs Ewigkeiten dauerte, bis vor die Eingangstür eines Wolkenkratzers im Zentrum von Manhattan. Fuhren mit dem Lift hinauf in den siebenunddreißigsten Stock und stellten uns der Frau vor, die dort mit einem Telefonhörer auf dem Kopf saß.

– I have an appointment with Mr. Dewball, sagte Papa. Ich wußte nicht, wer der betreffende Mann war; Papa erzählte mir im allgemeinen nicht, worum es bei seinen Vorhaben oder unseren Aufgaben ging, aber die Frau rief diesen Dewball an, der einen Moment später aufgeregt lärmend aus seinem Büro kam.

– Mr. Killian, Mr. Killian! rief ein kleiner, fetter Mann in einem glänzend weißen Hemd mit umfangreichen Schweißflecken, rannte auf meinen Vater zu und umarmte ihn.

– And who is the young man? rief er, und als ihm erklärt wurde, ich sei Killian junior, wurde mir die gleiche Behandlung, die gleiche Umarmung, die gleiche Liebenswürdigkeit zuteil. Ein scharfer Alkoholgeruch schlug mir entgegen. Wir wurden in das Büro geführt, das mit verstaubten Polstermöbeln vollgestellt war, und bevor wir uns setzen konnten, hatte Mister Dewball schon die Nordhalbkugel vom Globus abgenommen, drei Gläser zur Hälfte mit Whisky und Eiswürfeln gefüllt und war im Begriff, Sodawasser aus einer speziellen Pumpflasche in die Gläser sprudeln zu lassen. Papa sagte:

– No, no, thank you, und ich muß zugeben, daß er damit wahrscheinlich den Whisky ablehnen wollte, aber Dewball faßte es so auf, daß wir kein Soda wollten, so daß er es nur in sein Glas schäumen ließ und uns die goldfarbene Flüssigkeit einfach on the rocks reichte.

– To a long and fruitful cooperation! dröhnte Mr. Dewball und hob das Glas in unsere Richtung, kippte dann die Hälfte seines Glases hinunter. Ich sah Papa an, er zögerte sehr. Amüsierte sich offenbar gut, so stellte er sich vor, sollte das Leben sein. Business-Meetings mit Form und Stil, aber ich sah, daß er es dabei bewenden ließ, das Glas an die Lippen zu heben, daran zu riechen und die Augen zu schließen, so daß ich erleichtert seinem Beispiel folgte.

Sie besprachen etwas, was sie schon früher in einem Brief erörtert hatten, nachdem sie sich das letzte Mal getroffen hatten, in Fortsetzung von dem, was sie telefonisch vereinbart hatten, und Dewball schrieb einiges handschriftlich auf Zettel und zeigte Photos von Flugzeugen, und Papa nickte und fragte etwas, was ich nicht verstand, aber das überraschte mich am meisten, wie gut sein Amerikanisch war, ein Mann ohne höhere Schulbildung. (Später erzählte er mir, er habe während der Kriegsjahre Englisch gelernt, um als Übersetzer für das Heer arbeiten zu können, denn die Übersetzer hatten die besten Verbindungen, verdienten am meisten. Aber ich glaube, das ist nur eine romantische Legende, natürlich wurde er so gewandt im Amerikanischen, als er in Freeport war.) Das Entscheidende war, daß Mr. Dewball die ganze Zeit anstoßen wollte, zu Zeiten und Unzeiten, und Papa schnupperte immer intensiver an seinem Glas, steckte nun schon die Zunge hinein, und plötzlich sah ich, daß das Glas leer war.

* * *

Wir verabschiedeten uns erst von Dewball, als es mir gelang, Papa darauf aufmerksam zu machen, daß es bald zu spät sein würde, um das Flugzeug nach Chicago zu erreichen. Da hatte Mr. Dewball ihre Gläser mindestens viermal nachgefüllt. Er begleitete uns mit dem Aufzug hinunter und bis hinaus auf die Straße, wo er ein Taxi für uns heranwinkte. Bessere Freunde hat es wahrscheinlich auf der Welt nie gegeben als diese beiden, die sich auf dem Bürgersteig vor dem Wolkenkratzer voneinander verabschiedeten, und Papa war völlig euphorisch im Taxi. Es war ein Chevrolet Impala, mit dem wir fuhren, und Papa und der Fahrer sprachen die ganze Fahrt lang über verschiedene Modelle von General Motors – Buick, Pontiac und Oldsmobile, den alten und den neuen Chevy – und trennten sich ebenfalls als beste Freunde; der Fahrer bekam ein großzügiges Trinkgeld. Auch drinnen im Flughafen war der Alte glänzender Stimmung, sagte »Sör« und »Mister« zu jedermann und »Ma'am« zu der Stewardeß, die aber sehr kühl zurückgrüßte, da wir als letzte an Bord kamen. Man hatte uns schon viermal ausrufen lassen, aber ich hatte den Alten kaum von der Bar loseisen können, die er auf dem Flughafen gefunden hatte.

Trotzdem benahm er sich, gemessen an den Umständen, noch immer erstaunlich anständig. War weder volltrunken und jenseits dieser Welt noch versunken in Schwermut und Tränen. Allerdings war er nicht länger in der Lage, die Reise zu leiten. Als wir in der Stadt Al Capones landeten, mußte ich selbst den Weg durch den Flughafen finden, das Gepäck holen, ein Taxi besorgen. Papa stolperte nur neben mir her und führte lange Selbstgespräche. Er begegnete einem Mann, der einen schwarzen Hut trug wie er, und begann sofort ein Gespräch mit ihm, nahm den Hut ab und bot an zu tauschen. Ich mußte Ewigkeiten warten, bis Papa und der andere Hutbesitzer diese Angelegenheit und verschiedene andere erschöpfend besprochen hatten.

– Das war ein lustiger Mann, sagte er, als wir endlich im Taxi saßen. Er empfahl mir einige Bars, die wohl verdammt gut sind.

Und da gab ich ihm dann doch eine moralische Empfehlung, ich hatte mich endlich aufgerafft, zu tun, was meine Aufgabe war, nämlich zu versuchen, ihn vom Pfad der Trunksucht abzubringen.

– Also, wir dürfen uns jetzt nicht total vollaufen lassen.

– Vollaufen lassen? Bist du betrunken?

– Nee ...

– Also, was dann?

– Na ja, du mußt aufpassen, daß du nicht zuviel ...

– Bin ich betrunken?

Ich ließ das Thema für den Augenblick fallen.

Wir betraten das Hotel. Es war nicht ganz so vornehm wie das Flugfürstenhotel in New York. Papa war kaum drinnen, als er schon an der Bar am Eingang vor Anker ging, und dort hing er für den Rest des Tages. Ich hatte mittlerweile das Gefühl, daß alles von Anfang an sinnlos gewesen war, die ganze Reise. Ich wußte nicht einmal richtig, worum es ging, nur daß der Alte meinte, er müsse nach Amerika fahren für irgendein Geschäft, um festzustellen, ob es nicht möglich wäre, ein paar alte Militärmaschinen zu guten Konditionen zu kaufen. Vielleicht war das nur ein Vorwand gewesen, vielleicht war es nie um etwas anderes gegangen als eine einzige verfluchte Sauftour.

Am Abend gingen wir zusammen in die Stadt. Der Alte war äußerst liebenswürdig zu mir. Nur mal schnell in die Stadt huschen, checken, ob man sich nicht irgendwo hinhocken, die Reisemüdigkeit abfallen lassen kann, am nächsten Tag sollten wir ja die Großen des Geschäfts treffen. Die Flugzeughändler. Wir nahmen ein Taxi, das in einer Straße voller Leuchtreklame hielt. Dort lag Bar neben Bar, in allen Größen und Ausstattungen. Wir gingen in eine gleich am Anfang der Straße, die war sehr bescheiden, dunkel und nur wenige Leute drinnen. Papa ließ sich an der Bar nieder, auf einem hohen Hocker, ich folgte seinem Beispiel. Hinter dem Tresen wartete der ewige Barkeeper, mit einem Geschirrtuch, trocknete Gläser.

– Gentlemen? sagte er und wandte sich Papa und mir zu.

Ich wollte noch einen letzten Versuch machen, der Trinkerei in unseren Reihen ein Ende zu setzen, etwas zu bestellen, das nicht zu besäufnismäßig war, etwas Zivilisiertes, auch um zu zeigen, daß ich in dieser Beziehung kein völliger Hinterwäldler war. Hob den Zeigefinger und fragte feierlich:

– Do you serve Irish coffee here?

Der Barkeeper sah mich ungläubig an.

– Do I what?

Ein alter Schwarzer, der auf dem Nachbarhocker vor seinem Glas hing und uns beobachtet hatte, als wir hereinkamen, drehte sich zu mir und sagte verständnisvoll:

– Irish? They serve anybody coffee here!

– A double scotch for me, sagte Papa. Dann legte er sein Gesicht auf den Tresen, schüttelte den Kopf und sagte »Ich werde nicht älter« zur Tischplatte.

* * *

Der große Skandal ereignete sich einen halben Monat nachdem die Stammutter des Geschlechts, Solveig Árnadóttir Killian von Laufskálar und Lækjarbakki, beerdigt worden war: Überschrift in Riesenbuchstaben über die ganze Vorderseite des Nachmittagsblatts, von einer großangelegten Unterschlagung durch einen der Bankdirektoren der Staatsbanken. Im Bericht stand, daß nach zuverlässigen Quellen des Blattes ein großer Betrugsfall ans Licht gekommen sei, bei einer besonderen Untersuchung, der die gesamte Buchhaltung der Bank unterzogen worden war. Diese Untersuchung sei durchgeführt worden, weil der Verdacht von Unregelmäßigkeiten bestanden habe, und dieser Verdacht habe sich von Anfang an gegen den betreffenden Bankdirektor gerichtet. Er wurde nicht namentlich genannt, aber es bestanden kaum Zweifel, wer gemeint war: wie es im Text hieß, sei er sehr bekannt und angesehen, sowohl als Bankfachmann als auch als Sportler. Es war klar, daß hier die Rede von Vilhjálmur Eðvarð Killian war.

Es traf sich so, daß Frau Solveigs Erben am selben Abend, an dem diese Nachricht veröffentlicht wurde, geplant hatten, im Heim der lieben Toten bei Lára und Pfarrer Sigvaldi zusammenzukommen, um Verschiedenes im

Zusammenhang mit der weltlichen Hinterlassenschaft der Verstorbenen zu besprechen. Irgendwie hatte niemand die Initiative ergriffen und dieses Familientreffen wieder abgesagt, obwohl das vielleicht nach dem Stand der Dinge das natürlichste gewesen wäre. Also kamen sie, Bárður und Frau, Sigfús junior und Hróðný. Vilhjálmur Eðvarð ließ sich dagegen nicht blicken, wie zu erwarten gewesen war, und auch Friðrik der Nervenarzt kam nicht, denn er war zu diesem Zeitpunkt eigentlich schon einen ganzen Monat krank und keine Besserung erkennbar. Er litt die ganze Zeit unter leichtem Fieber, Schmerzen und Apathie. Die Kollegen dachten vor allem an eine Art Erschöpfungszustand.

Dafür saß dort ein selten gesehener Mann, der bei Lára, Pfarrer Sigvaldi und Áslákur seit dem Tag von Frau Solveigs Beerdigung ein häufiger Gast gewesen war, nämlich Bruder Salómon der Schweigsame. Lára war gegangen und hatte ihn in Kleppur besucht, hatte bei ihm gesessen und mit ihm geschwatzt und ihn gleich am nächsten Tag zu sich nach Hause geholt, damit er ihren Mann und ihren Sohn dort treffen könnte. Und seitdem war er dreimal gekommen, hatte ganze Nachmittage lang dort gesessen und aus dem Fenster gesehen, leise mit dem Jungen Áslákur gesprochen, mit zittrigen Händen zu Abend gegessen, und nun hatte Lára ihn geholt, um die anderen Geschwister zu treffen. Es sollte ein ruhiger und besinnlicher Abend mit ihnen allen zusammen werden, aber da mußte sich diese Katastrophe ereignen.

Die, die kamen, hatten keine Ahnung davon, daß Salómon dort warten würde. Hatten wohl gehört, daß es ihm immer besser ging, aber dann war er einfach da, Bárðurs vollkommenes Ebenbild, nur älter und eingefallener. Die beiden begrüßten sich, und Bárður konnte nichts sagen, brachte kein Wort heraus, sondern setzte sich einfach, bestürzt und kraftlos. Hróðný humpelte zu ihrem Bruder und küßte ihn auf die Wange, und sie wischte sich sogar heimlich eine Träne aus dem Augenwinkel, während Sigfús junior ihm lange die Hand schüttelte, mit vollkommen fassungslosem Gesicht, und schließlich sagte:

– Das ist lange her, daß man dich gesehen hat, Mann!

Da antwortete Salómon:

– Wer bist du?

– Dein Bruder Sigfús!

– Ja. Ja, ich hab irgendwie etwas neben mir gestanden.

Aber dann wurde für diesmal nicht mehr darüber gesprochen ...

Und auch über nichts, was die Erbangelegenheiten der Verstorbenen betraf oder irgend etwas anderes, das praktisch oder dringend war, weil das große Unglück, die gewaltige Katastrophe, die früher an diesem Tag mit Riesenbuchstaben in der Zeitung bekanntgemacht worden war, alles überschattete. Außerdem war Lára in Wahrheit den Tränen nahe, sie konnte kaum sprechen. Ihre Geschwister gaben sich die größte Mühe, einen Grund zu finden, um sich so bald wie möglich wieder fortzumachen, denn dies war weder der Ort noch die Zeit, um Lára zu besuchen, das war offensichtlich. Sie war geistesabwesend, ihre Augen rotgeweint, aber dann riß sie sich zusammen und wurde zornig und bitter gegen die Zeitung, die das aufgebracht hatte. So ein Schmutzjournalismus!

– Ja, meinst du, daß das nur eine Erfindung der Zeitung ist? fragte Hróðný, und ein dumpfer Hoffnungsschimmer erwachte in ihren Augen.

– Das behaupte ich vielleicht nicht unbedingt, antwortete Lára ein bißchen ärgerlich und fühlte, daß sie nicht davon anfangen konnte, wie das ihre Möglichkeiten für die

Vorwahlen ruinierte, wie sich auch tatsächlich herausstellte; ihr Listenplatz hatte als sicher gegolten, aber durch diese Sache rutschte sie auf die Ersatzbank.

– Aber denkt euch nur, so etwas in dieser Weise herauszubringen, ohne Rücksicht auf die Angehörigen. Mein Áslákur las das, völlig unvorbereitet, und ist natürlich todunglücklich jetzt, wie man sich vorstellen kann.

– Der Áslákur?

– Ja, natürlich war das nicht zuletzt, ja vielleicht war es zuallererst für Áslákur eine Katastrophe, denn er hatte all diese Zeit immer so zu seinem Onkel Vilhjálmur aufgesehen. Vilhjálmur war in allem und jedem sein Vorbild gewesen, so daß dies nun ein ganz schönes Desaster war für den guten Jungen.

– Er stand eigentlich an Vaters Statt für ihn, sagte der Vater des Betroffenen, Pfarrer Sigvaldi, der dort saß mit dumpfer Zufriedenheit im spitzen Gesicht, wie immer, wenn sich das Gespräch um große Dinge drehte, denn dann war er auf vertrautem Terrain. Er wußte so einiges von der Unterschlagungssache des Bankdirektors, das er mit großer Befriedigung den ihm am nächsten Sitzenden mitteilte: der Notenbankdirektor hatte ihm nämlich erst vor wenigen Tagen gesagt ... und erst heute morgen hatte ich ein Gespräch mit dem Justizminister, sagte Pfarrer Sigvaldi mit dünner, verhuschter Stimme und sah dabei unruhig zu Frau Lára hinüber, die ihm scharfe Blicke zuwarf, denn Pfarrer Sigvaldi sollte nicht von Dingen plappern, die er nicht verstand. Daher ging er hinaus in die Küche und sah sich dort etwas um.

Aber dann kam Áslákur nach Hause, er war irgendwo unterwegs gewesen und hatte mit einem Freund Hausaufgaben gemacht, und jetzt wollte er nur noch ins Bett. Kam herein und grüßte mit hängendem Kopf und ging dann in sein Zimmer. Lára mußte einfach hinter ihm hergehen, denn es war nicht gut für den Jungen, mit so einem Schicksalsschlag allein zu sein, und da kam Pfarrer Sigvaldi wieder zurück ins Wohnzimmer und begann zu erzählen, was er von den Angelegenheiten seines Schwagers des Bankdirektors wußte. Das war doch das eine oder andere. Er wußte natürlich, daß eine ähnliche Sache schon einmal aufgekommen war, vor wenigen Jahren, aber dann wurde sie mehr oder weniger als Mißgriff abgetan. Die Leute wollten nicht glauben, daß der berühmte und angesehene Mann auf eine so offensichtliche und ungeschickte Art, wie sie sich ihnen darbot, Geld von der Bank gestohlen hatte. Damals kam er durch, weil er alles zurückzahlen konnte und auch weil man nicht wollte, daß ein solcher Schandfleck auf die ehrwürdige Institution fiele; außerdem hatte er einflußreiche Freunde. Aber diesmal wird ihn nichts retten, die Beträge, die er beiseite gebracht haben soll, sind so unglaublich, daß selbst sein ganzer Besitz nicht annähernd dafür ausreichen wird, und auch wenn er sich in angesehenen Clubs befindet, seine Freunde werden ihn nicht ein ums andere Mal retten.

– Ich traf den Vorsitzenden des Aufsichtsrates der Notenbank heute morgen, sagte Pfarrer Sigvaldi und zwitscherte vor Zufriedenheit, eine so aufmerksame Zuhörerschar um sich zu haben, und was er am merkwürdigsten findet, ist, daß Vilhjálmur anscheinend kaum Anstalten gemacht hat, seine Unehrenhaftigkeit zu verstecken. Den eigenen Dreck zu verscharren! Ihm mußte klar gewesen sein, daß das herauskäme. Es ist beinahe, als ob er darauf gewartet hätte, entdeckt zu werden …, sagte Pfarrer Sigvaldi, aber verstummte dann und stand auf und tat so, als ob er etwas anderes täte, denn Frau Lára kam wieder ins Zimmer und verkündete, daß der Junge sich eigentlich erstaunlich gut hielte, gemessen an den ganzen Umständen.

Aber Salómon der Schweigsame, was sagte der? Er sagte wie zu erwarten nichts, schwieg nur, sah von einem seiner Geschwister zum anderen, aber nicht unbedingt auf die jeweils gerade sprechenden. Vielleicht hörte er nicht einmal zu. Hin und wieder richtete Lára mit freundlicher Stimme das Wort an ihn, als ob sie mit einem Kind spräche, aber nein, er wollte keinen Kaffee mehr, gar nichts mehr, wollte keine Umstände seinetwegen. So richtete sie also die Kissen in seinem Rücken, um irgend etwas für ihn zu tun, und er war dankbar, lächelte und nickte mit dem Kopf, stark, lange. Bald rüsteten sich alle zum Aufbruch, es wurde nicht zum Bleiben aufgefordert, es gab wohl einiges an Büchern und kleinen Statuen und so, das Mama Gott hab sie selig besessen hatte, aber darum würde man sich später kümmern müssen. Salómon stand ebenfalls auf, er mußte für die Nacht wieder zurück in die Heilanstalt, und Sigfús junior bot ihm an, ihn mitzunehmen. Klingelte mit den Jeepschlüsseln. Und so gingen die beiden Brüder gemeinsam.

Sigfús war zufrieden, im Auto auf der Heimfahrt Gesellschaft zu haben. Es war nicht so oft, daß er Gesellschaft hatte, und er beschloß, einen Umweg zu machen, dem Bruder das eine oder andere Bemerkenswerte in der Stadt zu zeigen. Die große Kirche, die gerade am Skólavörðuholt gebaut wurde, den Flughafen und das Hauptquartier der Fluggesellschaft, die ihr Bruder Bárður mittlerweile besaß, die Bank, bei der Vilhjálmur Direktor war (Sigfús hatte in dem Augenblick vergessen, daß Vilhjálmur nicht mehr dort arbeitete), und zuletzt fuhr er mit dem Bruder hinein in den Ehrenhof. Zeigte ihm stolz all die Ersatzteile. Das alte Familienunternehmen. Sigfús sprach die ganze Zeit, während sie im Auto saßen, sprach und sprach und zeigte und sagte manchmal etwas Witziges und lachte dann und schlug auf das Steuer des Jeeps oder hupte sogar laut, und das heiterte Salómon auf. Er lächelte und nickte mit dem Kopf und warf sogar Fragen ein, die ihm knapp und klar beantwortet wurden, und als sie vor Kleppur vorfuhren und sich vor dem Eingang trennten, nach dieser interessanten und unterhaltsamen Rundfahrt, da sagte Salómon beim Abschied:

– Ja, ich hab ganz schön neben mir gestanden.

Ein furchtbar guter Schrank zur Aufbewahrung

Niemals hatten die Leute in der Familie gelobt, was ihnen in den königlichen Gemächern des Bankdirektors und seiner Frau Fríða vor Augen trat. In deren Villa standen kostbarere Möbel, als gewöhnliche Isländer jemals zu Gesicht bekamen, außer vielleicht in ausländischen Wochenblättern. Im Haus des Bankdirektors tauchten sofort alle neuen Geräte auf, die der Weltmarkt zu bieten hatte: Geräte für die Küche, Radios in Edelholzschränken, automatische Waschmaschinen, Wäscheschleudern, Bügelgeräte und Trockner (obwohl alle wußten, daß die Hausfrau die schmutzige Wäsche von einer Wäscherei bei sich abholen ließ und sie dann waschmittelduftend und steifgepreßt zurückgebracht bekam). Im Keller gab es Kegelbahnen, ein Dampfbad, das Wohnzimmer war mit einem Glashaus in den Garten hinein verlängert, und tropische Pflanzen gediehen dort das ganze Jahr. Die Hausfrau war Abonnentin vieler ausländischer Zeitschriften über Wohnungseinrichtung und -dekoration, und regelmäßig wurde die Sofaecke ausgetauscht, wurden neue Lampen gekauft, Halbwände eingezogen, der Bodenbelag erneuert, gestrichen, umgestellt, beleuchtet, dekoriert: königliche Eßzimmermöbel mit Glasschränken und Buffet, alles neu in den Kinderzimmern, neue Kücheneinrichtung, es gab immer irgend etwas. Immer etwas, das man den Leuten zeigen konnte, die zu Besuch kamen, den Leuten, die das Glück hatten, sich nicht mit dem Bratenduft zufriedengeben zu müssen, oder die dieses Heim nur in Interviews mit der Hausherrin oder in Artikeln über die Eheleute zu sehen bekamen, die regelmäßig in »Die Woche« oder »Der Falke« erschienen, sondern die es vielmehr höchstpersönlich in Augenschein nehmen, sich im Haus herumführen und auf jede Veränderung, jedes neue Stück aufmerksam machen lassen konnten. Die sich einmal in die Luxusautos in der Garage setzen durften.

Die Verwandten wußten nichts zu sagen. Nicht einmal Lára, die mit Pfarrer Sigvaldi und ihrem Sohn Láki ein regelmäßiger Gast im Haus war. Wie die Frauen des Volkes, wie Mama oder Hróðný, Oma Solveig, Gertrud die Deutsche, die Brüder und Schwägerinnen von Frau Fríða. Diese Leute sagten nichts, ließen es bei einem Nicken mit einem zweideutigen, gequälten Lächeln im Gesicht. Vielleicht war der Grund der, daß all dies neben und außerhalb ihrer Lebenswirklichkeit lag, außerhalb ihrer Erfahrungswelt. Ihr Wortschatz, der über Bewertungen wie »eins a wiederhergerichtet«, »noch sehr gutes Stück«, »hält einiges aus«, »hat auch sein Gutes« verfügte, dieser Wortschatz war wie eine tote Sprache, wenn es daranging, die Königsschätze im Haus des Bankdirektors zu würdigen.

Es war erst bei der verspäteten Konfirmationsfeier der kleinen Fríða Vilhjálmsdóttir, die im Herbst, nachdem Oma gestorben war, gehalten wurde, daß die Frauen ihre Sprache wiederfanden. Die Feier wurde im neuen Heim der Familie gehalten, in einem tiefen Keller in Pingholt. Er war so tief, dieser Keller, daß die Wohnzimmerfenster, zwei längliche Fenster oben unter der Decke, nur in eine Öffnung hinausgingen, die sich zwischen dem Bürgersteig und der Hauswand befand. Über der Öffnung lag ein Stahlgitter, darin hing Papier und Abfall.

Die Gäste gingen die Treppen im Hof hinter dem Haus

hinunter. Zögernd klopften die Leute an die Tür, denn dort war kein Namensschild, keine Türglocke, und sie ähnelte weniger einer Wohnungstür als dem Eingang zu einem Kartoffelkeller oder so etwas. Aber dann kamen sie und schlossen auf, Frau Fríða, makellos wie immer, und das Konfirmationskind mit dem rotgefleckten Gesicht, dem offensichtlich auferlegt worden war, sich an diesem Tag gut zu halten, aber das nur wenige täuschte. Die beiden anderen Schwestern wurden an diesem Tag nicht konfirmiert, sie mußten den Kopf nicht hoch tragen, durften zusammen auf einem Sessel in der Wohnzimmerecke kauern, erwiderten die Begrüßungen schwach, oder mehr noch: verschreckt. Die Gäste drängten sich hinein. Es gab Hocker und Diwane für die meisten Frauen, die Männer setzten sich auf eine Kommode oder lehnten sich an die Wand. Auf dem Tisch waren Eßwaren aufgebaut, und es hätte besten Grund gegeben, diese zu loben, sie waren unfehlbar. Schnittchen, mit deren eigenhändiger Zubereitung Frau Fríða die ganze Nacht beschäftigt gewesen war und die Zeugnis ihrer schöpferischen Hände gaben. Sie hatte auch gebacken und die Marzipantorte verziert und mit schöner Handschrift das Datum und den Namen des Konfirmationskindes daraufgeschrieben. Frau Fríða hatte alte Freundinnen, einige von ihnen noch vom Schönheitswettbewerb, dazu gewonnen, weitere Leckereien vorbeizubringen. Außerdem hatte sie Unterstützung vom Mütterhilfswerk bekommen, denn sie war jetzt alleinerziehend. Vilhjálmur der frühere Bankdirektor kam zu der Feier, als sie schon weit fortgeschritten war. In einem Anzug, aber darunter im Unterhemd, ungekämmt, unrasiert, arbeitslos, hemdlos, Heim verloren, Gesundheit verloren, die Glücklosigkeit riß alles mit, aber sprach mit den Leuten, die rotgeäderten Augen starr und weit aufgerissen, klopfte ohne Unterlaß den Kopf des Konfirmationskindes, der kleinen Fríða, seiner Lieblingstochter, die nicht von seiner Seite wich, sich an ihm festklammerte …

Das Essen konnte man wirklich loben, und das wurde vielleicht auch getan, mit einem Murmeln und einem Kopfnicken, aber es war von Anfang an ein etwas schweigsames Beisammensein. Nach dem Kaffeetrinken saßen die meisten mit leeren Kaffeetassen und den nicht dazupassenden, leer gegessenen Kuchentellern in den Händen und sahen auf den Boden, das von Mäusen angefressene Tischtuch, den fleckigen Teppich. Aber da war es Frau Lára, die das Schweigen brach, jemand mußte das Schweigen brechen, und Frau Lára sagte mit hoher und zitternder Stimme, die ein wenig an die helle Stimme ihrer Mutter Gott hab sie selig erinnerte, wenn diese Anlaß fand, etwas zu loben:

– Das ist ja eine außerordentlich nette Wohnung, die du hier bekommen hast!

Und da ging ein Brausen durch das Fest, die Männer murmelten ihre Zustimmung, doch die Frauen dämpften ihre Stimme nicht, als sie in das Lob einfielen:

– Ja, so außerordentlich sauber.

Frau Fríðas Gesicht erhellte sich kurz, sie hatte sich immer gewünscht, eine Wohnung zu haben, die irgend jemand loben würde, das war ihre schwache Seite, und in einer spontanen Eingebung bot sie an, den Leuten das Badezimmer zu zeigen, das einzige Zimmer, das man menschenwürdig nennen konnte. Fünf Frauen standen ohne Umschweife auf, mit himmlischer Milde im Gesicht, denn sie bereiteten sich darauf vor, mehr zu loben, strichen ihre Röcke glatt und richteten ihre Blusenkragen, und dann drängten sie sich alle in die Badezimmertür und lugten hinein. Es war gefliest. Grüne Fliesen bis zur halben Höhe, eine neue, orangefarbene Matte um die Toilette herum und vor der Duschecke. Der letzte Bewohner hatte es selbst eingebaut oder machen lassen, es war klein und eng, aber reinlich und gab nicht Zeugnis des reinen Verfalls. Und die Frauen strichen mit der Hand über die Fliesen und lispelten ein wenig und schürzten die Lippen ganz fachmännisch, das war wirklich eins a wiederhergerichtet und: das hält einiges aus. Und wie ist die Küche? Natürlich war die Küche ein einziges Elendszeugnis, modrig, schief und abgenutzt, eine tiefe Emaillespüle mit rotbraunen Flecken und Kratzern, Barackengeruch, aber die Frauen hatten ja darum gebeten, es zu sehen, also hier ist es, bitteschön. Die Frauen starrten, wurden ein wenig abwesend. Nun brauchte man Phantasie, Schweigen war hier nicht möglich, aber eine von ihnen brachte hervor:

– Diese alten Einrichtungen können sehr hübsch sein, wenn man mal mit dem Pinsel darübergeht!

Ja, und ob sie das konnten. Man brauchte gar nicht immer soviel, um so eine alte Küche zu verschönern. Es ging doch gut, das war doch im Grunde eine ganz königliche Wohnung, wenn man näher hinsah und einmal die Möglickeiten erörterte, und verwirrt setzte Fríða die Führung durch ihr Heim und das ihrer vier Kinder fort: die beiden Zimmer waren eigentlich keine richtigen Zimmer, das innere hier war die Schlafkammer der Kinder, dort hatte sie ein dreistöckiges Bett aus Stahlkojen vom Heeresverkauf, aber die zwei oberen hatte sie aus Anlaß der Feier abgenommen und draußen in den Vorraum gestellt, und wenn man die karierte Wolldecke von dem Sofa nahm, auf dem Sigfús junior und Pfarrer Sigvaldi bis jetzt gesessen hatten, würde sich herausstellen, daß es in Wirklichkeit der unterste Teil der Kojen vom Heeresverkauf war. Das waren wie gesagt »Möbel, die verschiedene nette Möglichkeiten boten« (eine von Frau Fríðas Schwägerinnen). Es war natürlich eng für die Kinder in diesem Zimmer, schwierig mit Kindern in diesem Alter, aber im Winter würden die Mädchen vielleicht nur noch zu zweit sein, Elsa hatte sich eigentlich ein Dachzimmer in der Nähe gesucht und wollte versuchen, die Miete aufzubringen, indem sie am Abend und am Wochenende neben der Schule putzen ging, und Biggi, der Junge, wollte in ein Internat. Ja, er wollte unbedingt weg ... Und im vorderen Zimmer, das eigentlich das Wohnzimmer war, schlief die Dame des Hauses. Dort gab es einen Diwan mit einer Decke darüber, ihn konnte man vielleicht nicht groß loben, und einige Hocker, einen wackligen Sofatisch mit gesprungenen Keramikfliesen und einen Schrank.

– Laß mal sehen, so ein mächtiger Schrank.

– Wo hast du diesen Schrank bekommen? fragte die Schwägerin, aber da schien es, als ob die Hausherrin etwas den Mut verlöre, als ob sie über diese Untersuchung ihrer Wohnung nicht länger so glücklich wäre, und außerdem war dies, wie man es auch betrachten wollte, ein häßlicher Schrank, wertlos, altmodisch, vor fünfzehn, zwanzig Jahren gab es solche überall, aber die meisten waren schon vor langem auf dem Sperrmüll oder im Silvesterfeuer gelandet, Frau Fríða konnte sich gar nicht erinnern, wo sie ihn herhatte. Aber nun war der Schrank einmal erwähnt, und es war nicht möglich, die Besichtigung des Heimes abzuschließen, ohne nicht ein Wort über ihn zu verlieren, nicht möglich, in verlegenem Schweigen zu enden, und die so originelle und begabte Lára ermannte sich, ging zu dem Schrank, strich darüber, öffnete, und vor aller Augen lag die Kleidung der Familie. Dann schloß Lára den Schrank und sagte mit Nachdruck:

– Das ist natürlich ein furchtbar guter Schrank zur Aufbewahrung.

Vilhjálmur der Bankdirektor war gegangen. Hinaus ins Herbstwetter gelaufen in Jacke und Unterhemd, ohne sich zu verabschieden. Das Konfirmationskind hatte sich zu seinen zwei Schwestern gesetzt, die sich die ganze Zeit nicht von ihrem Sessel gerührt hatten, dem einzigen Möbelstück aus dem Haus, in dem sie noch bis vor kurzem gewohnt hatten. Nun hockten sie alle drei darauf, schweigend. Ihre Päckchen hatte die kleine Fríða nicht geöffnet, sie lagen alle auf einem Haufen auf dem großen Schrank, der so gut zur Aufbewahrung war. Die früheren Male war es so aufregend gewesen, die Konfirmationskinder ihre Geschenke aufmachen zu sehen, nicht zuletzt Elsa, als sie das Pferd bekam und Diljá und Fríða ihr dabei zusahen, oder bei Diljás Konfirmation, als sie auf die Bühne gerufen wurde, um die Tickets für die Spanienreise entgegenzunehmen, aber diesmal war es vielleicht nicht so eilig. Alle waren sehr erleichtert, als jemand die Idee hatte, aufzustehen und sich zu strecken, das war doch sehr gut gewesen. Feiern sind nicht unbedingt um so besser, je länger sie dauern. Lára küßte Frau Fríða und die Töchter in der Tür, und einige Frauen folgten ihrem Beispiel, und daraus entstand ein eigenartig ehrlicher Augenblick, ein Moment ohne Falsch. Dann verschwanden die Gäste hinaus in den Herbst, jeder zu sich nach Hause, alle Verwandten außer Áslákur, der es nicht über sich gebracht hatte zu kommen, weil diese ganze Angelegenheit eine solche Katastrophe für ihn war.

* * *

Ich werde nie die Hektik vergessen, in der Papa sich befand in den Tagen, bevor wir seinerzeit nach Amerika flogen, um Flugzeuge zu kaufen. Irgendwie dachte man damals nicht darüber nach, es wurde einfach für selbstverständlich gehalten, daß soviel zu tun wäre, bevor man aufbrach zu so einer weiten Reise. Aber im Rückblick ist es schwierig, die Aufgaben, mit denen er sich abhetzte in den Tagen vor der Abreise, mit dem Ziel unserer Amerikafahrt zu verbinden. Nachdem er zwei Tage und Nächte nur herumgerast war, hinein und wieder hinaus aus unserem Zuhause, hinein und hinaus aus dem Büro, so daß die bei Luftvision nie wußten, wo man ihn erreichen konnte oder wann er anwesend sein würde, da rief er mich auf einmal aus einem Schuhgeschäft unten in der Stadt an und sagte, ich solle auf der Stelle dorthin kommen, einfach ein Taxi nehmen. Es dauerte eine kleine Weile, bis ich von zu Hause wegkam, weil Mama so erstaunt war über die Sache, warum ich auf einmal Geld für ein Taxi hinauswerfen solle, »was ist nur los mit dem Mann«, und das Taxi, das ich rief, brauchte einige Zeit, um zu unserem Haus zu kommen, und dann noch einmal, um sich durch den Verkehr hinunter in die Innenstadt zu kämpfen, und als ich im Schuhgeschäft ankam, ging Papa in glänzend neuen Schuhen hektisch auf und ab. Er konnte nicht genug Worte dafür finden, wie verflucht lange ich herumgetrödelt hätte, und als ich dem Taxi die Schuld gab, blieb er stehen vor Erstaunen, »wer hat das Auto gefahren«, und da hatte ich natürlich keine Ahnung von, »irgend so ein Typ eben«.

– Ein alter Typ? fragte er, und ich bejahte, obwohl er vielleicht nicht besonders alt gewesen war, und Papa begann, sich laut darüber aufzuregen, was für verdammte Gespenster die Taxizentralen beschäftigten, uralte Greise, die fuhren, als ob sie sich an der Spitze eines Leichenzuges befänden, und zwar auf dem Weg zu ihrem eigenen Begräbnis! Aber weswegen war denn alles so eilig? Ja, der Alte kam wieder zu Bewußtsein, ganz richtig, wir waren ja hier unten in einem Schuhgeschäft, er hatte sich neue Schuhe gekauft, und ich sollte das auch tun. Es hilft nichts, man muß gut beschuht sein, wenn man zu so einer Fahrt aufbricht, das kann wahnsinnig viel Gelaufe werden. Und wenige Minuten später hatte ich drei Paar anprobiert und stand in nagelneuen Mokassins auf dem Bürgersteig vor dem Laden, die alten Latschen im Karton unter dem Arm, und der Alte hatte sich verabschiedet. Er hatte keine Zeit, mich nach Hause zu fahren, hatte es so eilig, irgendwo anders hinzukommen, so daß ich mich aufmachte, es waren sowieso nur zwanzig Minuten Fußweg oder so, und die neue Fußbekleidung gleich einweihte. Als ich nach Hause kam, war Papa schon da und hatte einen Mann mitgebracht. Er ließ ein Guckloch in unsere Wohnungstür einsetzen. Das war ein sehr dringendes Unterfangen, denn die Tür hatte kein Fenster. Seitdem wir in die Wohnung eingezogen waren, eigentlich seitdem das Haus gebaut worden war, war es hoffnungslos für die, die innen weilten, sehen zu wollen, wer es sei, der von draußen Einlaß begehrte. Dann war das Guckloch fertig, zu aller Glück und Freude, doch am Abend rückte Papa wieder mit einem Mann an, diesmal mit dem städtischen Schädlingsbekämpfer höchstpersönlich. Papa kannte diesen Schädlingsbekämpfer privat, deshalb hatte der lose zugesagt, nach der Arbeitszeit einmal vorbeizukommen und sich das Problem anzusehen, daß im alten Heizungskeller des Hauses immer wieder Mäuse bemerkt wurden, schon seit der Zeit, als damals die Zentralheizung verlegt und der alte Ölfeuerungsheizkessel entfernt wurde. Es war ein kleiner, versteckt liegender Raum mit Sandboden, der äußerst selten benutzt wurde, höchstens einmal zum Trocknen von nassen Stiefeln und Arbeitskleidung, und dort waren Mäuse gesehen worden, wie sie von einer Wand zur anderen schossen, und manchmal hinterließen sie deutliche Spuren in Form von kleinen Schietkügelchen. Papa und der Schädlingsbekämpfer gingen hinunter, um sich das anzusehen, und der Bekämpfer spottete etwas über diese ganze Sache, er war ein sarkastischer Charakter, und deshalb sagte Papa, daß es natürlich nicht notwendig sein sollte, wegen solcher Kleinigkeiten einen solchen Spezialisten zu rufen, die Leute sollten sich einfach eine Katze halten, und dann wäre das Problem erledigt. Aber der Schädlingsbekämpfer spottete auch über diese Bemerkung, lachte kalt und schnaubte: »Hauskatzen! Die sind doch völlig nutzlos! Fettgefüttert mit Milch und lauwarmem Fischfilet und sehen eine Maus nicht an, wenn sie ihnen über die Schnauze schlendert!« Doch Bárður Killian ließ sich nicht so leicht abbügeln, er mußte seinen Standpunkt beweisen und rannte hinüber ins Nachbarhaus, das nun allerdings nur zwei Garagen weit von uns entfernt war, und lieh sich den dortigen Hauskater für ein paar Minuten. Wir kannten diesen Kater ziemlich gut, denn er kam oft zu uns zu Besuch und war immer ein gerngesehener Gast, eine steingraue Schönheit mit weißer Brust und weißen Socken und dem Namen Prinz. Papa lockte ihn mit Milch und Essensresten zu uns, und wir plauderten dann mit dem edlen Herrn. Schon seit Jahren besaßen wir keine eigene Katze mehr, seit jener Zeit, als der Kater, den wir Kinder Miausi nannten, unser Heim verließ. Nun kam Papa mit Prinz dem Nachbarkater; er war gerade erwacht und schnurrte auf Papas Arm und zwinkerte mit den Augen vor Müdigkeit, und Papa ging mit ihm direkt hinunter in den Heizungskeller, wo der Schädlingsbekämpfer und ich warteten, und setzte den Kater hinunter auf den Sandboden. Er war gerade eben wach geworden, der Arme, dehnte und streckte sich und begann dann, erstaunt zu uns hinauf- und um sich herumzublicken. Was machte man hier für Dinge mit ihm? In dem Augenblick geschah nichts Geringeres, als daß eine dieser betreffenden Mäuse plötzlich zum Vorschein kam, sie kam unter einem Rohr hervor und lief die Wand entlang auf ein Loch in der Ecke zu, und dorthinein verschwand sie. Der Kater sah die Maus und war davon so schockiert, daß er sofort einen Buckel machte, auf den Krallen stand und die Haare aufstellte, und dann zog er sich entsetzt zurück, die Treppe hinauf aus dem Keller hinaus, und hörte erst auf zu rennen, als er aus dem Haus entkommen war. Danach war es noch schwieriger, ihn zu uns auf Besuch zu locken, als es vorher schon gewesen war.

* * *

Ich hatte damals gerade angefangen, neben der Schule wieder ab und zu bei Luftvision zu arbeiten, um Gúndi abzulösen, wenn er einmal anderswo zu sein hatte, und eines Morgens warteten Papa und ich kaffeetrinkend auf dem Zentralen Busbahnhof auf einen Busfahrer.

Wir setzten uns neben die Cafeteria, es war Dienstag und wir waren auf dem Weg zum Büro draußen auf dem Flughafen, aber Papa mußte hier auf einen wertvollen Karton vom Lande warten, der irgendwohin in die Westfjorde geflogen werden sollte.

Da kommt ein Säufer herein. Kein Obdachloser, er benahm sich nicht wie ein Penner, aber ihm fehlte auch die eigenartige Würde des Gewohnheitstrinkers. Er sprach zum Beispiel laut mit sich selbst. Seine Kleidung war wahrscheinlich sauber und ordentlich gewesen, vor einigen Tagen, als er sie anzog, aber sie zeigte deutlich, daß er sie seitdem kaum ausgezogen hatte. Hatte er sich nicht auch in die Hose gemacht? Er sprach eine Frau mit Kind an, nicht unfreundlich, aber er war doch ziemlich widerlich. Wurde verscheucht. Setzte sich. Sah sich um, mit stark zitterndem Kopf. »Waaaaas zuuuuur Hölle ...«, versuchte er zu sagen, aber verstummte nach dem zweiten Anlauf, rülpste. Die Leute um ihn herum verzogen die Gesichter. Zwei junge Mädchen an einem der Nachbartische ogotteten ängstlich. Der Säufer stand auf, schwankte in Schlangenlinien und Stolperschritten in Richtung Tresen.

– Sie bekommen hier nichts! sagte eine hausmütterliche, energische Frau mit strenger Miene und Schürze von der anderen Seite des Tresens. Nun sahen alle auf, auch die, die den Gammler noch nicht beobachtet hatten, und sahen zu, wie er einige Schritte rückwärts ging, die Faust in Richtung der Energischen schüttelte und aufs neue zu seiner Rede ansetzte, die mit den Worten »Waaaaas zuuuuur Hölle ...« begann. Aber er ging zu weit und stieß gegen einen Tisch, an dem ein älteres Ehepaar mit seinen Kaffeetassen saß. Er fiel rückwärts auf den Tisch, der umstürzte, und zwei Kaffeetassen mit Inhalt, ein halbgegessener Honigkuchen, ein Aschenbecher und auch die Zeitung, in der der Mann gelesen hatte, all das landete wild durcheinander auf dem Boden, zusammen mit dem vergammelten Säufer.

Jetzt war es genug. Etwas so verdammt Abstoßendes an einem Dienstagmorgen vor ehrbaren und nüchternen Leuten, die harmlos auf den Überlandbus warten. Alle sahen die jämmerliche Gestalt an, vollgepißt, lallend und widerlich, und hofften, daß bald die Polizei käme, oder die Müllabfuhr oder irgendwas, und sich um diesen Kadaver kümmerte; alle auf dem Busbahnhof dachten das gleiche und hofften das gleiche, außer Bárður Killian. Er allein betrachtete all dies mit verträumtem, hingerissenem Gesicht, wie in Trance, und als schließlich uniformierte Polizeibeamte kamen und den schwankenden, elenden Mann hinausführten, drehte sich Papa zu mir um und sagte:

– Das wollte ich, daß Gott mir gäbe, daß ich so voll wäre.

* * *

Wir hatten einige Besprechungen in Chicago, gingen in Büros, machten lange Fahrten mit dem Taxi, und Papa sprach mit Leuten in einem Hangar auf einem kleinen Privatflugplatz, während ich draußen im Auto wartete. Dann kam er zurück ins Taxi, froh und lustig und nach Whisky riechend, mit dem Hut in der Hand und einer Schirmmütze auf dem Kopf, auf der »Jack Daniel's« stand. Obwohl es mir schwerfiel zu glauben, daß sich irgend etwas getan haben sollte, verstand ich den Alten so, daß die Sache gutgegangen sei und wir unsere Aufgabe nun beinahe erledigt hätten, und am Abend verlor ich ihn. Wir waren unten in der Stadt und Papa mittlerweile so betrunken, daß ich ihn einen Moment auf einer Bank zurückließ, während ich mich nach einem Taxi umsah, und als ich zurückkam, war er verschwunden. Wie ich auch suchte, wie ich auch wartete, er tauchte die ganze Nacht und den ganzen nächsten Tag nicht auf, und ich war vor Angst gelähmt, überzeugt, daß er überfallen und vielleicht getötet worden war, und ich hier, ausweglos festsitzend ... Ich wagte kaum, das Hotelzimmer zu verlassen, hing nur herum und wartete und malte mir das Schlimmste aus, war nahe daran, zu Hause anzurufen, aber mir graute so davor, mit Mama zu sprechen. Beschloß, noch einen Tag zu warten und dann bei Luftvision anzurufen, am besten Gúndi zu bitten, zu kommen und mir zu helfen, wo immer er auch gerade sei.

Mitten in der folgenden Nacht klopfte Papa an die Tür

meines Zimmers, er war nach Hause gekommen, aber hatte Angst, allein zu sein, so niedergeschlagen und deprimiert war er. Ich fragte ihn vorsichtig, ob er das Geld, das Ticket, den Paß verloren habe, und er begann in seinen weiten, tiefen Manteltaschen zu kramen. Darin fand sich nun Gott weiß nicht was, Papiere aller Art, Scheckhefte, Belege, nagelneue Eintrittskarten zu Nachtclubs und zweifelhaften Etablissements dort in der Stadt, Brieftasche, Ticket, Paß, er hatte nichts verloren. Außer seinen Elan und seinen Optimismus, er war in so schlechtem Zustand, daß er sich dort bei mir im Zimmer hinlegen mußte. Es gab nur ein Bett, und ich bot ihm an, daß ich in sein Zimmer gehen und er in meinem bleiben könnte, so schwer bin ich manchmal von Begriff. Für den seit Tagen betrunkenen, völlig deprimierten Mann kam es selbstverständlich nicht in Frage, daß ich ginge, ich sollte bei ihm bleiben, auf ihn aufpassen, und er legte sich neben mich ins Bett und lag dort wie ein Toter.

Am Tag danach machten wir uns auf den Heimweg. Papa ging es mittlerweile etwas besser, er war blaß und eingefallen und schweigsam, aber nüchtern, und hatte mir versprochen, daß er nun nicht mehr trinken würde. Wir checkten am Empfang aus, der Alte mit zittrigen Händen, leichenblaß, das Gesicht hinter einer Sonnenbrille versteckt, wir nahmen ein Taxi hinaus auf den Flughafen und saßen kurze Zeit später in unserer Maschine nach New York. Er bestellte nichts, als die Stewardeß kam und Getränke anbot, und darüber war ich froh, denn wir wollten wieder eine Nacht in der berühmten Metropole, dem Großen Apfel, verbringen. Doch als die Stewardeß gegangen war, ohne daß wir etwas bestellt hatten, da wurde Papa völlig überwältigt, ich fühlte geradezu die Ströme der Hoffnungslosigkeit, die von ihm ausgingen, und kurz darauf stand er auf, um auf die Toilette zu gehen. Kam dann zurück und setzte sich zu mir, etwas heiterer. Fragte mich, ob ich das Leben nicht mit hoffnungsvollem Blick betrachtete, und als ich antwortete:

– Doch, oder spricht etwas dagegen? sagte er:

– Mein lieber Mann!

Wenig später ging er wieder auf die Toilette, und von dort kam er noch fröhlicher, zitierte ein Gedicht, Einar Ben, »Was wissen die Leute von Sorge und Glück / die des Lebens Wein niemals tranken zur Neige«, und nach dem dritten Toilettengang wurde mir endlich klar, daß er betrunken war. Der niederträchtige, verfluchte Scheißkerl.

Ich verstand nicht, wo er Branntwein herbekommen hatte, ohne etwas zu bestellen, aber nach dem vierten Austreten, bei dem er wieder lange verweilt hatte, stolperte er beim Gehen. Und nachdem er einige Zeit neben mir gesessen und zusammenhangloses Zeug vor sich hin gemurmelt hatte, griff er in seine obere Manteltasche, zog eine Handvoll kleiner Flaschen heraus, den Inhalt der Minibars in unseren beiden Hotelzimmern, besah sich einige Zeit die Ginflasche in der einen Hand und die Whiskyflasche in der anderen, als ob es ihm schwerfiele, sich für eine von ihnen zu entscheiden, und machte sich schließlich über beide her.

Das Flugzeug landete in La Guardia, dem Inlandsflughafen von New York, und Papa stand auf. Er konnte stehen. Das war immerhin etwas. Er holte seine Tasche aus dem Fach über dem Sitz, eine schwere, harte Schultertasche, so eine Art Posttasche. Natürlich konnte Papa kein Aktenköfferchen haben wie normale Geschäftsreisende. Immer war die Tasche voller Zeug, sicher zehn Kilo schwer und steinhart. Papa riß sie mit kräftigem Ruck heraus und warf sie sich mit Schwung über die Schulter; die bleischwere Tasche schleuderte in einem Halbkreis durch den Gang zwischen den Sitzreihen und stieß mit einem dumpfen Schlag gegen einen Mann, der dort am Gang saß. Die Tasche prallte gegen die Stirn des Mannes, ohne daß Papa es überhaupt bemerkte. Ich beobachtete dies mit Entsetzen, aber wahrscheinlich war der Mann etwas benommen von dem Schlag, denn er sah nur steif und starr vor sich hin und saß noch so, als Papa und ich das Flugzeug verließen.

La Guardia ist ein großes Labyrinth, man konnte kaum einen Fuß vor den anderen setzen in den Massen von Menschen, die dort durch die Korridore rannten. Ich mußte versuchen, den richtigen Weg durch das Gewühl zu finden, durch die langen, schmalen Gänge, die Taschen finden, während Papa seinen Radar auf das Auffinden einer Bar ausgerichtet hatte.

– Dort ist eine Cafeteria, sagte er froh und nahm Kurs darauf, aber es gelang mir, ihn umzudrehen, zeigte ihm endlich Härte und Unnachgiebigkeit, und er ging weiter den Weg mit mir entlang, den ich für den richtigen hielt. Der Korridor war lang, und Papa hatte langsam genug von diesem Herumgelatsche, alle kleinen Flaschen waren ausgetrunken, sein Pegel sank, und er versuchte, sich von mir wegzustehlen, weil er eine Bar in einem der anderen Gänge erspäht hatte. Ich bemerkte es, lief ihm nach und drehte ihn um, bat ihn unter Tränen, nicht zu verschwinden, und führte mich so jämmerlich auf, daß der Alte von Großmut erfüllt wurde, beschloß, dem armen Kind den Gefallen zu tun, nicht zu verschwinden. Dafür überkam ihn nun die Wut …

Wir fanden die Taschen. Ich schleppte das Gepäck und hatte immer ein Auge auf den Alten. Seine glänzende Stimmung war verflogen, er war im Gegenteil nun schweigsam wie ein Grab, zornig und eingeschnappt. Noch im Ausgang fragte er mich, ob wir uns nicht wenigstens einen Doppelten genehmigen sollten, bevor wir ins Taxi stiegen, aber ich wollte das nicht, »darüber wird gar nicht geredet, hier sind die Taxis, und du kannst dir etwas besorgen, wenn wir im Hotel angekommen sind«! In den Menschenmassen waren alle möglichen zweifelhaften Charaktere unterwegs, beobachteten die besoffenen Idioten, Ausländer, die nichts im Kopf hatten und denen ihr ganzes Eigentum abzuknöpfen ein leichtes war.

* * *

Der Fahrgastraum des gelben Taxis war schmutzig, die Aschenbecher so voll, daß sie überliefen, der Fahrer ein Schwarzer mit finsterem Gesichtsausdruck, ein Hüne. Bárður fühlte sich schlecht, er hatte jetzt Kopfschmerzen, das Ganze wurde langsam äußerst unangenehm. Sein Sohn der Milchbubi nannte den Namen des Hotels, des Flugfürstenhotels, aber sprach so schnell und mit so schwacher Aussprache, daß der widerwärtige Taxifahrer zuerst nicht zu verstehen schien.

– What?! brummte er, und der junge Mann sah Bárður mit flehenden Blicken an, es ging immer am besten, wenn er für sie sprach, aber Bárður war wegen der ganzen Sache in schlechte Laune geraten, er hätte mindestens einen Doppelten gebraucht, um das Dasein zu ertragen, und beschloß, dem Idioten alles allein zu überlassen, weil er ihm verbot zu trinken, verbot, sich gut zu fühlen, damit er froh und gesprächig sein konnte. Irgendwie gelang es dem Jungen, sich verständlich zu machen, wenigstens legte der Schwarze mit brutalem Handgriff den Gang ein und ruckelte los.

Es war ein heißer und schwüler Tag, die Luft im Auto

war stickig, Bárður hatte jetzt so starke Kopfschmerzen, daß er bei jedem Herzschlag ein Stechen im Nacken fühlte. Er klebte von oben bis unten von Schweiß, der ihm auf der Haut brannte, es war unangenehm, auf diesen heißen, schwarzen Vinylbezügen zu sitzen, und nach einiger Zeit hatte er das Gefühl, sich bereits seit Stunden in diesem Auto zu befinden. Er begann, seine Aufmerksamkeit auf die Umgebung zu richten, und erkannte nichts wieder. Mißtrauen beschlich ihn. Der Fahrer war nun noch häßlicher, als er schon gewesen war, außerdem hatte er jetzt ein schwaches, aber teuflisches und schadenfrohes Grinsen auf den Lippen, fand Bárður; etwas Verdächtiges war hier im Gange. Er räusperte sich und fragte den Fahrer, wohin er fahre, aber der ließ sich nicht zu einer Antwort herab. Bárður hatte das Gefühl, daß das seine schlimmsten Befürchtungen bestätigte, und fragte wieder, diesmal barsch und laut:

– Tell me mister, where do you think you're going?!

Der Taxifahrer sah sich verwirrt um und antwortete:

– To your hotel, man! und murmelte dann etwas vor sich hin, beinahe als ob er Angst hätte, und Bárður wurde dadurch etwas beruhigt. Er beschloß, dieser Fahrt noch eine Chance zu geben und zehn weitere Minuten zu warten, zu versuchen, sie zu überleben, in der Hoffnung, daß sie bald vor dem Hoteleingang vorfahren würden, wo ein eiskaltes Bier auf sie wartete und Schnaps in kleinen, geeisten Gläsern ...

So vergingen zehn Minuten, oder eine mindestens so lange Zeit. Bárður hatte keine Uhr, es war sicher eine Viertelstunde, eine halbe Stunde, vielleicht eine ganze Stunde, Bárður hatte am ganzen Körper Schmerzen von dieser sinnlosen, heißen, stickigen Autofahrt ins Blaue mit einem geisteskranken Fahrer, dem Tod persönlich. Er sah zum

Fenster hinaus, und sie waren in den Vorraum der Hölle gekommen, hier war jedes dritte Haus eine Ruine, verdächtige Gestalten hingen an den Straßenecken herum, ein furchteinflößender Hund lief die Straße entlang, ein ausgebranntes Auto, eine alte Frau schrie aus einem zerbrochenen Fenster. Es war genauso, wie Bárður die ganze Zeit geargwöhnt hatte, dieser Fahrer wollte mit ihnen in ein zwielichtiges Viertel fahren, wo seine Komplizen schon warteten, mit Dolchen: Dem isländischen Vater und seinem Sohn sollten die Kehlen durchschnitten und ihre nackten Leichen auf einen Müllberg geworfen werden …

– Hey! rief Bárður. Stop at once!

– Was? antwortete der Fahrer verwirrt.

– Ich weiß, wohin du mit uns willst!

– Natürlich! In euer Hotel!

– Nein! rief Bárður, der von Todesangst, von Wahnsinn ergriffen war, er hörte nicht seinen Mitfahrer, der ihn zu beruhigen versuchte, er schlug nur um sich, dann nahm er den Fahrer mit eisenhartem Griff bei der Schulter, schüttelte ihn, bekam ihn halbwegs um den Hals zu fassen …

Der häßliche Schwarze stoppte das Auto mit Räderquietschen, ergriff eine Pistole und sprang aus dem Auto. Zielte auf sie und rief:

– Get out of the cab! Dann lief er um das Auto herum, riß die Taschen aus dem Kofferraum, warf sie auf den Bürgersteig, die Pistole immer weiter auf die isländischen Flugfürsten gerichtet, und befahl ihnen auszusteigen.

Es waren einige Leute gekommen, um zuzugucken, von den Hausruinen, vom Bürgersteig aus: keine Zeichen von Zivilisation waren dort erkennbar. Die Straße war ewig lang, Vater und Sohn hatten keine Ahnung, wo sie sich überhaupt befanden. Der Fahrer war immer noch sehr aufgebracht, befahl ihnen, »raus! raus!«, und eine Gruppe, die aussah wie eine Gang von Verbrechern aus einem Kinofilm, spähte um die Ecke. Ja, da gab es Beute für sie! Zwei völlig desorientierte Weiße mit ihrem Gepäck! Der Sohn bekam einen außergewöhnlichen Anfall von Mut, er begann den Fahrer zu beruhigen. Bot ihm eine Hundertdollarnote an, nur damit er zuhörte. Sein Vater, der sich im Auto aufgeregt habe, sei nämlich krank, er sei auf dem Weg ins Krankenhaus; der Sohn würde sich darum kümmern, auf ihn aufpassen, wenn er sie nur weiter bis zum Hotel fahren würde.

– Please. He is harmless, I promise, und der Sohn steckte dem Fahrer eine zweite Hundertdollarnote zu, das war ein Vermögen. Wie es auch kam, der Taxifahrer beruhigte sich, stellte ihre Taschen wieder in den Kofferraum, befahl, daß Bárður ganz hinten rechts sitzen sollte und der andere neben ihm und aufpassen, daß er ihn nicht erreichen könne. So fuhren sie weiter. Weg von den enttäuschten Einwohnern der Straße, die schon geglaubt hatten, dort würde ihnen die Beute auf dem Silbertablett serviert.

Bárður hatte aufgehört, sich aufzuregen. Während der Auseinandersetzung war ihm bewußt geworden, daß es vielleicht das beste wäre, sich ruhig zu verhalten. Es könnte noch schlimmer werden, als es schon war. Er sah den Rest des Weges über aus dem Autofenster, und merkwürdigerweise wurden die Stadtbezirke langsam besser, die Häuser ganzer, auf einmal konnte man die Wolkenkratzer sehen. Schließlich hielt das Auto vor dem Hoteleingang, dem lang ersehnten Hotel, und Bárður stieg eilig aus. Er hatte nicht vor, noch mit diesem beschissenen, verrückten Fahrer zu reden, der Junge konnte sich darum kümmern, und er konnte sich auch um das Gepäck aus dem Kofferraum kümmern, Bárður hatte nur seine schwere, gute Posttasche, die er an einem langen Riemen über die rechte Schulter hängend trug. Er ging rasch hinauf zur Hoteltür, das war eine Drehtür, vier Türen, die sich um eine Achse in einem großen, an zwei Seiten offenen Glaszylinder drehten, und Bárður wirft sich in sie hinein. Sie beginnt mit schwerem Sauglaut, sich zu drehen, er war schon zwischen die Türen und die seitliche Zylinderwand gekommen, da hielt plötzlich alles an.

Es war unbegreiflich.

Bárður schob und schob, kam in Panik vor Beklemmung und warf sich mit aller Kraft nach vorn, aber vergeblich. Er drehte sich um und sah, daß seine große Schultertasche, die Posttasche, zurückgeblieben und eingeklemmt worden war, als die Tür hinter ihm in den Zylinder eintrat, und er beschloß, umzudrehen und zu versuchen die Tür zurückzuschieben, aber das war ebenfalls hoffnungslos.

Der Sohn hatte nun gesehen, worum es ging, daß sein Vater und Führer in der Drehtür festsaß und sie in keine Richtung bewegen konnte, wie er es auch versuchte. Er kam zu Hilfe, versuchte die Tasche aus der Öffnung zu befreien, die Drehtür vor- oder zurückzurucken, aber nichts ging. Leute kamen herbeigelaufen, die Türsteher, Gäste und Passanten, und großes Gelächter verbreitete sich unter ihnen. Ein Türsteher, zufällig ein sehr kräftiger Mann, und die beiden Isländer strengten sich gemeinsam an, das Ding zu bewegen, aber nichts rührte sich. Der Hoteldirektor persönlich erschien am Tatort, ihm war nicht nach Lachen zumute, und er sagte jedem, der es hören wollte, daß das in den vierzehn Jahren, die das Hotel nun in Betrieb war, nie geschehen sei. Eigentlich sollte es nicht einmal vorkommen können. Bárður steckte dennoch dort fest, mit dem schwarzen Hut, dem graugesprenkelten Pennermantel über dem Arm, und versuchte so zu gucken, als ob dies nur eine Lappalie sei. Er versuchte nicht mehr, sich durch eigene Anstrengung zu befreien, das Türsystem in Bewegung zu setzen, denn seine Versuche weckten so große Erheiterung unter den Zuschauern, und erst eine knappe Stunde später gelang es einer Gruppe erfahrener, mit Wagenhebern und Brechstangen ausgerüsteter Handwerker, ihn aus seinem Gefängnis zu befreien …

Morgen, Kinder, wird's was geben

Vor dem Amtsgericht erhielt Vilhjálmur Eðvarð achtzehn Monate Gefängnis. Das erschien wenig, ein Knurren ging durch die Gesellschaft; die Diebe in den weißen Hemden kommen immer am besten weg. Ein armer Jugendlicher, der in einen Kiosk einbricht und Kleingeld stiehlt, bekommt eine viel schwerere Strafe als ein würdiger Bankdirektor, der Millionen vom Sparvermögen seiner Mitbürger stiehlt. Wohin entwickelt sich eine solche Gesellschaft ...

Vilhjálmur legte Berufung ein. Sein Rechtsanwalt meinte, daß das Landgericht das Urteil sicher abmildern würde, doch Villi selbst schien unbedingt ein schwereres Urteil erhalten zu wollen. Da die beschissene Journaille und die Proleten ihn steinigen wollten, würde er unbeugsam stehen wie ein Märtyrer. Aber der Anwalt setzte seinen Plan durch. Das Landgericht urteilte: achtzehn Monate, wie das Amtsgericht, doch die Hälfte des Urteils wurde zur Bewährung ausgesetzt. Die Stimmen der Unzufriedenheit über die Schlappheit des Rechtssystems gegenüber den feinen Herren in der Gesellschaft wurden noch lauter. Und flinke Federn schrieben bittere Witze darüber, daß das Landgericht seine Milde damit begründete, daß es »keinen Grund gebe, anzunehmen, daß der Angeklagte sein verbrecherisches Verhalten fortsetzen werde«. Nein, sagten schadenfrohe Spottvögel, kaum würde er in der Zukunft weiter Sparvermögen stehlen, das andere ihm anvertraut haben, weil niemand ihm in der Zukunft noch eine einzige Öre anvertrauen würde, zumal er mit der verdienten Schande aus der Bank gejagt worden war!

Von den neun Monaten, die er absitzen sollte, wurden knapp zwei abgezogen, die er schon in Untersuchungshaft gesessen hatte. Der Anwalt setzte sich, ungebeten, dafür ein, daß Vilhjálmur seine Strafe in Kvíabryggja verbüßen dürfe, wo die relativ harmlosen Verbrecher einsaßen: Männer, die keine Alimente zahlten, die wegen Betrugs verurteilt waren, gebildete Herren, die mit dem Stadtpöbel aneinandergeraten waren, sogar solche, die die Verkehrsgesetze durch wiederholtes Fahren unter Alkoholeinfluß verletzt hatten. Als die Geschichte erst einmal soweit gediehen war, wünschte Vilhjálmur keine Indulgenz, er sagte, er wolle ins Hraun-Gefängnis wie die anderen Verbrecher, und damit setzte er sich durch. Eines schönen Tages um die Weihnachtszeit wurde er aufgefordert, sich lange vor Sonnenaufgang bei der Polizeistation einzufinden, mit einer Zahnbürste, Unterwäsche und Socken zum Wechseln. Dann fuhr man mit ihm nach Osten.

Das waren coole Typen, die Polizisten, die ihn diese fünfzig Kilometer über das Hochland fuhren. Sie kannten den berühmten Bankdirektor und Hochleistungssportler aus den Zeitungen und versuchten zuerst, einen leichteren Ton ihm gegenüber anzuschlagen, sagten:

– Ja, Sie sind noch nicht soviel im Gefängnis gewesen in Ihrem Leben, oder? und betrachteten dabei den teuren und vornehmen Anzug, den er trug, den Mantel, den Seidenschal, die Lackschuhe. Aber er glaubte, einen spöttischen Unterton zu hören, und antwortete nicht, wandte sich mit würdevollem Hochmut ab, wie er zu Bankdirektoren paßte. Und da wurden die Polizisten höhnisch, fingen an, sich gegenseitig Geschichten von verschiedenen Verrückten zu erzählen, die in Hraun gesessen hatten. Äußerst gewalttätige Männer, die alle Neuankömmlinge verprügelten, vor allem wenn sie fremden Stallgeruch hatten, und zwischendurch sahen die Polizisten heimlich nach hinten zu Vilhjálmur Eðvarð, prüften, ob er keine Anzeichen von Angst zeigte, ob er nicht aufhören würde, den Kopf so hoch zu tragen, aber er saß nur mit regungsloser Miene und betrachtete die schneebedeckte Landschaft. Seine Bewacher setzten noch eins drauf, fragten einander, ob nicht dieser oder jener Sexualverbrecher gerade dort einsäße:

– Kobbi das Schwein, ist der nicht gerade im Zuchthaus? Seitdem er diese zwei Jungen geschändet hat im letzten Winter …?

– Doch, der ist mit Sicherheit dort. Ich habe von einigen frisch entlassenen Delinquenten gehört, die sich über ihn beklagt haben.

– Beklagt … wieso?

– Ja, er sieht sich natürlich unter den Mitgefangenen um, ob es da nicht jemanden gibt, mit dem er sich vergnügen kann.

– Und Dalli der Bräutigam, ist der gerade dort?

– Dalli, meine Fresse, von dem hab ich eine Geschichte aus Hraun gehört.

– Ja?

– Ja, daß es als ganz lustig gilt, ihn auf einen Glastisch kacken zu lassen, den er bei sich in der Zelle hat. Und zwar hat er von den Männern Eintrittsgeld dafür genommen, daß sie währenddessen unter dem Tisch liegen und zugucken dürfen bei … dem ganzen Geschäft …

Die beiden Polizisten kicherten und sahen sich nach dem Bankdirektor um. Diesmal gelang es ihm nicht, den Ekel in seinen Zügen zu verbergen, wie er sich auch beherrschte und weiter abwandte. Die Polizisten versuchten, ihr Kichern zu unterdrücken.

Vilhjálmur Eðvarð war enttäuscht, als er den Ort erreichte, in das Staatsgefängnis geführt wurde. Er hatte etwas ... Unmenschlicheres, härter zu Ertragendes erwartet. Vielleicht nicht abweisender, als es in Wirklichkeit war, sondern irgendwie überwältigender, größer, mehr im Stil der amerikanischen Gefängnisse aus den Kinofilmen, wo es viele Stockwerke mit Zellen übereinander gab, alle mit den Gitterseiten in eine Richtung, in die Mitte in den Hauptraum weisend, das Treppenhaus, wo bewaffnete Wachleute unterwegs sind. Aber im Hraun-Gefängnis war alles so klein und ärmlich, der Versammlungsraum war kaum größer als ein Vorzimmer, mit einigen mit Schnitzwerk verzierten Bänken, vergilbten Wänden, einem Fernseher und einem Porträt des Staatspräsidenten. Da Weihnachten näherrückte, das Fest des Lichtes und des Friedens, an dem es froh wird in traurigen Herzen, hatte sich jemand aufgerafft, vielleicht die Anstaltsleitung, und an einem Dachbalken ein zwei Meter langes, silberfarbiges Glitzerband aufgehängt, von der Art, wie die Amerikaner sie gern um ihre Weihnachtsbäume wickeln. Es war ein wenig ausgefranst, dieses Glitzerband war offensichtlich schon früher benutzt worden, und es hingen an ihm noch immer die Klebebandreste von vergangenen Festen des Lichtes und der Freude.

Villi war ein harter Bursche, das war er immer gewesen, aber dieses Glitzerband machte ihn aus irgendwelchen Gründen unendlich traurig ...

Er kam aus einem anderen Stall, das konnte man ohne weiteres sagen. Die meisten seiner Mitgefangenen waren viel jünger als er, Burschen um die Zwanzig oder den Dreh, die sich für Rockmusik, Mädchen, Sonnenbrillen und smarte Kleidung interessierten. Die wenigsten von ihnen hatten jemals einer Fliege etwas zuleide getan, waren vielleicht bei einer Sauftour in Kioske eingebrochen, hatten Autos und Scheckhefte geklaut, gefälscht, gelogen und betrogen, in der Regel betrunken oder unter Drogen und voll weggetreten. Dort im Zuchthaus konnten sie nie betrunken oder verkatert sein und wirkten daher wie ganz ungewöhnlich gesunde junge Männer, höchstens mit ein wenig unsicherem Blick. Warteten darauf, herauszukommen, und wollten sich dann mal so richtig die Birne zulöten und sich nach einem Mädchen umsehen und vielleicht ein Motorrad haben. Sie hingen ständig gemeinsam bei einem von ihnen in der Zelle herum und hörten Platten, spielten tagsüber manchmal Fußball oder Tischtennis, und dann hörte man sie fröhlich rufen und schreien und ab und zu laut lachen. Einige Male schmuggelten sie ein bißchen Gras oder ein Stückchen Hasch ein und rauchten sich zu, kicherten dann mehr als gewöhnlich und stießen hingerissene, langgezogene »Wow eys« aus.

Es gab dort einen alten Gewalttäter, groß wie ein Troll und trolldoof, berühmt dafür, wild und gefährlich zu sein unter Alkohol, aber sonst lieb und herzensgut. Er hatte zusammengenommen mehr als zehn Jahre eingesessen, war dort zu Hause, und nahm Vilhjálmur mit großer Freundlichkeit auf. Er wurde Gummi Vorschlaghammer genannt, und Villi wurde bald klar, daß der Mann so strohdumm war, daß es eine wenig abwechslungsreiche Beschäftigung sein würde, mit ihm über die für die Nation nützlichen und notwendigen Dinge – oder irgend etwas anderes – zu diskutieren. Außerdem konnte Gummi Vorschlaghammer niemals stillsitzen, nie zuhören, sich nie auf etwas konzentrieren, sondern streifte nur durch die Anstalt, klopfte an Zellentüren, klopfte an der Luke des Wachmanns, sagte »hallo«, mal mit tiefer, mal mit hoher Stimme, »hallo, hallo, hallo ...«, und drehte sich dann auf dem Absatz um, als ob er eine dringende Botschaft damit auf befriedigende Weise übermittelt hätte. Gummi Vorschlaghammers Sohn war die ersten Tage, die Vilhjálmur dort verbrachte, auch dort, ein Dieb und Schwarzbrauer in seinen Dreißigern, ein sehr gut aussehender Mann, aber er kam um die Jahreswende raus, und danach war Vorschlaghammer sehr niedergeschlagen; er vermißte seinen Jungen. Es gab auch einen echten Mörder, einen Mann um die Dreißig, der zweimal Leute so übel zugerichtet hatte, daß sie dem Tode näher waren als dem Leben, bevor er den dritten abmurkste, mit einem Knüppel, einer Würgeschlinge und einer Schere, und von den drei Werkzeugen wußte man nicht genau, welches das Opfer eigentlich zu Tode gebracht hatte, und es wurde auch nie bekannt, worüber sich der Mörder mit dem Verstorbenen gestritten hatte. Er war ein finsterer Typ, hatte ein kleines Gefolge derjenigen unter den Mitgefangenen um sich, die er mochte. Allen graute vor ihm. Er hieß Bói. Das Zuchthaus konnte sich noch eines zweiten Menschentöters rühmen, eines Akademikers mittleren Alters, dem es passiert war, seine Frau in einem irren Eifersuchtsanfall mit dem Messer zu erstechen, und der bereits seit fünf Jahren einsaß. Er war strenggläubig, hatte ein Kreuz und einen halben Altar in seiner winzig kleinen Zelle, hatte den Gefängnisaufenthalt genutzt, um die Bibel zu studieren; vor allem die Offenbarung und die dunkelsten Propheten des Alten Testaments, außerdem alles, was er zusammengesammelt hatte an apokryphen Schriften, den Kabbalaweisheiten der jüdischen Gelehrten des Mittelalters. Und nun in der letzten Zeit hatte er sich in den Koran und die Weissagungen des Nostradamus versenkt, verstand allmählich, warum sein Leben die Richtung hatte nehmen müssen, die es tatsächlich genommen hatte. Er hatte kein Interesse an seinen

Mitgefangenen, auch nicht an Vilhjálmur Eðvarð. Ein anderer älterer Mann befand sich noch dort, war schon fünfzehn Jahre dort, zahnlos und, soweit Villi sehen konnte, mit einer Windel. Er hatte eine Gaumenspalte und war daher schlecht zu verstehen. Das Wort »Mißverständnis« konnte er jedoch einigermaßen verständlich aussprechen, und das sagte er immer, wenn er gefragt wurde, wofür er einsäße.

Ein Mißverständnis.

Hatte Vilhjálmur Eðvarð also keinen Seelengefährten dort? Doch, er hatte einen Freund. Am ersten Morgen, als er sich zum Frühstück in den Essenssaal im Keller der Arbeitsanstalt setzte, dem Keller, der so tief lag, daß er bei Springfluten gerne vollief, denn dann stieg das Meerwasser durch den Abfluß im Boden auf, vermischt mit so einigem weniger Erkennbaren, am ersten Morgen des Bankdirektors, als er sich wasserdünnen Kaffee in einer vielfach angeschlagenen Tasse geholt hatte und eine schiefe Scheibe Brot mit Schmierwurst, das Appetitlichste auf dem ganzen Buffet, und er sich gesetzt hatte, allein und weit weg von den anderen, da ließ sich ein Mann seines Alters neben ihn fallen, groß und fett und mit tiefen Falten im Gesicht, aber fröhlich, munter und gutmütig, reichte ihm die Hand und sagte:

– Haraldur Diðrik Hámundarson heiße ich, genannt Halli Hurricane. Ich kenne deinen Bruder gut.

– Meinen Bruder? Bárður wahrscheinlich ...

– Bárður selbst natürlich! Er hat sicher oft von mir erzählt. Er hat mir sogar einmal einen Anzug geschenkt, das ist ja berühmt geworden! Hhhhhhhhhhhhhh!

Vilhjálmur Eðvarð beschloß, daß das gut möglich war.

Halli Hurricane sagte auf Befragen, er sei ein Säufer und Betrüger, dafür säße er ein. Und Vilhjálmur schätzte seine

Ehrlichkeit und diese konstanten Antworten. Vom ersten Tag an verband sie eine Art Freundschaft. Sie sprachen vielleicht gar nicht so viel miteinander, denn obwohl Hurricane redegewandt war und seine Worte auf unterhaltsame Weise mit deftigen Kraftausdrücken pfefferte, war er nicht immer zum Reden aufgelegt und Vilhjálmur nur selten in der Stimmung zuzuhören. Doch Haraldur Diðrik Hámundarson war einfach gut zu Vilhjálmur, zeigte ihm beständig Freundlichkeit, wartete ihm auf, und das schätzte der frühere Bankdirektor. Das war, in dieser Situation, der Weg zum Herzen des Helden. Halli Hurricane brachte ihm Kaffee, sammelte die Zeitungen ein, um sie ihm zu bringen, erledigte ungebeten verschiedene Aufgaben für ihn, putzte sogar seine Schuhe. Nie machte sich bemerkbar, daß er dies zu einem bestimmten Zweck täte, nie ließ er durchblicken, daß er »den Kiljan« bediente in der Hoffnung auf irgendeine Art von Entgelt. Er zeigte einfach Güte, und manchmal dachte Villi, daß er beinahe schon um dieser Sache willen die Tage dort durchstehen könne.

Was tat der Bankdirektor im Gefängnis?

Das war zumeist wenig. Er saß am Tisch und legte Patiencen, saß und starrte in die Luft und rauchte; sein Verbrauch steigerte sich zu vier Päckchen am Tag und manchmal mehr, sah aus dem Fenster hinüber zum kleinen Dorf von Eyrarbakki, das sich nicht weit entfernt zusammenduckte, sonst tat er nichts. Einige Tage nachdem sich die Türen hinter dem Bankdirektor geschlossen hatten, war allerdings Weihnachten, und es gab ein wenig Abwechslung wegen der Feiertage. Am Heiligen Abend kamen einige Musiker aus der Hauptstadt, um den Gefangenen die Zeit zu vertreiben, aber Vilhjálmur Eðvarð begnügte sich damit, das Treiben aus der Ferne zu beobachten.

Er hörte eine laute und schrille Frauenstimme aus dem Saal, dem Vorzimmer mit dem Präsidentenporträt und dem traurigen Glitzerband mit den vergilbten Klebebandstummeln, und er ging nach vorn in den Gang, so daß es möglichst niemand bemerkte, und warf einen Blick hinein, und da sah er eine streng dreinblickende Frau mit Gitarre und Weihnachtsmannmütze fest in die Saiten schlagen und die Einwohner des Ortes auffordern, mit ihr zusammen Weihnachtslieder zu singen, »Morgen, Kinder, wird's was geben«. Aber die Verurteilten ließen die Köpfe hängen, hatten sich offensichtlich eine andere Art der Unterhaltung erhofft und eine Frau, die dem Weihnachtsmann weniger ähnlich sah. Niemand sang mit, trotz der höhnischen und provozierenden Aufforderungen der Sängerin, und am Ende war sie offensichtlich stocksauer und wütend auf die Zuschauerschar und verabschiedete sich knapp. Hinter ihr standen zwei schlaksige junge Burschen, sahen aus wie die Mehrheit der Gefangenen, wirkten nur etwas verkaterter, und als die Sängerin aufhörte, nach schlappem Beifall, steckten sie ihre Gitarren ein und begannen, eine stark rhythmische, mitreißende Musik zu spielen. Gleichzeitig erwachten die Zuhörer zu neuem Leben, sie begannen, im Takt zu stampfen und auf die Stühle zu klopfen und mitzusingen, doch Villi ging in seine Zelle und legte sich auf den Rücken, die Hände im Nacken verschränkt, und strich sich dann über die zwei Wochen alten Bartstoppeln: Er hatte aufgehört, sich zu rasieren, für immer und alle Zeiten.

Zu Weihnachten bekommen Gefangene Besuch. Auch Vilhjálmur Eðvarð Killian. Drei Kiljane kamen am zweiten Weihnachtsfeiertag, Sigfús senior, Sigfús junior und Birgir, der Sohn des Bankfürsten. Biggi war radikal geworden, war das geworden in dem Internat auf dem Lande, hatte jetzt einen Ho-Chi-Minh-Bart und eine schräg getragene

Freischärlermütze mit Leninanstecker, trat hart auf beim Gehen und zeigte ungeheures Interesse am Gefängnis, einem der wichtigsten Unterdrückungsinstrumente der bürgerlichen Klasse.

– Ja, ja, nie hätte ich gedacht, daß ich einmal eines meiner Kinder hier besuchen würde, sagte Sigfús senior, nachdem sie sich gesetzt hatten, und Villi dachte, und ein Anflug von Fröhlichkeit huschte dabei über sein Gesicht, daß sein Vater ein ganz besonderes Talent hatte, die Leute aufzumuntern. Sigfús senior hatte ein Geschenk für seinen Sohn mitgebracht, es war, als ob er seherische Fähigkeiten hätte, denn er hatte genau das eine gewählt, das sein Sohn begehrte: fünf Stangen Pall Mall.

– Ist das nicht das einzige, was ihr hier machen könnt? sagte der alte Goldgräber und schüttelte den Kopf voller Indignation. Rauchen?

– Ja, sagte Vilhjálmur.

Sigfús junior, der Ersatzteilfürst, war ebenfalls da, mit seinen Wollstrumpfhosen, kratzte sich furchtbar viel am ungewaschenen Kopf, hatte dieses Jahr wohl das weihnachtliche Bad ausfallen lassen. Er war ebenfalls voller Interesse für das Gefängnis, jedoch nicht in der gleichen Weise wie Biggi, der sich dafür als eine Verwahranstalt für die Opferlämmer des Kapitalismus und Imperialismus interessierte, sondern Sigfús wollte mehr erfahren über die Raumausstattung dort, in seiner Eigenschaft als Spezialist für Handwerk und gute Verarbeitung. Er untersuchte mit großer Genauigkeit die Ausführung der Türen, schüttelte den Kopf über die Schlösser und sagte, daß sie verdammtes Pfuschwerk seien, rüttelte an den Gitterstäben und stellte Vilhjálmur eine Frage nach der anderen über die Zäune auf dem Gelände. Villi überlegte, ob er scherzhaft anklagend zu seinem Bruder sagen sollte, er wolle wohl offensichtlich nicht, daß er auf irgendeine Weise von hier entkäme, aber fand das dann unnötig.

– Hat Lára dich schon besucht? fragte Sigfús senior.

– Nein, sagte Villi, warum fragst du?

– Dauernd fängt sie davon an, daß sie dich unbedingt besuchen will, aber ich habe das Gefühl, sie will es nicht wirklich.

Sie verabschiedeten sich. Sigfús junior verabschiedete sich allerdings nie von jemandem, außer mit einer Art Bellen, während er schon halb draußen war, doch Sigfús senior verabschiedete sich mit Handschlag. Sah seinem Sohn in die Augen. Biggi dagegen, der wanderte noch immer in seinem viel zu weiten Mantel und mit dieser idiotischen Mütze auf dem Kopf herum, aber als er sich verabschiedete, fiel die Attitüde des hartgesottenen Revolutionsführers von ihm ab, und er konnte nicht sagen, was er hatte sagen wollen, und um sein Gesicht zu verbergen, war er gezwungen, seinen Vater ganz schnell zu umarmen.

Dann verschwanden sie in Opas Moscovitch. Sigfús junior fuhr.

* * *

Fúsi senior hatte damals gerade seine Arbeit am Gymnasium gekündigt.

Das war an sich keine große Neuigkeit, er teilte das auch keinem weiter mit, sondern jemand hatte ihn darauf aufmerksam gemacht, daß er aufgrund seines Alters – in zwei Jahren wurde er achtzig – das Recht hätte, nicht mehr zu arbeiten und trotzdem Geld zu bekommen, das sogenannte Altersruhegeld. Und die Verwaltung, die für die Sache zuständig war, bekam einfach einen Kündigungsbrief von ihm, handgeschrieben auf einem alten Wechselformular, und ein anderer Mann wird für ihn eingestellt. Ein Hausmeister. Der soll am 1. März anfangen. Der Tag rückt immer näher, und schließlich wird Fúsi Húsi darauf hingewiesen, daß er nun aber bald die Hausmeisterwohnung im Keller der Schule räumen muß, der neue Mann muß dort eingezogen sein, bevor er seine Arbeit aufnimmt.

Doch da begann es, spannend zu werden. Diese Seite der Angelegenheit war Fúsi Húsi niemals eingefallen. Er hatte lediglich vorgehabt, aufzuhören zu arbeiten. Aber daß er umziehen würde! Daß er sich aus seiner Wohnung herausräuchern ließe! Nicht die Rede davon!

Der neu eingestellte Hausmeister war ein alter Handelsvertreter, der lange und engagiert für die Partei gearbeitet hatte, die die Stadt regierte, und der auf der Suche nach einer ruhigeren Tätigkeit gewesen war. Er wurde mittlerweile ungeduldig und begann vorbeizukommen, um sich alles schon einmal anzusehen, und steckte seine Nase in alles hinein, kam in die Wohnung zu Sigfús, um die Einrichtung zu begutachten, und wollte irgendwelche Veränderungen daran vornehmen. Aber Sigfús verjagte ihn tobend, mit zeternden Vorhaltungen, die über den ganzen Schulhof hallten. Das weckte Aufmerksamkeit in der Schule und erschien überaus lustig, und bald mischten sich auch die Schüler in die Angelegenheit ein und waren natürlich auf der Seite von Fúsi Húsi. Niemand sollte ihn verscheuchen dürfen. Sigfús Killian wurde von noch größerem Enthusiasmus ergriffen, als er die Solidarität spürte, widersetzte sich nun mit allen Kräften und sagte den Beamten, die anriefen oder kamen, sie sollten zur Hölle fahren, diese Wohnung verlasse er nur in Ketten. Die Auseinandersetzung spitzte sich zu, und die Anführer der Schülerschaft steigerten sich voller Kampfgeist in die Sache hinein, Fúsi Húsi hatte ihnen oft einen persönlichen

Gefallen getan, weil es nun einmal sie waren. Es wurde zur Vollversammlung geladen, wo die redegewandtesten Leute der Schule sich mit großen Gesten am Rednerpult ereiferten und sagten, daß die Schule hier total mißachtet und die Menschenrechte mit Füßen getreten würden, daß die Regierung des Landes ihr unmaskiertes Antlitz zeige und dem Betrachter die höhnische und blutige Fratze des Faschismus entgegentrete. Aus dieser Sache ersehe man in seinem ganzen Ausmaß den Korruptionssumpf, zu dem die isländische Gesellschaft verkommen sei ... In der Schülerzeitung, die um diese Zeit herauskam, waren fast ausschließlich Artikel über die Verfolgungen, denen dieser ehrwürdige Mitarbeiter der Schule ausgesetzt war, einer der würdigsten und weitsichtigsten Vertreter des gesamten Bildungssystems. Die Sache war heiß geworden. Und als der 1. März näherrückte, wurde ein Sitzstreik in der Schule geplant. Falls Fúsi Húsi aus dem Gebäude vertrieben werde, wollten die Schüler die Schule besetzen und dafür sorgen, daß keine Arbeit mehr darin möglich wäre, und dieses ganze Spektakel nahm langsam solche Ausmaße an, daß es das Interesse der Journalisten weckte. Aber da geschah es, daß der alte Hausmeister einen Schlag erlitt, plötzlich zu Boden stürzte, als er auf einem seiner schwertrittigen Kontrollgänge durch die Korridore der Schule war. Damit löste sich das Problem von selbst. Sigfús Killian senior kam ins Krankenhaus, um sich zu erholen. Und allen war klar, daß er danach nicht länger gesund genug sein würde, um allein zu wohnen, und noch viel weniger, um die Verantwortung für das Wohl einer ganzen Bildungsinstitution zu tragen.

* * *

Je länger Vilhjálmur Eðvarðs Haar und Bart wurden, desto mehr zog er sich in sich selbst zurück. Die Gefängnisleitung nahm anfangs soviel Rücksicht auf ihn, daß man ihn zu keiner Arbeit einteilte; es gab verschiedene Arten von Arbeit für die Insassen, Betonplattengießen und anderes, was eben anfiel. Am Morgen gingen alle hinaus zum Arbeiten, außer denen, die wegen Kapitalverbrechen von den anderen isoliert waren, und dann dem Akademiker, der seine Frau getötet und sich in die Mystik versenkt hatte, dem zahnlosen Idioten mit der Windel und dem Mißverständnis, und Vilhjálmur dem Bankdirektor. Aber irgendwann im Januar fragte Vilhjálmur, ob er nicht auch arbeiten dürfe, wie die anderen Verbrecher, und diese Bitte wurde ihm gern gewährt. Am nächsten Morgen stand der hohe Herr bereits an der Betonmischmaschine, stattlich, mit graugesprenkeltem Bart, in seinem Anzug, der bald jeden Glanz verloren hatte. Schon nach kurzer Zeit war Villi der wichtigste Mann beim Betongießen geworden, er arbeitete für zwei, war umsichtig und geschickt, doch schweigsam und verschlossen. Um die gleiche Zeit legte sein bester Freund, Halli Hurricane, sich zu einer Art Ohnmacht nieder. Er hatte damals noch einige Monate Gefängnisaufenthalt vor sich und erklärte Vilhjálmur unter vier Augen, daß er die restliche Zeit nur schlafen wolle, und das hielt er eigentlich auch durch: lag an die zwanzig Stunden am Tag im Dämmerschlaf, war kaum wach, außer am Abend, wenn er beim Poker saß mit Killian, seinem Freund, und zwei oder drei weiteren, die sich gerade anboten. Sie spielten um Zigaretten und Kleingeld, und meistens gewann Vilhjálmur Eðvarð, und niemand fand das merkwürdig, da er doch ein Finanzier gewesen war im bürgerlichen Leben. Doch nun, da Vilhjálmur angefangen hatte, jeden Tag mit den anderen Gefangenen zusammenzuarbeiten, kam er nicht umhin zu bemerken, was alles zwischen ihnen ablief, Spannungen, Machtkämpfe, Quälereien, alle möglichen Bünde und Verhältnisse. Er wollte nichts davon wissen, hatte wirklich kein Interesse daran, fand, er habe so viel erlebt in seinem Leben, daß nichts ihm noch etwas anhaben konnte. Aber dort war der Mörder Bói mit seiner Gefolgschaft von Lanzenknechten, teilte und herrschte zwischen den Mithäftlingen, und ein schmächtiger Junge vom Lande war ihre Zielscheibe in diesen Wochen. Bói war der Boß auf dem Gelände, aber der Junge vom Lande war selbstzufrieden und zeigte dem Mörder nicht genug Respekt, und Bói beschloß, ihm und anderen zu demonstrieren, wie es denen ginge, die glaubten, etwas zu sein. Bói beschloß, daß er nicht anders als »schwules Schwein« genannt werden sollte, und bei jeder sich bietenden Gelegenheit wurde der Junge vom Lande in die Hoden gekniffen und mit Schmähworten und manchem noch Schlimmeren übergossen. Am Anfang nahm er es gelassen hin, schien es als gewöhnlichen Scherz aufzufassen und quiekte belustigt und sagte: »So was maaacht man doch nicht, Jungs!« Aber dann knickte er langsam ein und begann sich zu wehren, nachdem die Übergriffe immer bösartiger wurden; Bói und seine Gefährten amüsierten sich zum Beispiel damit, ihn festzuhalten und ihm in den Schritt zu pinkeln, so daß es aussah, als ob er sich selbst in die hautengen Hosen gemacht hätte, und der kleine Junge vom Lande quiekte schon lang nicht mehr. Bói und seinen Gefährten dagegen machte es erst langsam so richtig Spaß. Mit jedem Tag wurden sie froher und zufriedener. Gleichzeitig wurde der Junge vom Lande immer ängstlicher und unruhiger, wagte es aber nicht, seine Quäler bei der Gefängnisleitung anzuzeigen.

Es war Sommer geworden, und die Häftlinge hatten

Sperrmüll und Abfall auf dem Anstaltsgelände zusammengesammelt und auf einen großen Haufen geworfen, das war drei Wochen bevor Vilhjálmur Eðvarðs Gefängnisaufenthalt enden sollte. Es war ein wunderschöner Berg von Müll, ein Scheiterhaufen, zusammengekommen. Zwei Aufseher kamen mit Streichhölzern und Benzin in einem Kanister, man mußte etwas leicht Brennbares darübergießen, einiges war klamm und feucht. Sie verspritzten ungefähr den halben Inhalt des Kanisters über den Haufen, legten dann Feuer daran, und Flammen schossen empor mit Fauchen und schwarzem Rauch. Bói der Mörder schnappte sich unauffällig ein Stück brennende Pappe und begann sofort, den kleinen Jungen vom Lande, das »schwule Schwein«, den zu quälen so viel Freude machte, damit zu bedrohen. Der Kleine stieß einen halberstickten Klagelaut aus, als er plötzlich bemerkte, daß der halbvolle Benzinkanister in seiner Reichweite stand. Er machte eine blitzschnelle Handbewegung und goß alles in hohem Bogen über den lachenden Mörder mit dem brennenden Pappstück.

Es war schrecklich.

Dort stand ein Mann, eine lebende Fackel, Kleidung, Haare, Gesicht in hellen Flammen, und Schreie, die kaum als menschlich gelten konnten. Die Männer wichen zurück und starrten mit Angst und Entsetzen in den Gesichtern, Gefangene wie Aufseher, auf den lodernden Mann, der einige Schritte machte, die Arme ausbreitete und dann zu Boden stürzte.

Ein bärtiger Mann in einem abgewetzten, schmutzigen Anzug sprang aus dem Kreis hervor und warf sich auf den brennenden Mörder. Er löschte das Haar mit bloßen Händen, wälzte dann den Mann unter sich im nassen Gras hin und her und erstickte die Flammen. Von Bói stieg nun nur noch Rauch auf, und der Bankdirektor Vilhjálmur Eðvarð Killian konnte blitzschnell aufspringen und sich selbst die brennende Jacke und Hose vom Leib reißen. Betrachtete dann seine verbrannten Hände mit schmerzverzerrtem Gesicht und sagte zu den vor Schreck erstarrten Gefängnisaufsehern:

– Ruft einen Krankenwagen, ihr verfluchten Jammerlappen.

* * *

Habe ich nicht ganz sicher schon von der Guðfinna erzählt, die im ersten Stock unseres Hauses wohnte, und ihren zwei Söhnen, die die Angewohnheit hatten, die Alte immer auf den Balkon zu sperren, wenn sie sich einen schönen Tag machen wollten?

Ja, ja, eines schönen Tages, als die Burschen schon einiges intus hatten, da beschlossen sie, der Mama zur Abwechslung mal zu erlauben, drinnen im Warmen zu bleiben, und selbst auszugehen, zu einer Tanzveranstaltung, im Glitzerpalast, um genau zu sein, und da geschah nichts Geringeres, als daß sie sich beide verlobten.

Die Glücklichen waren Schwestern, »vom Lande«, behauptete Papa gleich, als er sie das erste Mal aus dem Küchenfenster zu Gesicht bekam, und es stellte sich bald heraus, daß er recht hatte, wie in so vielem. Es wurde sofort mit den Hochzeitsvorbereitungen begonnen, und die Brüder brachten die Schwestern andauernd mit nach Hause zur Mama, mit so roten Gesichtern und ernsten Mienen, daß es ihnen ernster nicht sein konnte, während die Schwestern vor Lachen immer beinahe platzten. Sie konnten nichts sehen oder hören und sich auch nicht gegenseitig ansehen, ohne daß sie in Kichern ausbrachen, das war alles irgendwie so lustig. Wir im Keller konnten gar nicht anders, als das zu beobachten und unseren Spaß daran zu haben, vor allem weil Papa so großes Interesse an der Sache hatte und immer die komischen Seiten daran sah; und er war ein Spezialist darin geworden, das Mienenspiel der Schwestern und ihr Kichern nachzuahmen. Es hing sehr viel davon ab für uns. Da die Brüder nun im Begriff waren zu heiraten, wollten sie auch beide ein eigenes Heim gründen, und damit war Guðfinna auf einmal allein in der Wohnung, die viel zu groß für sie war, und daher kam eigentlich gar keine andere Möglichkeit für sie in Frage, als die Wohnung zu verkaufen. Gleichzeitig erwachte bei meinen Eltern die Idee, sie zu kaufen, dann kämen wir zu einer größeren und besseren Wohnung, ohne überhaupt aus dem Haus zu ziehen.

Allerdings war Guðfinna hin und her gerissen. Sie sagte nämlich, sie werde die Wohnung sehr vermissen, »nicht zuletzt den Balkon«, sagte sie, und ihr Blick wurde ganz traurig dabei, und Mama, die nie sehr zum Lachen neigte und die gerade mit der guten Frau in der Küche saß, mußte in den Rand ihrer Kaffeetasse beißen, um nicht laut aufzuprusten. Außerdem war es unnötig, sich Sorgen zu machen, daß Guðfinna vielleicht von einem Verkauf absehen könnte, sie seufzte nur ein wenig über die Veränderung ihrer Lebensumstände und den Verlust ihres Heimes und ihrer Söhne und der Wohnung und so auch des Balkons …

Wir zogen zwei Monate später hinauf. Es gab keine Probleme mit dem Kauf, als es soweit war, endlich ein Dach über dem Kopf zu erwerben; ich glaube, Papa bezahlte sogar in bar. Zumal damals alles hervorragend lief, er hatte mittlerweile zwei alte Propellermaschinen für Flüge ins Ausland, Maschinen vom Typ DC 6b, die in Island eintrafen kurz nach unserer Fahrt nach Westen über das Meer, gekauft von den »Partnern in Chicago« durch Mr. Deweballs Vermittlung, obwohl mir völlig schleierhaft war und immer geblieben ist, wie ein Millionengeschäft über zwei große Flugzeuge herauskommen konnte bei unserer alkoholumnebelten Reise über den großen Teich.

Dort war wunderbar viel Platz für uns. Die Wohnung hatte zwei Wohnzimmer und drei Schlafzimmer, und Mama und Papa richteten sich in einem der Wohnzimmer ein, wir Brüder bekamen jeder ein Zimmer im hinteren Teil der Wohnung, und unsere Schwester Imba studierte Zahnmedizin an der Hochschule und bekam das Zimmer am Eingang, um das ich sie sehr beneidete. Denn dort konnte man zu allen Tages- und Nachtzeiten kommen und gehen, ohne zu riskieren, einen der anderen Bewohner aus dem Bett zu holen. Aber es fiel mir nicht ein, mich zu beklagen, und Gúndi noch weniger, zumal er kaum noch zu Hause war, sondern immer auf einer seiner ewigen Fahrten über alle Länder in seinem Ballon.

Der Keller stand dann leer.

Friðrik war glücklich darüber, uns weiter im Haus zu haben, der Zusammenhalt der Killian-Familie war ihm ein Anliegen geworden, seit Salómon wieder auf die Beine gekommen und ständig bei ihm zu Besuch war und den halben Tag im Ehrenhof arbeitete. Er sagte, er denke darüber nach, Salómon zu erlauben, im Keller zu wohnen, aber wahrscheinlich erkannte er, daß Salómon niemals allein zurechtkommen würde, denn nachdem die Wohnung einige Monate leergestanden hatte, spielte ich schon mit dem Gedanken, ob ich vielleicht dort wohnen dürfe. Das wäre wirklich ein großartiger Wohn- und Partyraum gewesen für jemanden, der gerade das Gymnasium beendet (mit einem Jahr Verspätung allerdings) und außerdem das erste

Mal eine feste Freundin hatte, aber dann hörte ich, daß Friðrik überlegte, sich selbst dort unten einzurichten und Salómon zu erlauben, oben bei Gertrud zu bleiben. Doch bevor etwas daraus wurde, geschah es, daß Vilhjálmur Eðvarð in die Stadt kam, nachdem er seine Gefängnisstrafe verbüßt hatte. Er hatte nichts, wohin er zurückkehren konnte, so daß es beinahe automatisch so war, daß man ihm den Keller überließ.

Von irgend etwas mußte der frühere Bankdirektor auch leben, und ihm wurden zwei Stellen angeboten: bei seinem Bruder Bárður in Luftvision oder seinem Bruder Sigfús im Autoersatzteilhandel Ehre. Vilhjálmur wählte die Autoteile, vielleicht weil er dort seinem Ursprung näher war, so daß die drei Brüder nun zusammenarbeiteten.

Nicht genug damit, daß die drei Brüder zusammenarbeiteten. Bárður und Friðrik wohnten im selben Haus wie Vilhjálmur und Salómon, so daß man sagen kann, daß dies, obwohl das Wohlergehen der Familie sich nicht allzu rosig darstellte zur damaligen Zeit, den Zusammenhalt eher zu stärken schien.

* * *

Das waren nicht wenig seltsame und ungewöhnliche Männer, die dort ins Haus gekommen waren. Ich war beiden gegenüber direkt scheu. Dem Bankdirektor, den ich mein Leben lang stets auf irgendeiner höheren Daseinsstufe gesehen hatte; nun traf ich ihn manchmal, wenn er von der Arbeit nach Hause kam, in einem grünen Anorak wie ein Müllmann, bärtig, mit mißtrauischem Blick, gerade von Litla-Hraun zurückgekehrt ... Und dann war da der andere, nicht weniger merkwürdig. Ich erkannte ihn gleich wieder, ich hatte ihn einmal vor fünfzehn Jahren bei einem

Besuch in Kleppur kurz auftauchen sehen. Und dieses Bild hatte sich in mein Bewußtsein eingeprägt als etwas Unheimliches, er war wie ein Gespenst aus den bösen Träumen der Kindheit, und er sah auch beinahe wie ein Gespenst aus: Papa vom Gesicht her sehr ähnlich, nur daß Salómons Züge schlaff und ausdruckslos waren und seine Augenbrauen und Haare nicht länger dunkel, sondern schlohweiß.

Das war eigentlich mehr, als ich verkraften konnte. Ich wagte es nicht, nähere Bekanntschaft mit diesen Brüdern meines Vaters zu schließen, mit keinem von beiden, war immer ganz verdruckst und verlegen, wenn ich ihnen begegnete, und wenn ich gezwungen war, sie anzusprechen oder auch nur ihren Gruß zu erwidern, dann begann gleich etwas in meinem Kopf zu summen. Ich machte mich eilig davon, und sie haben zweifellos beide gemeint, daß ich mich über sie erhaben fühlte oder mich für sie schämte oder so etwas ... Aber sie gingen mir trotzdem von morgens bis abends durch den Sinn, selbst nachts noch. Ich erwachte vielleicht aus einem schlechten Traum, und dann hatten sie meist mit der Sache zu tun gehabt. Wenn ich tagsüber zu träumen begann und mich auf einem meiner unwillkürlichen Gedankenflüge befand, dann schwebten ihre Gesichter vor den Bildern meiner Phantasie, jedes gezeichnet von ihren merkwürdigen Schicksalen. Und wenn die Freunde, mit denen ich damals Umgang hatte, sich einen fröhlichen Tag machten, dann war ich in jenen Jahren nie fröhlich dabei. Irgendwann ist einmal gesagt worden, die Menschen trinken, um besoffen zu werden, außer den Iren, die trinken, um stocknüchtern zu sein, und vielleicht war es das irische Blut aus ferner Vergangenheit, das sich in meinen Adern bemerkbar machte in den Jahren um mein Abitur herum, denn ich wurde immer so verzweifelt einsam, wenn ich trank. Nichts anderes ging mir im Kopf herum als meine zwei Onkel, nicht so, daß ich sie bis ins letzte Detail analysierte, sondern sie setzten sich einfach in meinem Gehirn fest, und ich schwieg und ließ den Kopf hängen. Ich muß verdammt langweilig gewesen sein. Manchmal versuchten die Kameraden oder meine Freundin mich aufzumuntern, versuchten mich in die Stimmung für Witze und lustige Anekdoten zu bringen, aber wenn ich einmal das Wort ergriff und unterhaltsam sein wollte, dann fing ich meist schnell an, von Salómon und Vilhjálmur Eðvarð zu reden und welchen Gesichtsausdruck sie hätten, wenn ich sie morgens traf. Irgendwie war es für mich ein Ding der Unmöglichkeit, in klare Gedanken zu fassen, was daran so merkwürdig war, sie morgens zu treffen, und meine Rede war voller halbfertiger Sätze und unvollendeter Strophen und »ihr versteht das nicht, ihr versteht das nicht, das muß man gesehen haben«. Aber so gehen keine komischen Geschichten, und natürlich gaben die Leute es auf, mir zuzuhören, und oft sagte jemand: »Ach, fängt der schon wieder von seinen Onkeln an«. Obwohl es auch welche gab, die fühlten, daß etwas Bemerkenswertes daran sein könnte, und sich zu mir setzten und mich von diesen seltsamen Brüdern erzählen ließen, und natürlich waren einige auch ganz begeistert und fasziniert von der Geschichte, nicht, weil ich sie so gut und eingängig erzählte, sondern weil der Inhalt der Erzählung selbst so erstaunlich und spannend war. Den Bankdirektor kannten nun die meisten, und es erschien deshalb interessant zu hören, was aus ihm geworden war. Oder auch von dem anderen, der an der Hochschule studierte, als er auf einmal verstummte und dann jahrzehntelang in Kleppur saß und schwieg, und der jetzt wieder auf die Beine gekommen war ... Das war Anlaß genug, um »Wow« in den verschiedensten Tonlagen hervorzustoßen, und einige Leute kamen mit mir nach Hause nur in der Hoffnung, zufällig auf diese äußerst merkwürdigen Onkel von mir zu treffen. Und die, die mich am besten kannten oder die im gleichen Studiengang wie ich mit Literatur herumpfuschten, konnten nicht aufhören, darüber zu reden, daß ich da doch Stoff zwischen den Klauen hätte, den ich zu etwas ausschlachten könne, so neben diesen surrealistischen Gedichten, die ich in Schulzeitungen und anderen angesehenen Blättchen veröffentlicht hatte. Es ist nicht zu leugnen, daß mir manchmal der gleiche Gedanke kam, daß ich beinahe eine unsterbliche Geschichte aus dem Ärmel schütteln könnte, so leicht, wie man Wasser trinkt, indem ich einfach die Ereignisse erzählte, wie sie sich abspielten, aber alle Versuche dazu verliefen nach kürzester Zeit im Sande. Schon nach wenigen Zeilen erfüllte mich Widerwille gegen meinen eigenen Text, alles wurde so bemüht und lächerlich und so fern der Wahrheit, sobald man versuchte, es in Worte zu fassen. Ein Ergebnis hatten diese Proben jedoch, vielleicht als ich versuchte, einen Anfang zu der Geschichte zu finden, und das war ein von mir geschriebener Artikel, der in der literarischen Beilage der Morgenzeitung veröffentlicht wurde und der von dem Dichter Einar Benediktsson und seinen Versuchen, hier im Land Gold zu finden, handelte. Ich braute ihn einfach zusammen aus bereits vorliegenden Büchern und Artikeln über seine Tätigkeiten, ich fügte nichts Neues oder Originelles zu der Sache hinzu, außer einigen Photos, die ich oben auf Lækjarbakki gemacht hatte. Ich fuhr mit dem alten Zodiac meines Vaters dorthin und besuchte Júlli Kappe auf dem Weg, der sagte, »Ich will Ihnen mal eins sagen, will ich Ihnen mal«, und dabei machte ich wie gesagt Bilder von den Überresten der Goldgrube und dem, was sonst noch mit der Sache zu tun hatte oben auf dem Erbsitz meiner Familie. Der Artikel war nicht weiter besonders, wenn man ihn heute betrachtet. Er war ganz in einem vergnügten, halb ernsten, halb spöttischen Stil gehalten, in einem Ton, als ob es nach Meinung des Artikelverfassers eine ähnlich absurde Idee gewesen sei, in der Erde nach Gold zu graben, wie die Versuche der Bakkibrüder, in ihren Mützen Licht ins Haus zu tragen; hahaha, alles, was Einar Ben anpackte, ging ja den Bach hinunter, das waren ja alles nur Luftschlösser und Hirngespinste, versuchte er nicht sogar, das Nordlicht zu verkaufen?! Wahrscheinlich weckte mein Artikel weniger Interesse, als ich mir vorgestellt hatte, aber nur wenig später erhielt ich doch einen Brief von einem Verehrer des großen Dichters Einar Ben, falls es nicht sogar ein Nachkomme war, einen eiskalten, aber höflichen Brief, in dem ich zunächst begrüßt und mir gedankt wurde für mein Interesse an den Angelegenheiten des Dichters. Dann wird gesagt, daß nach Meinung vieler Bedarf an einer gründlichen Untersuchung von Einars Leben und Werk bestünde, denn wie verständigen und gebildeten Menschen klar erkennbar sei, handle es sich bei Einar um einen für seine Zeit einzigartigen Mann, nicht nur in seiner Dichtkunst, sondern auch in seinen Ideen zur Fortentwicklung zu Lande und zur See, so mancher sei der Ansicht, Einar sei seiner Zeit voraus gewesen. Dann wird darauf hingewiesen, daß die meisten seiner Pläne lange nach seinem Ableben tatsächlich in die Tat umgesetzt worden seien. Abschließend wird in diesem kurzen Brief gesagt, daß der Mann noch nicht hervorgetreten sei, der sich ein solches Vorhaben zutraue, leider seien solche Männer auch noch nicht in Sichtweite, und auch von öffentlicher Seite werde nicht dazu aufgefordert, daß seinem Leben und seinen Taten die gebührende Ehre erwiesen werde, obwohl man durchaus die Meinung hören könne, daß das nichts als die natürliche Schuld der Isländer gegenüber einem ihrer verdientesten Söhne sei. Auf der anderen Seite werde immer deutlicher, und das festzustellen sei bitter, daß es kaum einen halbgebildeten, eben des Buchstabierens fähigen jungen Mann gebe, der sich nicht für kompetent genug halte, sich mit Hohn und Spott über den toten Dichter herzumachen, mit Boshaftigkeiten über sein Lebenswerk, mit Schändlichkeiten über sein Gedenken. Vielen Dank dafür. Weiter kam niemand auf mich oder den Artikel in der Literaturbeilage zurück, aber dies hinterließ bei mir dennoch eine ausreichend klare Vorstellung davon, was für ein Narr ich doch war.

Ein ganz anderes Leben

– Bist duuu von der Polizeiii?! (Riesengroßes Gesicht im Türspalt, dreifaches Doppelkinn, rotgeäderte Stirn und Nase, heisere, polternde Stimme, stark rasselndes Lungengeräusch)

– Neeeiiin, so ist das nicht, ich bin der Sohn ...

– Also mir ist ganz egal, wessen Sohn die Leute sind, solange sie nicht von der Polizei sind! Aber diese schwarzen Gestalten glauben ja, sie können machen mit einem, was sie wollen, nur weil man irgendwann mal aus dem Gleis gesprungen ist, in rechtlicher Bedeutung gesehen! Aber wer bist du, hast du gesagt, wessen Sohn?

– Ich bin der Sohn von Bárður Killian, bei Luftvision.

– Gúndiii!

– Nein, Halldór. Ich bin Halldór, der ältere Bru...

– Mein lieber Freund, komm rein, ich hatte nicht vor, dich hier im Treppenhaus stehenzulassen. Es ist nur die Polizei, die solche Behandlung kriegt bei Halli Hurricane. Die glauben, bloß dadurch, weil man irgendwann mal zu lange Finger gekriegt hat oder so, daß sie einfach bei einem reinlatschen können in dreckigen Schuhen, mit allen möglichen Fragen! Aber dann sage ich: Habt ihr einen Hausdurchsuchungsbefehl oder eine Vollmacht vom Amtmann oder vom Richter? Da waren vorgestern zwei hier, haben zwar nicht nach mir gefragt, sondern nach Valdi Kacke, dem gehört die Wohnung hier, und da frag ich nach einem Hausdurchsuchungsbefehl! Nein, den hatten sie nicht, aber wollten trotzdem hier reeeiiinlatschen. Aber ich hab ihnen gesagt, sie sollen sich aus dem Treppenhaus verziehen und 'ne Fliege machen und nicht wiederkommen, bevor sie das Polizeireglement der Stadt Reykjavík gelesen haben! Da steht nämlich klipp und klar geschrieben, daß keiner bei einem andern über die Schwelle treten darf, ohne einen Hausdurchsuchungsbefehl zu haben oder eine Vollmacht vom Amtmann oder dem Richter. Aber ich will, daß das zur Kenntnis genommen wird, daß ich, obwohl ich aus den Schienen gesprungen bin, in rechtlicher Bedeutung gesehen, da sollten wir uns einfach darüber klarwerden, wie es dazu gekommen ist. All mein Verbrechertum rührt daher, daß ich dreißig Jahre lang aufputschende Mittel gegessen hab! Und wo hab ich die bekommen? Beim Arzt, dem feinen Herrn der Gesellschaft! Dann kriegst du vom Amtsarzt die gelbe Karte, und du befindest dich auf einmal in Teufels Küche! Das ist so ein Tabuuu! Da darf man nicht drüber reden. Aber das ist alles gespeichert, der Computer beim Amtsarzt hat das alles gespeichert! Oder? Setz dich! Halldór Kiljan ... ich hab das Gefühl, ich kenne den Namen irgendwie? Sind wir uns schon mal begegnet? Neeiin, ich hab natürlich deinen Onkel gut gekannt, äh, den Bruder deines Vaters, Vilhjálmur den Bankdirektor. Wir waren zusammen im Zuchthaus. Ein großer Mann! Ein grooo-ßer Mann! Das ist egal, was jeder sagt und ob er auch vom Wege abgekommen ist, in rechtlicher Bedeutung gesehen! Das geht mich nichts an. Aber er ist ein groooßer Mann. Und dein Papa auch. Ich kannte ihn gut. Nein, ich kann nicht sagen, daß wir zusammen getrunken haben, ich glaube, er war zu exzessiv beim Trinken für meinen Geschmack! Ja, damit meine ich, daß das Trinken bei solchen Männern oft exzessiv ist, solchermaßen daß sie den einen Tag vielleicht sternhagelvoll sind und nüchtern wie 'ne alte Nonne am nääächsten! Das nenne ich exzessiv. Man soll da mehr Balance drin haben, mehr so Geschmeidigkeit! Aber einmal hat er mir einen guten Anzug geschenkt. Daaa war der Hurricane aber feudal!

Branntwein in Diätcola wurde nun serviert, die Cola aber mehr pro forma. Er stellte einen unzerbrechlichen Becher vor mich hin, mit diesem goldfarbenen Krafttrunk darin.

– Einen guten Anzug! Ja, ja, diiie Geschichte kann ich dir erzäääählen. Der gute Anzug, das war ein Frack oder ein Smoking, ich weiß es nicht mehr genau. Nagelneu, vom neuesten Schnitt, ich erinnere mich, wie sie ewig nach einer Hose suchten, die über meine Wampe reichen würde. Und dann kam eine und paßte wie angegossen! Obwohl ich eins dreeeiiißig Taille habe! Damals war der, hier, der Jóakim gestorben, wie hieß er, der Rechtsanwalt, Ísmann oder Ísberg oder so, der war da bei Flugvision, ja, Luftvision! Also, der Bárður und ich haben uns gekannt, ich war mit ihm kurz vorher im Krankenhaus gewesen, also in einer bestimmten Klinik! Und er kommt zu mir, unten in der Stadt, im Auto, der Kobbi hier, der Sänger, war auch dabei, und sagt, hör mal, lieber Haraldur, du mußt jetzt mit mir zu einer Beerdigung gehn. Was immer jetzt bei dir kaputt ist, lieber Bárður, ich hoffe nur, daß du nicht selbst gestorben bist. Hhhhhhhhhhh! Hör her, wir müssen noch mehr gute Leute finden wie dich. Da war er schon hinauf nach Víðines gefahren, hinauf nach Gunnarsholt, hatte alle Typen abgeholt, Mann, den Dúddi Torf, Grjóni den Tauben, Tóti Mösenkolben, Jónas den Dichter, Jón den Grauen und den Jón Minus, Ringó Starr, den Bibbi Slowly und mindestens zehn weitere. Um zur Beeeerdigung zu gehn! Dann sind wir runter in die Stadt, ins »Epidemie«, haben da noch einige weitere gefunden, den Golli Bjuti weiß ich noch, den Heiðar aus Ólafsvík, den Kapitän und noch einige. Alle bereit, mit Bárður mitzugehen. Mittlerweile fuhr eine Schlange von vier Taxis hinter uns her! Da seh ich aus dem Fenster einen Mann und sage: »Hei Bárður, der da muß auch mit! Das große Genie in eigener Person: Baddi von Thúle.« Und das Auto hält an, Mann, und alle Taxis dahinter, iiihhh! Und wir raus, Mann, und Baddi mit einer vollen Wodkaflasche wie ein feiner Herr und sagt: »Hör mal zu, hast du nich 'n bißchen Kleingeld übrig?« Und dein Onkel, Mann, Bárður, ja nein, dein Papa, der hat gleich einen Fünfhunderter übrig, oder was, einen Tausender, und ich sage zu Baddi: »Was ist los, Mann, wieso brauchst du Kleingeld, hast du nich 'ne volle Flasche in der Hand?« Nur Mix, lieber Halli, Cola mit Wodka! Da sagte Bárður, schrecklich ernst, und sah Baddi gerade in die Augen: »Du mußt mir versprechen, Freund, nicht zuviel zu trinken ... zuviel Cola, mein ich!« Hhhhhhhhhhh! Das war natürlich was für den Grafen von Thule. Nicht zuviel Cola trinken! Scheiß auf den Rest! Hhhhhh! Und dann direkt in die Badeanstalt Reykjavík, Mann, die Taxis haben solange gewartet, und dann wurde einfach so ein piekfeiner Typ da oben in der Herrenabteilung von PÓ geholt, festliche Kleidung für die ganze Schwefelbande! Hhhhhhh! Anzüge, Mann, Designeranzüge, Smokings, Baddi und ich nahmen die gleichen, solche Fräcke, erinn're ich mich, oder wirklich Smokings, Seidenschal über den Bauch, schneeweißes Hemd, Krawatte, Schleife. Luftreisen bezahlt! Ja, Luftvision, mein ich! Hhhhhhhhhh! Und so sind wir dann in die Kapelle gezogen, haben sie beinah gefüllt. Alle schick in Schale geschmissen. Danach einfach tschüs, die Anzüge durften wir behalten und einen Tausender. Bárður Killian, das ist ein Genie! Ein Genie! Nicht weniger als der andere! Einige verkauften die Kleidung oder machten sie irgendwie zu Geld, aber die meisten von uns behielten sie einfach an, was, Jacke und Hemd, Mann, und fragten die Leute, ob sie vielleicht 'n Fuffi für 'n Glas Cola-Wodka übrig hätten. Hhhhhhhhhhhhhhhhhhh!

* * *

Wenn dein Papa eine Fluggesellschaft hat, ist es dann ein Problem, hierhin und dorthin mitzufliegen, ins Ausland vielleicht sogar, wenn es sich so ergibt, und Freunde und Bekannte mit auf die Reise einzuladen? Diese Frage erwachte unweigerlich bei den Leuten, die gerade an der Uni angefangen hatten, als keiner Geld hatte, aber alle Sehnsucht zu reisen, und die Fluggesellschaft Luftvision flog dreimal wöchentlich von Island auf das europäische Festland.

Wir waren vier Bekannte, die zusammen den Plan faßten, und ich ging dann hinunter zu den Büros von Luftvision, um ihn mit den Machthabern im Laden, Kobbi Kalypsó und Kúddi dem Finanzdirektor, zu besprechen, und Kobbi war wie zu erwarten die reine Freundlichkeit und sagte sofort:

– Aaaber! Mein! Liiieeeber! Dóri! Das erledigen wir doch im Handumdrehen!

Doch Kúddi der Finanzdirektor mußte sich immer wichtig machen, er legte das fleischige Gesicht in Falten und sagte:

– Ich wage es nicht, das zu befürworten.

Und da zog Kobbi sich zurück, er war immer bereit, zuzustimmen, Leuten aus der Klemme zu helfen und sich auf ihre Seite zu stellen, zu sagen, daß alles ganz leicht und gar kein Problem sei, aber er würde sich für keine Sache in eine Auseinandersetzung begeben. Wenn irgendwo ein Hindernis war, dann wich er aus, also drehte er sich zur Wand und begann, in einen Telefonhörer zu brummeln.

– Iiiich wage es nicht, das zu befürworten, wiederholte Kúddi der Finanzdirektor, mit großer Betonung auf dem Ich, und fragte dann:

– Was ist mit der Versicherung? Jaaa-ha, mein Lieber, das ist nur eine Speditionsgesellschaft, wir dürfen gar keine Fahrgäste mitnehmen, obwohl wir es liebend gern wollten, und daher haben wir auch keine Versicherungen für sie. Wenn uns unterwegs etwas passieren würde, dann wäre es aus mit uns. Abgesehen davon, daß es eiskalt in der Maschine wird während des Fluges, fügte er hinzu. Doch in dem Augenblick kam Papa ins Büro und riß groß die Augen auf, als er mich sah. Ich hatte erwartet, daß er einiges an der Sache auszusetzen haben würde, deshalb hatte ich beschlossen, hinunter ins Büro zu gehen, anstatt die Sache zu Hause zu besprechen. Seit unserer Amerikareise war er irgendwie so wortkarg mir gegenüber, vor allem, wenn die Rede auf die Fluggesellschaft kam. Aber jetzt setzte er sich, die Füße auf den Tisch, zog sich den Hut in die Stirn, wie immer, wenn er über etwas nachdenken mußte, und fragte:

– Wo ist das Problem?

Und Kúddi erklärte es ihm:

– Ich habe dem Jungen schon versucht zu sagen, daß das völlig ausgeschlossen ist, Frost und Eiseskälte in den Maschinen …

– Sie können sich ja warm anziehen, warf Papa ein und grinste.

– Ja, aber die Versicherung …, sagte Kúddi.

– Sie bezahlen einfach, was das kostet, Mann, das kann doch kaum so teuer sein.

Das war das Ergebnis, ich konnte zu meinen Bekannten gehen und ihnen sagen, daß wir bei Luftvision zu einem Bruchteil des Preises einer normalen Fahrkarte mitjetten konnten. Papa grinste über das ganze Gesicht und sagte mir, ich solle den Jungs aber klarmachen, daß jetzt die Lammfellmützen und die Wollstrumpfhosen herausgekramt werden müßten, und Kobbi hatte seine gute Laune wiedergefunden. Er folgte mir zur Tür, um mich daran zu erinnern, daß er das gleich, als ich kam, gesagt habe, daß sie das schon machen würden, mein Lieber, da bräuchten wir doch gar nicht drüber zu reden, Mann!

Ja, jedenfalls gab das Stoff genug für einen Aufsatz über »Eine unvergeßliche Flugreise«. Wir kamen wie vereinbart hinaus auf den Flugplatz, und das »Wappen von Amsterdam«, Het Wapen van Amsterdam, war schon beinahe fertig beladen mit tiefgekühlten ganzen Schafen. Wir trafen Hálfdán den Piloten, den, der das Unternehmen mit Papa gegründet hatte und der zweitgrößte Eigentümer war. Er war sehr erstaunt und sehr zweifelnd, schüttelte den Kopf, als er uns in dicke Anoraks verpackt in der warmen Sommersonne aufkreuzen sah.

– Wohin fahrt ihr denn?!

– Wußtest du nicht, daß wir mitwollten? fragte ich. Doch, er gab zu, andeutungsweise davon gehört zu haben, so indirekt, aber er sei nicht gefragt worden, als dies beschlossen wurde.

– Vorn im Cockpit ist kein Platz, sagte er. Wir passen da gerade hinein, der Kopilot und ich, und mehr geht nicht.

– Ja, ja, sagte ich, wir fliegen hinten mit.

– Ja, aber nicht auf meine Verantwortung, sagte er. Ihr seid euch darüber im klaren, daß es da drinnen arschkalt ist. Ihr müßt euch völlig darüber im klaren sein, worauf ihr euch hier einlaßt!

Wir stiegen ein, die Türen wurden zugeschlagen und die Motoren gestartet, und wir fuhren langsam los, ein Stück hinaus auf den Flugplatz. Währenddessen unterhielten wir Gefährten uns darüber, daß das nun wirklich kein Problem sei, das bißchen Kälte! Für mich ist das keine Kälte! Wir mußten furchtbar lange warten draußen an der Startbahn, eine halbe Stunde oder länger, und da begannen wir allerdings, die Kälte langsam zu spüren. Aber das war noch nichts, es sollte noch viel schlimmer werden, denn als das Flugzeug endlich abhob, lagen noch beinahe sieben Stunden Flug vor uns, wenn ich mich recht erinnere. Die Kälte wurde immer bitterer. Die Schafkadaver waren direkt aus dem Kühlhaus gekommen, aber trotzdem war es so beißend kalt dort im Laderaum, daß man die reifbedeckten Schäfchen beinahe als wärmend empfand, wenn man sich auf sie legte. Natürlich flogen wir in vielen Kilometern Höhe, wo eisige Temperaturen herrschen, und der Laderaum des Flugzeugs war wahrscheinlich gar nicht isoliert auf solchen Flügen, nur die Pilotenkabine, aber da hineinzukommen war ausgeschlossen, obwohl wir es liebend gern wollten. Das Fleisch lag so aufgestapelt, daß man nicht einmal sehen konnte, ob es überhaupt einen Durchgang vom Laderaum zu den Piloten gab.

Ich hätte mir eine solche Kälte nie vorstellen können. Wenn wir draußen unter freiem Himmel gewesen wären, am Südpol oder mitten auf dem Grönlandgletscher, dann hätten wir uns wenigstens durch Bewegung warm halten können, aber das war, als ob wir lebendig in eine Tiefkühltruhe gelegt worden wären. Wir standen und schlugen uns, versuchten, mit den tauben Füßen zu stampfen, waren vollkommen durchgefroren nach einer Stunde Flug und glaubten kaum, daß wir eine weitere an einem solchen Ort überleben würden, wieviel weniger fünf oder sechs. Wir verboten uns, auf die Uhr zu sehen, denn das war immer so eine große Enttäuschung, versuchten Ewigkeiten auszuhalten, bis wir ganz sicher waren, daß mindestens eine Stunde vergangen war, und schon darauf schielten, daß es vielleicht sogar zwei wären, zur Rettung unserer Seelen. Aber nein, zweiundzwanzig Minuten waren es, stellte sich heraus, als wir auf die reifbedeckten Armbanduhren sahen. Einer von uns war ein schrecklicher Schlappschwanz, er jammerte immer mehr, je länger die Reise dauerte, und natürlich mußte ihm ein Unglück zustoßen, solchen Männern stößt immer ein Unglück zu. Zuoberst von einem Stapel löste sich ein Kadaver in einer Turbulenz oder einem Luftloch und fiel ihm auf den Kopf, so daß er eine Platzwunde erhielt und Blut ihm aus den Haaren lief und in zwei Streifen auf seiner Stirn gefror.

Nach vielen Ewigkeiten hörten wir endlich, daß sich die Turbinen langsamer drehten, das Flugzeug verlor allmählich an Höhe, und als wir das Eis von dem einen Fenster gekratzt hatten, an das wir herankamen, sahen wir hinunter auf sonnenbeschienene Blumenwiesen.

Das war an einem schwülwarmen Sommertag in Amsterdam. Die Flughafenbediensteten promenierten in kurzärmeligen weißen Hemden auf und ab und wischten sich den Schweiß von der Stirn. Und groß war das Staunen der Leute, die uns aus dem Flugzeug wanken sahen, unsere Füße so gefühllos, daß wir kaum laufen konnten, mit überdicken Anoraks und eisbedeckten Fellmützen, so in die Schals gewickelt, daß unsere blaugefrorenen Gesichter kaum zu sehen waren.

* * *

Die Reise wird mir ewig unververgeßlich bleiben wegen der Kälte auf dem Weg nach Amsterdam und außerdem, weil ich meinen Bruder Gúndi traf.

Ich wußte, daß er oft in Amsterdam war in Verbindung mit dem Ballonbusiness, und ich hatte eine Karte an irgendeine Adresse dort in der Stadt geschickt, die er mir lange zuvor einmal in einem Brief genannt hatte. Und als wir uns von den Piloten verabschiedeten, die uns grinsend fragten, »Na, Jungs, habt ihr ein bißchen kalte Pfoten bekommen?«, gaben sie mir einen kleinen Zettel mit einer Telefonnummer. Den Zettel hatte der örtliche Vertreter der Fluggesellschaft Aerovision ihnen überreicht, als das Flugzeug landete, und auf ihm stand außer der Telefonnummer: »Dóri ruf an, Gúndi.« Nachdem wir ein billiges Hotel gefunden und uns eingerichtet hatten, wählte ich die Nummer, und eine würdevolle Stimme antwortete und sagte: »Hotel Hilton«. Ich flötete: »Sorry« und legte auf, betrachtete noch einmal die Nummer und wählte dann wieder, aber es war kein Irrtum möglich. Zwar antwortete diesmal eine andere Stimme, aber auch sie verlautbarte, daß dort am anderen Ende das Hilton-Hotel sei. Ich stotterte etwas Entschuldigendes auf englisch und fragte, ob es sein könne, daß »Mr. Guðmundur Killian unter dieser Nummer … äh …«

– One moment please, antwortete die Stimme, und dann hörte ich ein Klingeln, und im selben Augenblick wurde der Hörer abgenommen, und die fröhliche und helle Stimme meines Bruders antwortete:

– Gúndi!

Ja, der wußte sein Schäfchen zu scheren. Wohnte einfach im Hilton-Hotel zu der Zeit und lud uns ein, »Brunch mit ihm einzunehmen«, gegen zwölf am folgenden Tag.

Man wurde nicht enttäuscht vom Hilton-Hotel, es hielt, was es versprach. Sowohl die Treppe als auch der Gehweg vor dem Eingang waren mit rotem Samtteppich ausgelegt, Türsteher standen dort, in Uniformen wie Hafenlotsen, fähnchengeschmückte Limousinen vor dem Entree, die Lobby so groß wie bei uns die Sporthalle in Laugardalur.

Wunderschöne und über alle Maßen höfliche Menschen zeigten uns den Weg zum Lift, der mit uns in den dritten Stock fuhr, aber dort antwortete niemand, als wir an der Tür des Ballonmannes klopften. Wir beschlossen, wieder hinunterzufahren und zu fragen, ob das auch ganz sicher die richtige Zimmernummer sei, die Gúndi mir genannt hatte, aber die Barbiepuppe hinter dem Empfang schenkte uns ein Platinlächeln und sagte:

– Oh, Mr. Killian is waiting for you in the lounge!

Und in einem Nebenraum, der an die Bibliothek eines englischen Landhauses erinnerte, saß Gúndi und las die internationalen Zeitungen und trank Kaffee aus einer Tasse, aber legte die Zeitung weg, stand auf und lächelte freudig, als er mich sah.

Was für ein Anblick.

Sein Oberkörper war nackt, er trug nur rosa Latzhosen mit Trägern, die sich über seine fleischigen, runden Schultern legten. Er war nie besonders gut gebaut gewesen, aber nun hatte er stark zugenommen, es war, als ob er seinen Babyspeck wiederbekommen hätte, mit Fettgrübchen an den Ellbogen und den Knien.

Rosa Latzhosen.

Er ging mit uns hinaus in die Stadt, mit rosa Latzhosen und nacktem Oberkörper, hinein in ein kleines Restaurant, wo ihn die Angestellten mit Namen begrüßten, und er bestellte für uns alle möglichen Leckereien und Bier und Schnaps dazu, soviel jeder schaffen konnte, aber ich bemerkte, daß er selbst nichts trank. Zuerst dachte ich, das wäre, weil er so viel redete. Er plapperte so ununterbrochen und laut und fröhlich und war so witzig und irgendwie so außergewöhnlich, daß meine Reisegefährten lachten und lachten und über all dies in eine Art Taumel gerieten. Sie wurden langsam betrunken und fragten, ob sie nicht den Ballon sehen könnten, am liebsten mit ihm fliegen könnten, sie träumten davon, irgendwie an Gúndis Abenteuerleben Anteil zu haben (einer von ihnen kaufte sich sogar eine rosa Latzhose am nächsten Tag und wurde von allen Freunden ausgelacht, als er zu Hause damit zum Tanzen erschien). Aber Gúndi verplapperte sich nicht, ließ uns nicht an sich heran, brachte das Gespräch einfach auf etwas anderes, lachte und erzählte Geschichten. Er bezahlte die ganze Rechnung, zog eine dicke Rolle Geldscheine aus der Hosentasche und warf denen, die uns bei Tisch bedient hatten, lässig einige davon hin.

Ich wünschte mir, mit ihm zu sprechen, in Kontakt zu kommen mit meinem kleinen Bruder, aber auf einmal war er schon zu spät dran, hatte versprochen, in zwanzig Minuten irgendwelche Männer oben im Hotel zu treffen, aber er bat mich, mit ihm zu kommen, er habe nämlich vorgehabt, mir ein kleines Päckchen für Pfarrer Sigvaldi mitzugeben:

– Ach das ist eine Kleinigkeit, die ich dem Armen besorgen sollte. Und wir gingen zusammen zurück zum Hotel, und auf dem Weg fragte er mich nach den nächsten Familienangehörigen, Mama und Papa und unserer Schwester Imba, und war dabei ganz Gúndi selbst, der liebenswürdige kleine Bruder, der er immer gewesen war. Er fragte mich auch nach Vilhjálmur Eðvarð und wie es dessen Kindern gehe; er mache sich Sorgen um sie. Ich zuckte kalt mit den Schultern und fragte gleichgültig, ob es irgend etwas ausmache, daß sie nicht mehr soviel Geld hatten wie früher. Tut es ihnen nicht einfach gut, das Leben kennenzulernen? Aber er sah mich an, mit reinem Gesicht, Güte in den Augen, und sagte:

– Aber die armen Kleinen, die sind doch gar nicht darauf vorbereitet, das Leben kennenzulernen.

Darüber hatte ich noch nicht nachgedacht, und ich fand, daß er irgendwie recht hatte.

Als wir in das Hotel zurückkamen, gingen wir an einer Tür vorbei, auf die er achtlos zeigte und sagte:

– Hier drinnen lagen John und Yoko eine ganze Woche im Bett, um den Frieden in der Welt herbeizuführen.

Dann kamen wir in sein Zimmer, oder eher seine Suite, und er öffnete eine Schublade und zog ein kleines Päckchen daraus hervor und reichte es mir. Ein sorgfältig eingewickeltes und mit Klebestreifen umwickeltes Päckchen.

– Bist du bereit, wenn du nach Hause kommst, das hier zur Post zu bringen und an Pfarrer Sigvaldis Kiosk zu schicken, ohne daß jemand etwas davon erfährt? fragte er.

Pfarrer Sigvaldi! In was für Geschäftchen könnten sie verwickelt sein, er und Gúndi?

– Was ist das eigentlich? fragte ich.

Gúndi sah mich spöttisch grinsend an und sagte dann, daß das ein so großes Geheimnis sei, daß nicht einmal ich es wissen dürfe.

– Würdest du es denn glauben, wenn ich dir sagte, daß das Pornos sind?

– Für den Gottesmann! Kaum! sagte ich. Obwohl, er ist natürlich kein gewöhnlicher Gottesmann, und Gúndi lachte und sagte, das zumindest sei ganz sicher. Ich versprach, die Sachen zu verschicken, ohne daß jemand etwas davon erführe und ohne in dem Päckchen herumzuschnüffeln. Als wir uns gerade verabschiedeten, klopfte es, und in der Tür standen zwei Männer, beide gekleidet wie Büroangestellte, in gewöhnlichen Geschäftsanzügen und mit Krawatte, als ob sie Missionare des Mormonenglaubens wären, und Gúndi zeigte auf mich und sagte:

– My brother from Iceland.

Die Männer zuckten mit den Schultern, und wir Brüder

gaben einander die Hand; er bat mich zum Abschied, nicht zu vergessen, die Mama von ihm zu grüßen, und nicht zu vergessen, gut auf das Päckchen aufzupassen.

Im Lift auf dem Weg hinunter überlegte ich die ganze Zeit, ob man nicht in das Päckchen hineinlugen könnte, ohne daß man sähe, daß es geöffnet worden war, aber das war unmöglich. Ich war mißtrauisch geworden gegenüber diesem Unternehmen, glaubte nicht, daß Gúndi es ernst gemeint hatte damit, daß es sich um Pornos handelte, die wären dann aber verdammt klein gefaltet, dachte ich und zupfte an der Verpackung herum. Der Gedanke kam mir, daß ich mich vielleicht gerade in etwas Ungesetzliches hineinziehen ließ, aber andererseits hatte ich meinem Bruder feierlich versprochen, das Päckchen abzuschicken. Also beschloß ich, nicht weiter darüber nachzudenken, sondern steckte die Sendung in die innere Tasche meiner Jacke und nahm mir vor, sie dort zu vergessen, bis ich wieder nach Hause nach Reykjavík zurückgekehrt sei.

Ich beschloß, auf das Klo zu gehen, bevor ich dieses Hotel verließ, in dem mein Bruder Gúndi wohnte, und in der Lobby fand ich ein Schild mit wunderhübsch verzierten Buchstaben, auf dem »toilet« stand und ein Pfeil, der auf eine Treppe wies. Ich ging die breite und mit Teppich ausgelegte Treppe hinunter, und unten waren zwei Türen, für Ladies und für Gentlemen. Ich kam hinein in einen gleißendhellen Saal, in dem ein Butler in weißem Anzug auf mich wartete; er verneigte sich. Er führte mich zu dem Becken, an dem ich mein Geschäft verrichten konnte, und stellte währenddessen den Wasserhahn an einem der Handwaschbecken auf eine angenehme Temperatur ein und lud mich ein mit einem »Bitte sehr«, als ich mich umdrehte, reichte mir die Seife und stand mit einem schneeweißen Handtuch bereit, war so über alle Maßen hilfsbereit und höflich, daß ich mich so schnell wie möglich entfernte. Und als ich die Treppe hinauflief, dachte ich, daß ich mich eigentlich glücklich schätzen konnte, daß er es nicht auch noch auf sich genommen hatte, den Strahl in die richtige Richtung zu lenken.

Drei Tage später fuhren wir nach Hause, ich traf Gúndi nicht noch einmal. Der Rückflug war viel weniger spannend als der Flug hinzugs, weil das Flugzeug diesmal leer war und keine Minustemperaturen im Laderaum herrschten. Auf diesem Flug von »Het Wapen van Amsterdam« waren lebende Pferde befördert worden, und deren Spuren waren auf dem Heimflug noch deutlich zu bemerken. Zwar war uns, als wir hinaus auf den Flughafen kamen, die Aufgabe übertragen worden, die größten Haufen in einen Müllsack zu schaufeln, aber schwerer ging es mit dem Pferdeurin, der irgendwie unter den Bodenbelag gelaufen war. Während des Fluges schwappte er hin und her mit Gluckern und Klatschen, und bei Luftlöchern schlug er gegen die Wand und spritzte über uns Freunde wie Meeresgischt.

Das war ein Fest im Vergleich zu der tödlichen Kälte auf dem Weg nach Amsterdam, und wir kehrten froh und welterfahren von dieser Reise zurück. Das Päckchen schickte ich gleich am folgenden Tag an Pfarrer Sigvaldi, war froh, es loszuwerden und mich nicht mehr darum kümmern zu müssen, und hatte bald vergessen, daß es irgendwann einmal in meiner Obhut gewesen war.

* * *

Damals war Opa in die Dachwohnung hinaufgezogen, in das alte Zimmer, in dem mein Bruder Gúndi in alten Tagen mit Radiosendungen herumexperimentiert und das öffentliche Leben auf den Kopf gestellt hatte. Ich kümmerte mich nicht viel um ihn, aber ging doch einige Male hinauf in der Absicht, ihn über vergangene Zeiten zu verhören.

Ging die Treppe hinauf, klopfte an und ging hinein. Er sah aus dem Dachfenster hinaus, stand mit dem Rücken zur Tür, sah mich nicht. Bevor es mir gelang, etwas zu sagen, bevor er Anzeichen gezeigt hatte, daß er überhaupt etwas bemerkt hatte, wieviel weniger, daß er wußte, wer da hereinkam, polterte er laut und ärgerlich:

– Pfui Teufel, wirst du bald ein tattriger alter Mann sein!

– Was? Sprichst du mit mir?

– Natürlich spreche ich mit dir, Junge!

– U-u-u-und wieso werde ich bald ein tattriger alter Mann sein?

– Das hört man daran, wie du Treppen steigst.

Dann streckte er die Hand aus nach einem hohen Holzkrug aus Teak, den er immer in Reichweite hatte, und sagte:

– Nimm dir ein Bonbon und hör auf mit dem dummen Gerede. Ein Halt-die-Klappe-Bonbon.

Das war ein so großer Krug, daß die Hand darin völlig verschwand, bis zum Ellbogen, bevor die Finger die Bonbonvorräte erreichten. Einige waren rot mit Kirschgeschmack, andere schwarz mit Lakritze, und dann gab es noch ein paar braune, so groß, daß man mit einem von ihnen im Mund kaum sprechen konnte, man hatte notgedrungen nur die Möglichkeit, die Klappe zu halten; davon hatten sie ihren Namen.

Mir fiel es stets gleich schwer, zwischen den roten und den schwarzen zu wählen. Nahm mir einen von jeder Sorte. Sie waren äußerst köstlich. Weder früher noch später konnten mich irgendwelche anderen Bonbons so überzeugen wie die, die Opa immer in seinem hohen Teakkrug hatte.

Ich ließ mich in einen tiefen Sessel fallen und es mir gutgehen. Dort saß der Alte mit gutmütig-ärgerlicher Miene und sah einen von der Seite an. Es gab keine Uhr. Ich begann, darüber nachzudenken, daß er eigentlich eine Uhr haben müßte, eine Großvateruhr. Alles andere wäre beinahe ein Stilbruch.

– Soll ich nicht dafür agitieren, daß du zu deinem achtzigsten Geburtstag eine Uhr bekommst? sagte ich.

– Eine Uhr? Wozu? Ich weiß gut, wie die Zeit vergeht. Und was die Stunde schlägt.

– Nein, ich meine so eine Grandfather-Clock. Eine Standuhr, die schlägt, bum, bum …

– In Gottes Namen, so einen Mist will ich nicht sehen. Das erinnert einen nur daran, wie sterblich und unbedeutend man ist.

– Wie meinst du, hehe …

– So eine Uhr hält vielleicht einige hundert Jahre. Das ist mehr, als ich von mir sagen kann. In drei-, vierhundert Jahren frohlockt sie darüber, jede halbe und ganze Stunde, daß sie noch immer da ist, obwohl ihr Eigentümer schon lange tot ist und vergessen, und alle seine Leute, Kinder, Kindeskinder, Kindeskindeskinder, alle verschwunden, vergessen und begraben.

Ich verstand, was er meinte, und wurde selbst ganz traurig darüber. Verdammt, war er gut darin, einem die Laune zu verderben! Er dagegen schien nun in guter Stimmung. Er setzte sich bequem auf seinem Sessel zurecht und sah mich mit spöttischem Blick an.

– Wie ich höre, bist du nicht mehr mit dem Mädchen zusammen.

– Was, sagte ich und zuckte zusammen. Mit welchem?

– Mit welchem? Also das finde ich sehr bedenklich. Mit welchem! Na, mit dem, das du das ganze letzte Jahr umschwänzelt hast wie ein herrenloser Hund! Mit welchem?! Ja, die sind gut, die Burschen ...

– Ja, die Hrönn. Ja, das ist aus.

– Was ist passiert?

– Was ist passiert ..., wiederholte ich, ohne eigentlich zu wissen, was ich antworten sollte. Ich hatte allen anderen, die mich nach der Sache gefragt hatten, etwas vorgelogen davon, daß »wir uns auseinanderentwickelt« hatten oder daß ich mich gezwungen gesehen hätte, die Sache zu beenden, aber ich hatte keinen Grund, meinem alten Opa irgendwelches Gewäsch aufzutischen. Also sagte ich einfach die Wahrheit:

– Sie hat einen anderen Typen gefunden und mit mir Schluß gemacht.

Das wußte der Alte zu schätzen. Jedenfalls verschwand das Mitleid immer mehr aus seinem Gesicht. Er begann zu zwinkern.

– Na, und war das nicht ein bißchen schwer zu schlukken?

– Schoon, sagte ich. Doch dann beschloß ich, mich zusammenzureißen, denn ich wußte, daß der Alte nichts verachtenswerter fand als Männer, die herumjammerten und sich selbst bemitleideten. Daher log ich, daß ich eigentlich genug gehabt hätte von ihr:

– Ich wollte sowieso mit ihr Schluß machen.

Da lachte der Alte, ein so lebensfrohes Lachen, wie es nur achtzigjährigen Männern vergönnt ist, hahaha.

– Du wolltest sie sowieso loswerden! gackerte er. »Ich wollte sowieso nach unten«, sagte die Alte, als sie durch die Dachluke fiel!

Ich erinnerte mich wieder daran, daß ich vorgehabt hatte, die Gelegenheit zu nutzen, um ihn nach dem Dichter Einar Benediktsson zu fragen, und nicht, um über meine armseligen Frauengeschichten zu reden. Also begann ich, meine Hände zu reiben und ein ums andere Mal »ja, ja, ja, ja« zu sagen, so daß der Alte verstand, daß ich wahrscheinlich ein Anliegen hatte, und mich fragend anzusehen begann.

– Hör mal, sagte ich, du hast doch in alter Zeit für Einar Ben gearbeitet, oder?

– Er hieß Einar Benediktsson. Niemand hat ihn jemals Einar »Ben« genannt, außer ein paar idiotischen Zeitungsschreibern in den letzten Jahren.

– Ah ja. Jaa. Aber hör mal, du hast doch irgendwie für ihn gearbeitet, oder nicht?

– Tja, ich kannte den Alten ganz gut. Mir schien es eine Ehre, wenn ich ihm helfen konnte.

– Wie habt ihr euch kennengelernt?

– Wie haben wir uns kennengelernt?

– Ja, ich meine, also, wo ... oder, wann seid ihr euch das erste Mal begegnet und so was ...

– Warum fragst du danach?

– Nur, also, ich denke daran, vielleicht einen Aufsatz oder einen Artikel darüber zu schreiben, über das Gold und Lækjarbakki und das alles ...

– Warte mal, und was willst du, daß ich dir erzählen soll?

– Na ja, das war doch so ein großer Altersunterschied zwischen euch und alles, waren die Leute da nicht erstaunt, daß du da bei ihm angestellt wurdest ...?

– Das weiß ich nicht. Worüber denkst du nach?

– Na ja, das ist natürlich, man hört eben, daß da so Klatschgeschichten im Umlauf sind ... also daß ... daß ihr in Wahrheit verwandt gewesen seid ...

Opa sah mich mit dieser ärgerlichen Miene an, die er oft im Gesicht trug, nur daß er jetzt nicht länger gutmütig war, sondern voller Mißtrauen. Aber nach dieser letzten Bemerkung fehlten ihm das einzige Mal, soweit ich es beobachtet habe, die Worte, der Unterkiefer fiel ihm auf die Brust hinab, und er starrte mich mit völlig leerem, verständnislosem Gesichtsausdruck an. Dann war es, als ob er zu sich käme, so als ob er sich zu einer angemessenen Reaktion aufraffen müßte, und er brach in ein lautes und unnatürliches Gelächter aus, ein künstliches Lachen, das einzige in seinem Leben, soweit meine Nachforschungen ergeben haben. Er lachte stoßartig zwischen der Zahnprothese hindurch:

– Hahahahahahahahaha! Du meinst diese absurde alte Lügengeschichte, daß ich sein Sohn sei! Hahahahaha! Bist du nicht zu jung dazu, mein lieber Kleiner, um dich schon mit der Ahnenforschung zu beschäftigen?! Du wärst gut gewesen zusammen mit dem faulen Geiri, meinem Freund, auf Lækjarbakki. Opa lachte noch ein bißchen mehr, aber wurde dann ernster:

– Aber zu dieser alten Tratschgeschichte kann ich dir sagen, daß gar nichts daran ist, nichts Witziges, Bemerkenswertes oder Spannendes. Das war natürlich jedes zweite Kind damals, das auf irgendeine Weise mit dem Dichter als Vater in Verbindung gebracht wurde, wie dieser Morgenrot, so hieß er. Er hieß Morgenrot, weil seine Mama behauptete, ein Geist habe sie besucht, wie damals beim Heiligen Geist und der Jungfrau Maria, der Geist Einar Benediktssons, der habe sie besucht in Gestalt der Sonne, des Morgenrots eben, und zwar habe dessen Schein sie nackt durch das Fenster getroffen!

Opa begann wieder zu lachen, sah mich an und sagte in spöttischem Ton:

– Ja, ja, es gibt solche und solche, die Torheit hat viele Gesichter!

Zu meinem Glück steckte mein Bruder Gúndi den Kopf zur Tür herein und sagte, wir sollten zum Essen herunterkommen. Er war damals zu Besuch auf Island, und es wurde nach alter Sitte ein Festessen ausgerichtet für den verlorenen Sohn. Sehr wichtig, daß die ganze Familie gemeinsam speiste, und wir Brüder stützten Opa zwischen uns die Treppe hinunter, der immer noch einzelne schrille Lacher ausstieß.

– Was ist denn so witzig hier? fragte Gúndi, aber Opa antwortete nicht, sagte nichts, bevor wir nicht alle am Tisch saßen. Dann drehte er sich zu Papa und sagte:

– Das sind wirklich Genies, deine Söhne hier!

– Ist es nicht bei jedem manchmal so und manchmal anders? fragte Papa.

Alle wußten, daß er Gúndi für ein großes Genie hielt, während seine Meinung von mir sehr viel zweifelhafter war, er fand mich viel zu redselig und geschwätzig, weil ich über seine Sauftouren und andere Dummheiten sprach. Es war vielleicht auch nicht zu erwarten, daß ihm das gefallen würde.

– An manchen Orten ist es auch einfach so, sagte Papa und fiel Opa ins Wort, der gerade noch etwas sagen wollte.

– Das ist einfach so an manchen Orten, daß es am gleichen Fleck nur Genies und Idioten gibt und nichts dazwischen. Als ich bei den Salemern war und in die Reykjanesschule am Ísafjarðardjúp geschickt wurde, da gab es niemanden, den man hätte mittelmäßig nennen können. Die meisten waren Genies, große Begabungen im Theoretischen wie im Praktischen, und dazwischen nur Vollidioten ...

Mama wußte wahrscheinlich, wohin das führte, oder hatte vielleicht das Gefühl, daß dies unerfreulich enden könnte, sie hatte ein Gefühl für so etwas, und es war ihre

Aufgabe in der Familie, solche Dinge mit Klugheit und diplomatischem Geschick abzuwenden. Daher unterbrach sie Papa und bat ihn, hinunterzulaufen zu Friðrik, Salómon und Gertrud und sie zu bitten, jetzt zu kommen, wir seien gerade dabei, am Tisch Platz zu nehmen. Als Papa gegangen war, drehte sie sich zu Opa und sagte, daß es so schön sei, jetzt die gesamte nähere Verwandtschaft auf einmal einladen zu können, hier oben sei so viel Platz.

– Was ist schon besser daran, hier oben zu sein als im Keller? fragte Opa griesgrämig und schnaubte. Er selbst fand es ganz unmöglich, die Treppe hinaufgehen zu müssen, für ihn waren Dinge wie feine und weniger feine Wohnungen nichts als Versnobtheit und Betrug und Beutelschneiderei.

– Hier ist es so viel geräumiger, sagte Mama, gar nicht zu vergleichen, das ist doch einfach ein ganz anderes Leben!

Mama war gewöhnlich nicht so frohgestimmt oder guter Dinge, außer wenn sie mit alten Leuten sprach oder mit Kranken oder anderen, von denen sie fand, daß sie mit Optimismus und sonnigem Gemüt aufgeheitert werden müßten, oder wenn sie etwas schüchtern war und das verbergen wollte.

Aber solche Tricks funktionierten bei Opa nicht. Er schüttelte den Kopf, räusperte sich barsch und sagte:

– »Das ist doch einfach ein ganz anderes Leben für die Biester«, sagte der Schlachter, als er einen neuen Arbeitstisch bekam.

Dann kam Papa hinauf mit Friðrik und Gertrud und Salómon, und wir aßen schweigend, Brüderchen Gúndi zu Ehren.

II

Wenn man das große Bild sieht, dann geht alles irgendwie, auch wenn mancher das manchmal bezweifelt.

Halldór Kiljan Laxness

Der kleine Wildfang

Im Winter nach ihrer Herbstkonfirmation machte es sich Klein Fríða zur Angewohnheit, Augen und Ohren offenzuhalten für das, was man allgemein schlechte Gesellschaft nennt, und tat alles in ihrer Macht Stehende, um sich ihr anzuschließen. Und das ging, danke, gut. Sie hing allerdings dieses Schuljahr noch an der Schule herum, zumal noch im schulpflichtigen Alter, und auch zu Beginn des nächsten Jahres blieb sie irgendwie weiter am Schulgang, erschien hin und wieder und hielt Verbindung zu ihren alten Freundinnen und Klassenkameradinnen. Aber als es Dezember wurde, waren ihre Besuche in der Bildungsanstalt schon wahnsinnig selten geworden, und nachdem der Bankdirektor, ihr Papa, ins Gefängnis gekommen war, ließ sie sich nicht wieder in der Schule blicken. Ihre Mama versuchte natürlich alle Methoden der Pädagogik aus Vergangenheit und Zukunft, freundliches Zureden, Drohen, Schimpfen, Betteln und Flehen, Gespräche unter vier Augen, und manchmal weinte sie auch, wenn das kleine Mädchen nach drei Tagen und Nächten auf der Piste betrunken nach Hause kam und schon wieder ausgehen wollte, kaum daß sie am nächsten Tag aufgewacht war, durch und durch verkatert, aber mit Verachtung im Gesicht und riskanten Sprüchen auf den Lippen. Dann weinte Fríða senior in der Tür des Kellers, in dem sie wohnten, und sagte:

– Tu mir das nicht an, liebes Kind, habe ich nicht schon genug ertragen müssen?

Aber so ein Jammern und Klagen und solche Gefühlsduselei berührten Klein Fríða nicht, zumal sie ihre Mutter grenzenlos und von Herzen verachtete und ihr an allem die Schuld gab. Vielleicht nicht an ihrem Schicksal, das schon entschieden schien, vor allem da ihr nichts auf der Welt so scheißegal war wie ihr eigenes Schicksal, sondern sie klagte ihre Mutter dafür an, wie es ihrem Papa ergangen war, ihrem geliebten Papa, der immer so gut gewesen war und jetzt im Gefängnis saß, ein gebrochener und zutiefst gedemütigter Mann. So etwas verursacht zu haben war mehr als genug Schuld für eine einzige Frau, und Klein Fríða würde ihr dafür nie vergeben und niemals Rücksicht nehmen auf die Schlampe, die auf irgendwelche Weise die ganze Verantwortung dafür trug, daß ihr Papa nun hinter Schloß und Riegel gelandet war; darauf wollte sie ihr Leben lang besonders sorgfältig achten, daß sie nichts täte, was dieser Frau gefiele. Also sprang sie diese Frau, die dort in der Tür stand und ihr den Weg versperrte, schreiend und schäumend an, riß sie an den Haaren und kratzte sie im Gesicht und biß sie in die Hand, gelangte auf diese Weise hinaus und ließ die Belegschaft in Durcheinander und Schluchzen zurück.

Dann war die Polizei da, und es kamen Psychologen, und das Jugendamt mischte sich auch in die Sache ein. Im Frühjahr wurde versucht, das Mädchen auf ein Internat zu schicken, aber von dort war es bald ausgerissen. Im Sommer hing sie mit ein paar Jugendlichen herum, die sich gern zusammen mit Pennern und Obdachlosen auf der Straße herumtrieben, und im Herbst landete sie im Krankenhaus, nachdem sie irgendein giftiges Zeug getrunken und Lösungsmittel und Klebstoff geschnüffelt hatte. Das Krankenhaus und die Lebensgefahr schienen sie etwas erschreckt zu haben, und sie empfing ihre Mutter und die

Schwestern, die zu Besuch kamen, nicht unfreundlich. Als sie entlassen wurde, stimmte sie zu, wieder nach Hause zu ziehen, und alle hofften, daß sie nun wieder das liebe, brave Mädchen werden würde, daß sie die ganzen ersten vierzehn Jahre ihres Lebens gewesen war. Diese Hoffnung fristete nur ein wenige Tage dauerndes Leben, und kurze Zeit darauf war sie irgendwohin verschwunden, und man hörte nichts von ihr, bis einige Tage später die Polizei klingelte. Das Kind war im Versteck einer Einbrecherbande aufgegriffen worden, zwischen Unmengen von Drogen und allem möglichen Diebesgut. Die Einbrecher waren alle über dreißig und der Polizei gut bekannt, aber da Klein Fríða so viel jünger war und nicht als solcher Gesellschaft zugehörig galt, wurde sie sowohl von Untersuchungshaft als auch einer Anklage verschont. Wenig später gelang es allerdings durch die gemeinsamen Bemühungen verschiedener Behörden, sie in ein geschlossenes Heim für schwererziehbare Mädchen einweisen zu lassen. Sie war nicht lange in diesem Heim; sie benahm sich dort in jeder Hinsicht vorbildlich und war die Hilfsbereitschaft, Höflichkeit und Liebenswürdigkeit in Person, und wenig später hörte man von ihr aus einem Fischereiarbeitercamp in den Ostfjorden, sie hatte angefangen, in einer Fischfabrik zu arbeiten. Später in diesem Winter, als es schon auf das Ende der Fangsaison zuging, wurde irgendeinem Neuseeländer in den Arbeiterunterkünften in den Schenkel gestochen. Daher wurde eine Razzia gemacht, und einige der Junkies unter den Wanderarbeitern wurden festgenommen und der Rest der Clique des Ortes verwiesen, darunter auch Fríða. Darauf kam sie zurück nach Reykjavík, und ihre Schwestern trafen sie manchmal zufällig mit irgendwelchem Pack, während ihre Mama sie nie zu Gesicht bekam. Sie hatte aufgegeben, irgendwelchen Umgang mit ihrer Tochter zu suchen, und eingesehen, daß das zu nichts führte, zumal das Kind jetzt strafmündig war, wie man das nannte.

Sie hatte manchmal Kontakt zu ihrem Papa, der damals bereits im Keller bei seinem Bruder Friðrik wohnte und bei Sigfús junior im Ehrenhof arbeitete. Fríða kam manchmal in empfindsamen Augenblicken in den Keller zu ihrem Papa und sah fern mit ihm, und dann bettete er sein kleines Mädchen auf seinem Diwan und schlief selbst auf dem Sofa im Wohnzimmer; sie unterhielten sich nicht viel. Zumal es nicht viel zu sagen gab, nach Lage der Dinge, klassische Höflichkeitsfloskeln wie »Und wie geht es dir?« wären höchst unpassend gewesen, so daß sie nur in traurigem Schweigen die Gegenwart des anderen genossen. Allerdings fragte Vilhjálmur sie von Zeit zu Zeit, wo sie denn jetzt wohne und ob sie Geld habe, und wenn kaum eine Antwort kam und das wenige, das gesagt wurde, sehr unklar war, dann gab Vilhjálmur dem Kind die paar Kronen, die er selbst besaß, und sagte ihr, daß sie immer bei ihm willkommen sei, wann und unter welchen Umständen auch immer.

Im nächsten Herbst nahm sie ihn beim Wort. Eines Sonntagabends war sie gekommen, stand bei ihm vor der Tür, fiebrig rot vor Freude und mit vor Glück strahlenden Augen, und bevor er es auch nur geschafft hatte, sie zu begrüßen, war sie zu ihm in die Küche gekommen und hatte die Hände gefaltet und mit lauter Stimme gerufen:

– Rate mal, was für Neuigkeiten ich für dich habe!

Aber Vilhjálmur war nicht gut im Raten, außerdem war das auch gar nicht nötig, die Tochter war so aufgeregt, daß sie nicht auf eine Antwort wartete.

– Das ist so toll, das glaubst du nie!

Sie setzte sich hin und stand wieder auf und immer so im Wechsel, raste in der Küche herum und warf die Hände hoch und faltete sie wieder und bereitete so ihren Vater immer weiter auf die großen freudigen Neuigkeiten vor.

– Es sind drei Sachen! sagte sie, bevor er sich auch nur räuspern konnte. Dann verdrehte sie die Augen vor lauter Aufregung über all diese guten Nachrichten und rief:

– Das ist so toll, das ist soooo TOLL!

Dann sagte sie ihm die großen Neuigkeiten, unter Lachen und begeisterten Ausrufen: erstens wollte sie bei ihm im Keller einziehen. Ja, das war wirklich eine schöne Neuigkeit, und Vilhjálmur lächelte.

– Aber das ist ja noch gar nichts, ich habe mich auch verlobt!

– Ja, ja ...

– Aber warte nur, warte nur, warte, bis du das letzte gehört hast! DA wirst du dich freuen!

– Na? Vilhjálmur konnte nicht anders, er mußte lächeln. Es geschah selten in der letzten Zeit, daß er lächelte, aber das Glück der Tochter war irgendwie so ansteckend.

– Du wirst dich vielleicht freuen, wenn du erfährst, mit wem ich verlobt bin!

– Ja, ja ... warte mal ...

– Das ist so toll, das ist so toll! sagte das Kind und faltete die Hände.

– Und ... und wer ist der Mann ...?

– Dein bester Freund! Er spricht von nichts anderem als von dir! Er verehrt dich, er sagt, das war das Beste, was ihm in Litla-Hraun passiert ist, daß er dich kennengelernt hat.

– Waaas? Vilhjálmur war überwältigt.

– Jetzt weißt du wahrscheinlich, von wem ich rede! Oder nicht?! Oh, ich weiß, du wirst dich so freuen!!!

Nein, Vilhjálmur wußte nicht, von wem sie sprach, ihm fiel kein Freund in Litla-Hraun ein, außer vielleicht Halli Hurricane, der war ein Mann um die Fünfzig ...

– Der Eyvi!

– Eyvi ...?

– Freust du dich nicht? Er spricht von nichts anderem als von dir. Er verehrt dich, er sagt, daß du der tollste Mann auf der Welt bist!

– Eyvi?

– Ja, er sitzt hier draußen im Auto, ich hol ihn gleich! Damit war Papas kleiner Wildfang in kurzem Galopp hinausgehüpft, unsicheren Schritts vor Glück, während der Bankdirektor verwirrt zurückblieb und versuchte, ausreichend viele Gehirnzellen zu aktivieren, um sich an diesen Eyvi zu erinnern. Aber im gleichen Augenblick war sie schon zurück und mit ihr ein Mann, den er allerdings sofort erkannte. Der kleine Junge vom Lande aus dem Hraun-Gefängnis. Das »schwule Schwein« in den hautengen Hosen, das die anderen Gefangenen nicht müde wurden zu quälen und das am Ende Bói den Mörder mit Benzin übergoß, der sich davon wohl kaum je ganz erholen würde ...

– Hi, alter Freund, sagte Eyvi und schloß den ehemaligen Bankdirektor in seine Arme.

– Freust du dich nicht?! heulte sein Kind.

Ja, was soll man sagen? Vilhjálmur befreite sich aus der Umarmung und fühlte plötzlich einen Anflug von Übelkeit. Er schluckte und fragte unsicher, wie man es wird angesichts unerwarteter Freudenausbrüche anderer:

– Und ihr seid verlobt ...?

– Schwiegerpapa, sagte Eyvi mit großer Innigkeit und umarmte den bärtigen Bankdirektor aufs neue, während Klein Fríða mit den Füßen auf den Küchenboden stampfte und sagte:

– Ich bin so froh!

* * *

Damit waren sie eingezogen. Eyvi hatte sich bald die Socken ausgezogen und im Schneidersitz auf den Boden gesetzt, zog ein Stück Silberpapier hervor und zündete darunter eine Flamme an, und dann ließen er und das Kind eine Pfeife zwischen sich hin- und herwandern. Vilhjálmur kannte den Geruch von Hasch aus Hraun. Das war schwer für ihn zu ertragen, aber er beherrschte sich, denn er konnte doch nicht anfangen, Streit anzuzetteln und zu riskieren, das geliebte Kind damit zu vertreiben. Er versuchte auch so zu tun, als sähe er nicht, daß Eyvi barfuß war und seine krummen Zehen in alle Richtungen wedelte, obwohl Vilhjálmur so etwas in seinem Wohnzimmer niemals hingenommen hätte, solange er Bankdirektor war. Ja, ja, daran wie an anderem konnte man sehen, daß er kein großer Fisch mehr war. Er versuchte ebenfalls so zu tun, als bemerke er es nicht, als Eyvi sich konzentrierte und ihn mit Liebe und Innigkeit im Blick anstarrte, minutenlang bewegungslos, während das Kind dies mit salbungsvoller Andacht beobachtete, und als Eyvi mit einem Seufzen von der Starrerei abließ, übersetzte die Tochter:

– Er verehrt dich so sehr, Papa.

Am schlimmsten war es jedoch in der Nacht, wenn alle hätten schlafen sollen, denn dann begannen Geräusche aus dem Wohnzimmer zu dringen, wo sich Eyvi und Fríða aufhielten, Geräusche, die Vilhjálmur wach hielten und die er nicht hören und von denen er nichts wissen wollte. Weil sie keine Anzeichen gemacht hatten zu gehen und Vilhjálmur fühlte, daß sie gekommen waren, um zu bleiben, beschloß er, einfach gute Nacht zu wünschen, zumal es schon nach Mitternacht war und er am nächsten Morgen zur Arbeit im Ehrenhof gehen wollte; holte aber Matratze und Zusatzdecke heraus und legte sie seiner Tochter hin. Irgendwann in der Nacht, als ihn endlich der Schlummer überkommen hatte, schreckte er auf durch Lärm und Jammern und Stöhnen aus dem Wohnzimmer, Jammern und Stöhnen von der Tochter, das keinen Zweifel ließ, worauf man daraus schließen konnte. Vilhjálmur wurde erfüllt von Wut und Abscheu und Schmerz bei dem Gedanken daran, was der verdammte Schwächling seiner Tochter gerade antat. Aber er beherrschte sich und ging nicht hinüber ins Wohnzimmer, um das Spiel zu unterbrechen, denn er hatte noch weniger Lust zu sehen, was dort vor sich ging, als es zu hören. Der Lärm aus dem Wohnzimmer wurde nicht leiser, sondern lauter. Er hielt stundenlang an und wurde zuzeiten unheimlich, er hörte Schläge, als ob jemand geohrfeigt würde, und er hörte die Tochter »nein, nein« jammern und wimmern wie im Schmerz, aber gleich darauf hatte sie wieder angefangen zu lachen und zu kichern, und dann kamen Schmerzensschreie, und das Schwein schrie jetzt vor Lachen, schrie mehr und mehr, je schrecklicher die Geräusche wurden, und dann begann das Stöhnen wieder und rhythmisches Wummern. Vilhjálmur schlief keine Minute diese Nacht, sondern sah immer deutlicher seine Ohnmacht und Erbärmlichkeit. Er biß in das Kopfkissen und starrte hinaus in das Dunkel und versuchte seine Ohren zu verschließen.

* * *

Sie schliefen lange am nächsten Morgen und schienen gerade aufgewacht zu sein, als Vilhjálmur vom Ehrenhof nach Hause kam. Eyvi saß barfuß und mit nacktem Oberkörper auf dem Wohnzimmerboden und hatte gerade die Flamme unter dem Silberpapier entzündet, und Vilhjálmur haßte ihn bereits mit Inbrunst. Aber er konnte nichts sagen oder tun, denn seine Tochter hing dem Mann um den Hals und leckte an seinen Ohren herum, außer in dem Augenblick, als Villi nach Hause kam, da folgte sie dem Vater bis in die Küche, um ihm zu sagen, wie sehr Eyvi ihn verehrte. So ging es tagaus, tagein, nur daß sie manchmal am Abend verschwanden und erst spät in der Nacht zurückkehrten, um ihre Aktivitäten auf dem Wohnzimmerboden wiederaufzunehmen. Die dauerten immer bis zum Morgen und wurden immer gewalttätiger, die Laute immer schmerzerfüllter, und Vilhjálmur fand, daß seine Wohnung, der Keller, der ihm von seinem Bruder dem Nervenarzt überlassen worden war, schon völlig angefangen hatte, nach diesen Liebesspielen zu riechen.

Manchmal kamen welche mit ihnen nach Hause, es war, als ob irgendwelche Geschäfte stattfänden. Im allgemeinen waren das schüchterne Teenager, die weder grüßten noch sich verabschiedeten, sondern mit Eyvi in die Küche gingen, von dort drang irgendein Gemurmel, dann verschwanden diese Halbwüchsigen wieder nach draußen. Vilhjálmur konnte das nicht leiden, er dachte über Wege nach, um diesen Besuchen einen Riegel vorzuschieben, vor allem nachdem er zufällig ein Flüstern belauscht hatte, demzufolge Fríða diese Besuche als Teil von Eyvis »Arbeit« betrachtete.

– Das war, während du in der Küche am Arbeiten warst, hörte Vilhjálmur das Kind zu seinem Geliebten sagen, oder etwas in der Richtung. Eines Tages kam ein ungefähr fünfzehn Jahre altes Bürschchen zu Besuch, ging mit Eyvi in die Küche, von dort hörte man Streiten, dann kam Eyvi wütend ins Wohnzimmer und warf sich auf das Sofa neben Vilhjálmur. Vilhjálmur stand auf, ging hinaus in den Flur und sah, daß sich der Junge aus der Küche und dann hinausstahl, etwas offensichtlich halb versteckt unter seinem Anorak tragend. Vilhjálmur hatte den Verdacht, daß der

Junge vielleicht etwas hatte mitgehen lassen, und als er in die Küche blickte, stellte sich heraus, daß sein Verdacht berechtigt war. Sein Kofferradio war vom Fensterbrett verschwunden. Villi eilte hinaus und sah den nichtsnutzigen Burschen mit dem Gerät unter dem Arm die Straße hinunterschleichen. Er stürzte ihm nach und packte ihm beim Kragen.

Was sollte er nun tun? Er nahm ihm das Radio weg, und der Junge bekam so viel Angst vor diesem großen, bärtigen Mann, daß er den Tränen nahe war. Vilhjálmur kam gar nicht auf den Gedanken, ihn bei der Polizei anzuzeigen, aber er fühlte, er müsse dem Jungen ein wenig ins Gewissen reden, ihn vor der Verbrecherlaufbahn warnen. Er fragte, welches Anliegen ihn zu Eyvi ins Haus geführt habe.

– Ich wollte 'n bißchen was kaufen.

– Was?

– Einfach 'n bißchen was.

– Aber was?

– Ich hatte nicht genug Geld ...

– Und hast beschlossen, das Radio zu stehlen?

Der Junge antwortete nicht, sondern wurde nur noch gedrückter als vorher.

– Aus welcher Familie stammst du?

– Was?

– Wie heißt dein Vater?

– Þóroddur Guðmundsson.

Þóroddur Guðmundsson? Vilhjálmur kannte diesen Namen. Er dachte nach und erinnerte sich dann, wer diesen Namen trug: es war der Dieb und Schwarzbrenner, der gleichzeitig mit ihm einige Tage in Litla-Hraun verbracht hatte, der Sohn des alten Gewalttäters Gummi Vorschlaghammer.

– Ist dein Vater nicht im Gefängnis gewesen?

– Ja. Er ist gerade wieder dorthin gekommen.

– Und du hast angefangen zu stehlen. Verstehst du nicht, daß du, wenn du so weitermachst, in Litla-Hraun enden wirst wie dein Papa? Willst du das?

Da bekam der Junge seinen Stolz zurück. Er sah zum ersten Mal auf, sah Vilhjálmur Eðvarð direkt ins Gesicht und sagte:

– Opa sagt, das ist ganz in Ordnung, da zu sein.

* * *

Damals befand sich die Fluggesellschaft Luftvision AG auf dem Höhepunkt ihres Erfolges.

Zwar waren die Flitterwochen vorüber, die erste Zeit, in der das Anfängerglück ihnen hold war und das Volk die neue Fluggesellschaft und die alten Wasserflugzeuge liebte und die Sonne des Glücks auf allen Wegen des Unternehmens schien. Aber alles ging seinen festen Gang, die Flugboote hatten genug Aufträge im Inland, und die Interkontinentalmaschinen hatten immer irgendeine ordentliche Ladung ins Ausland oder nach Hause zu transportieren. Zwischendurch waren sie hin und wieder für Flüge im Ausland gechartert, manchmal sogar mehrere Wochen hintereinander. Der Wettbewerb wurde zwar härter, wie es immer der Fall ist, wenn jemand eine einträgliche Geschäftsidee hat, aber etwas anderes war auch nie zu erwarten gewesen. Bárður Killian wußte, daß dies eine harte Branche war wie die meisten anderen auch, daß die Unternehmen überlebten, die die fähigsten und vorausschauendsten Manager hatten, und Bárður Killian hatte alle Fäden in der Hand. Er wachte und er schlief über Wohl und Wehe der Firma, immer mit allen Sinnen bei der Sache, keinen Tag war er weniger als zwölf Stunden im Büro, und wenn er nach Hause kam, hing er den ganzen Abend am Telefon wegen aller möglichen Probleme.

Das bedeutete allerdings, daß er keine Zeit hatte, sich mit irgend etwas anderem zu beschäftigen. Er mußte zum Beispiel endlich den Kiosk loswerden, was an sich in Ordnung war. Schlimmer fand er, keine Zeit zu haben, den Teufelskerlen beizustehen, die nach dem Goldschiff im Skeiðarársandur suchten.

Dort lag nämlich das größte und aufwendigste Bergungsunternehmen der isländischen Geschichte in den letzten Wehen. Die Männer in den Sandern wollten das wertvollste Schiff bergen, das jemals in Island gestrandet war, und vielleicht die kostbarste Ladung, die jemals dieses Land erreichte, das holländische Goldschiff »Wappen von Amsterdam«. Nach fünfzehn Jahren Suche voller Enttäuschungen und Niederlagen wurde der Ring um das Goldschiff langsam enger. Sie hatten das Gebiet mit hochentwickelten Meßgeräten Meter um Meter durchkämmt, hatten drei oder vier Stellen isoliert und waren sich ganz sicher, daß an einer von ihnen »Het Wapen van Amsterdam« läge.

Und wie reagierten die Isländer, als die Pflugmänner des Volkes Gold in der Erde fanden? Ja, es war die gleiche alte Geschichte, Jammerlappen, die dieses Land regieren, dieses elende Land, das immer und ewig von Schwächlingen regiert wird, die den großen Geist der Feuerköpfe nicht verstehen, wie sich so nachdrücklich zeigte, als der Dichter Einar Benediktsson die Dinge anpacken wollte, um uns zu Beginn unseres Jahrhunderts aus diesem Elend zu erheben. Die Jammerlappen waren voller Bedenken. Die Schwächlinge saßen mit den Händen im Schoß, und alles endete in Gesetzchen und Regelwerklein. Die Leute kamen sich in die Haare wegen Kleinigkeiten, wem gehörte das Fundgut, ob man überhaupt an solche historischen Ausgrabungen rühren dürfe, was sagen die Holländer, und selbst von dort kamen Nachrichten, daß Beamte und Unterkontoristen angefangen hatten, in ihren Stühlen hin- und herzurutschen, Stellungnahmen und Anordnungen verfaßten, um den Tatendurstigen, die das Schiff gefunden hatten, Steine in den Weg zu legen. Gleichermaßen ließen nun die Zweifler aus den Kreisen der Historiker von sich hören, einer machte darauf aufmerksam, daß in keinem ordentlichen Dokument vermerkt sei, daß dreiundvierzig Tonnen Gold an Bord gewesen waren, sondern es habe lediglich ein isländischer Annalenschreiber im siebzehnten Jahrhundert das Schiff und seine Ladung auf diesen Wert geschätzt. Er sagte, in den Laderäumen des Schiffes habe sich hauptsächlich Pfeffer befunden, der nach dreihundert Jahren in der Erde sicher etwas an Geschmack verloren habe. Andere wedelten mit schriftlichen Quellen, denen zufolge das Schiffswrack neunzig Jahre aus dem Sand geragt habe, bevor es vollständig versunken sei, und in dieser ganzen Zeit hätten sich die Leute von dort Bauholz und alles, was sich sonst so wegtragen ließ, geholt. Und einer wies darauf hin, daß das Ladungsverzeichnis, das in einem holländischen Archiv gefunden worden war, für den ganzen Schiffsverband gegolten habe, nicht nur für »Het Wapen«, und so ging es weiter mit Abraten und Zweifeln. Aber die großgesinnten Goldsucher ließen sich nicht aus der Ruhe bringen; das ist nicht die Art solcher Leute. Sie hatten einen Schatz gefunden, und nun war nichts weiter zu tun, als an ihn heranzukommen, in die Tiefe zu graben. Das würde teuer und schwierig werden, daher suchten sie nun nach ebenso großgesinnten Männern mit Wagemut, Enthusiasmus und Optimismus, die sie unterstützen würden. Und es gab zumindest einen isländischen Mann mit Unternehmungsgeist, der nicht den Mut verlor: der Geschäftsführer der Luftvision AG verstand, wann Männer gebraucht wurden, die zu denken wagten, die sich trauten, die Gelegenheit zu nutzen, schnell und entschlossen zu handeln. Das Problem war nur, daß Bárður nirgendwo hinkonnte, er war völlig gebunden durch die Fluggesellschaft und mußte sich damit zufriedengeben, im Geiste an dem Goldschiffabenteuer teilzunehmen. Aber eines konnte er doch tun, auf eine Weise konnte er den Männern im Sand doch helfen, er konnte ihnen seinen guten alten Bulldozer leihen, den er besaß, seitdem er in das Geschäftsleben eingestiegen war, und der ihm seitdem immer lieb und teuer gewesen war. Bárður und Sigtryggur nahmen sich ein Wochenende frei und fuhren mit einem schweren Schlepper und dem Bulldozer hintendrauf nach Osten. Der Bagger hatte eine Weile ungenutzt auf dem Familienanwesen in Lækjarbakki herumgestanden, aber es gelang dennoch, ihn in Gang zu bringen und alle Teile zu schmieren, so daß die Ketten und die Schaufel und der Pflug hintendran funktionierten, wie sie sollten. Denn wie Bárður nicht müde wurde zu erzählen, war dies kein gewöhnlicher Bulldozer, kein moderner Schrott, der in wenigen Jahren kaputtgeht, sondern ein Schmiedekunstwerk aus jenen Zeiten, als die Amerikaner es sich noch leisteten, echten Stahl für ihre Werkzeuge zu benutzen, und dieses Kleinod würde noch gute Dienste dort im Osten im Sand leisten …

* * *

Es war Pfarrer Sigvaldi, der den Kiosk bekam.

Pfarrer Sigvaldi: das war schon ein besonderer Mann. Irgendwie hatte er sich bei den Männern der Kirche so verabschiedet, daß es keine Möglichkeit mehr für ihn gab, dort noch zu Arbeit oder Ehre zu kommen. Er bewarb sich zwar zwei- oder dreimal auf Stellenausschreibungen als Pfarrer in diesen Jahren, aber gewöhnliche Gemeindemitglieder wollten ihn lieber nicht bei sich sehen, er erlitt demütigende Niederlagen, so daß Lára ihm verbot, es noch weiter zu versuchen. Schon zuvor hatte sie ihm völlig die Kontrolle über die Finanzen entzogen und ihn von allen weltlichen Angelegenheiten ausgeschlossen, weil ihm alles immer schrecklich mißglückt war, so daß Pfarrer Sigvaldi keinen anderen Lebensinhalt hatte, als zu Hause herumzuhängen oder die Straßen der Innenstadt abzulaufen, mit schmeichlerischem und wichtigtuerischem Gesicht, und in verschwörerischer Art große Neuigkeiten zu verraten, in irgendwelchen Klatschclubs in einem der Cafés unten in der Stadt. Eine Zeitlang stürzte er sich auch in die Politik, schaffte es, sich in die Leitung eines Ortsvereins jener Partei wählen zu lassen, die die Stadt regierte. Aber schlußendlich erwies sich auch das nicht als dem Ansehen der Familie förderlich, und er wurde hübsch dort hinausmanövriert. Er hatte keinerlei Einkommen. In der Familie Killian machte man sich darüber lustig, daß die Aktentasche, mit der er immer in der Stadt herumlief, voller alter Tageszeitungen sei. Aber dann wurde ihm der Kiosk zum Kauf angeboten, der kleine Süßigkeitenladen mit Eis und Würstchen, den sein Schwager Bárður einige Zeit betrieben hatte, aber jetzt gern loswerden wollte, und das Ergebnis war, daß Lára ihrem Ehemann erlaubte, seine Kräfte an diesem Geschäft zu versuchen. Von irgend etwas mußte die Familie ja leben, denn Lára arbeitete zwar selbst halbtags im Schulamt der Stadt Reykjavík, aber das reichte nicht aus.

Pfarrer Sigvaldi hatte sich bereits früher einmal an einer kaufmännischen Tätigkeit versucht, aber mit beschämendem Mißerfolg, und man kann auch nicht sagen, daß der Kiosk unter seiner Obhut florierte. Er stand selbst von morgens bis abends hinter dem Tresen, in Anzug und Weste und manchmal sogar mit einem Hut auf dem Kopf. Mit verschwitztem Gesicht und hintergründigem Lächeln fischte er die Würstchen aus dem Topf, steckte sie in ein Brötchen und schmierte Senf und Ketchup darüber, und sie waren unappetitlich und kalt, und das Eis wurde sauer und klumpig, und der Laden füllte sich mit abgestandenem Essensgeruch, und die Warenauswahl ging steil bergab. Sogar die Jugendlichen von der Schule nebenan begannen, in der Pause lieber ins nächste Viertel zu sprinten, um nicht bei dem Gottesmann einkaufen zu müssen. Trotzdem schien er bei diesem Business keine Verluste zu machen, und das kam allerdings vielen verwunderlich vor...

* * *

Vilhjálmur war einige Male nahe daran gewesen, Eyvi hinauszuwerfen, dieses verfluchte Untier loszuwerden, das seine kleine Tochter verdarb, er wollte auch diesen Besuchen ein Ende setzen, die Eyvi immer mit der zugehörigen Heimlichtuerei im Keller empfing.

Doch wenn es soweit war, konnte Vilhjálmur sich nie aufraffen, etwas zu unternehmen. Außerdem war er voller Zweifel. Wenn er das Mädchen vor Eyvis schädlichem Einfluß bewahren wollte, konnte es riskant sein, ihn mit gezogenem Schwert hinauszuweisen, denn dann war es äußerst wahrscheinlich, daß Fríða ihm nachfolgen würde; und wer sollte sie dann in der bösen Welt beschützen? Und dann gab es noch einen Grund dafür, daß er es nicht über sich brachte, Eyvi Härte zu zeigen, nämlich daß seine

Tochter so hingerissen war von dem Burschen. Das mußte man einfach zugeben. Vilhjálmur hatte keine annähernd so frohe und begeisterte Tochter gesehen, seitdem die Elsa das Pferd zur Konfirmation geschenkt bekommen hatte. Klein Fríða bekam kein Pferd, war es da möglich, ihr das wenige wegzunehmen, das sie hatte und mit dem sie zufrieden war? Und gibt es etwas Wunderbareres auf der Welt, als zufriedene Töchter zu haben ...?

Vilhjálmur hoffte immer, daß Eyvi sich bessern würde, wer wußte, vielleicht konnte er die ehrlichste Haut werden, wenn nur jemand versuchte, ihn mit Geduld und Toleranz zu behandeln. Er brauchte sich nur eine Arbeit zu besorgen und anzufangen, ein erwachsenes Leben zu führen, vielleicht würde dann doch noch etwas aus ihm werden. Und eines Tages ließ Eyvi die Bemerkung fallen, daß er eigentlich langsam etwas tun müsse, er sei in Schwierigkeiten, so mit der Kohle, und da erwähnte Vilhjálmur, daß denkbarerweise Leute im Ehrenhof gebraucht würden. Und Sigfús erlaubte tatsächlich, daß Vilhjálmur seinen »Schwiegersohn« mitbrachte, und Eyvi kam eines Freitagmorgens und verbrachte den ganzen Tag auf dem Gelände. An dem Tag war Autoversteigerung und eigentlich genug zu tun, aber Eyvi war keine Hilfe, er wollte sich lieber an lauter Orten herumtreiben, an denen er nichts zu suchen hatte, und trat dem Geschäftsführer, Sigfús Killian junior, schließlich irgendwie zu nahe oder wurde vom Geschäftsführer bei etwas erwischt, denn plötzlich hörte man Rufe und Schreien, und Sigfús warf Eyvi aus dem Schuppen. Und nicht genug damit, Sigfús packte ihn beim Kragen und schleppte ihn zum Tor, stieß ihn hinaus, mit allen schlechten Wünschen und der Aufforderung, sich nie wieder auf seinem Ersatzteilhof sehen zu lassen. Vilhjálmur wollte nicht einmal fragen, was passiert war, und Sigfús sprach eigentlich auch nicht darüber, sondern riet seinem Bruder nur mit nachdrücklichen Worten, als sie sich am Abend verabschiedeten, den »verfluchten Zwitter« loszuwerden, er könne sicher einen weniger schlechten Schwiegersohn finden. Der ehemalige Bankdirektor wußte, daß es nichts bringen würde, wenn er dem Bruder erklären wollte, daß Väter heutzutage zum Weinen wenig bei der Wahl von Schwiegersöhnen mitzubestimmen hatten, so daß er sich nur auf die Lippe biß und schwieg.

Das war an einem Freitag, und als Vilhjálmur nach Hause kam, waren die Verlobten nirgendwo zu sehen. Er verbrachte ein paar ruhige Stunden mit der Dosenmahlzeit, die er sich in einer Kasserolle erhitzte, und dann vor dem Fernseher, und gegen Mitternacht legte er sich schlafen und genoß das Alleinsein. Aber irgendwann in der Nacht erwachte er durch Geräusche aus dem Wohnzimmer, Jammern und Stöhnen, Scherze und Drohungen und betrunkene Ausrufe und dann wieder Jammern und Stöhnen und Schläge wie von Ohrfeigen und »nein, nein«, aber dann wurden die Geräusche immer gewalttätiger, und das Kind weinte immer bitterer und sagte: »Hör auf«, und dann klang es, als ob jemand zu Boden geworfen würde, und schließlich hielt Vilhjálmur es nicht mehr aus. Er sprang aus dem Bett und lief hinüber ins Wohnzimmer, und dort stand Eyvi über seiner Tochter, die die Hand schützend über den Kopf zu halten versuchte, während er Schläge und Tritte auf sie niederprasseln ließ. Als Eyvi den Schwiegervater sah, schnappte er sich seine Kleidung und lief splitternackt hinaus. Der Bankdirektor stürzte ihm nach, aber der jüngere Mann bewegte sich schneller und war bald mit schlenkerndem Schwanz in der Dunkelheit verschwunden.

* * *

Für Klein Fríða kam es nicht in Frage, zur Unfallambulanz zu fahren, sie blieb nur das Wochenende über zu Hause und pflegte ihre Wunden und Prellungen, aber als die nächste Woche begann, überkam sie allmählich große Traurigkeit, sie telefonierte hierhin und dorthin, laut in den Hörer flüsternd, und rannte dann aus dem Haus, nur um einige Stunden später noch niedergeschlagener zurückzukehren, und als Vilhjálmur die Tochter fragte, ob es nicht irgend etwas gebe, was Papi tun könne, um ihr das Leben leichter zu machen, da antwortete sie: doch, er könne ihr das Geld für einen Flug nach Kopenhagen geben.

Ein Ticket nach Kopenhagen?

Was wollte sie dort tun? Und wo sollte er soviel Geld herbekommen? Aber darauf konnte sie keine Antworten geben, sie fühlte nur, daß Papa sie in dieser Bagatellsache verraten und allein lassen wollte, und ging ins Schlafzimmer und legte sich hin und hatte die Tür geschlossen, und als er hineinspähte, sah er, daß sie weinte, und das war, was er sein ganzes Leben nie hatte aushalten oder ertragen können, die Töchter weinen zu sehen, zu wissen, daß sie unglücklich waren. Nie hatte er ihnen etwas verweigern können, zumal sie die wunderbarsten Wesen der Erde waren, und des Himmels wahrscheinlich auch. Also rief er Sigfús an, seinen Bruder und Arbeitgeber, und schwatzte ihm eine Gehaltsvorauszahlung ab und konnte dann gehen und seinem armen Kind erklären, daß es dorthin käme, wo es so gern hinwolle. Ihre Lebensfreude kehrte zurück, und sie wurde so fröhlich, daß er keinen Grund fand, sie nach irgend etwas zu fragen, was sie vorhatte zu tun oder wen sie vorhatte zu treffen, und einige Tage später war sie abgereist, aber versprach, ihrem Papa einen Brief aus dem Ausland zu schicken, wie gute Töchter es tun. Einen Monat später kam eine Karte, geschrieben in der kindlichen

Handschrift seiner Tochter: »Uns geht es sehr, sehr gut. Wir sprechen sehr viel von Dir und wir vermissen Dich beide, tschüs! Deine Dich liebende Tochter xxx Fríða und Eyvi.« Aber die Karte war kaum angekommen, als die Tochter anrief, in ganz großen Schwierigkeiten, jetzt mußte sie sofort nach Hause kommen, aber hatte kein Geld für die Reise.

– Wo ist Eyvi? fragte Vilhjálmur, mit zitternder Stimme vor Wut darüber, daß er den Namen des Schweins in den Mund nehmen mußte, das seine Tochter schlug, und sie antwortete hastig, denn sie rief von einem Münztelefon aus an, das angefangen hatte, jammernd zu piepen aus Verlangen nach weiteren finanziellen Einsätzen, daß Eyvi nach Hause geflogen sei, die Polizei habe für ihn bezahlt.

Vilhjálmur hatte eine wertvolle Uhr von der Bank geschenkt bekommen, als er fünfzig wurde. Nun verkaufte er sie und schickte Fríða den Gegenwert, damit sie nach Hause kommen konnte.

Einige Tage später waren sie angekommen, glücklicher und zufriedener und verliebter als jemals zuvor, hatten es sich auf dem Wohnzimmerboden gemütlich gemacht und verbrachten dort ihre romantischen Nächte. Wenn sie abends zu Hause waren, betrachtete Eyvi Vilhjálmur in unablässiger Begeisterung, sagte manchmal, daß er der großartigste Mann der Welt sei, während der großartige Mann versuchte so zu tun, als ob er weder sähe noch hörte, und sich durch nichts dazu bringen ließ, über gemeinsame Erinnerungen an fröhliche Tage im Zuchthaus zu plaudern. Er wollte diesen Mann nur aus seiner Wohnung weghaben, aus seinen Augen, und vor allem irgendwohin, wo er nicht an seine kleine Tochter herankäme, um sie zu verderben und vom rechten Weg abzubringen und schreckliche Dinge mit ihr zu tun, über die er nicht einmal nachdenken konnte. Er versuchte, unter vier Augen mit dem kleinen Mädchen zu sprechen und ihr begreifbar zu machen, daß sie ihn loswerden solle, sich vor ihm in acht nehmen, das sei ein Mann, der schon einmal Hand an sie gelegt habe, von ihm sei nichts Gutes zu erwarten, aber Fríða fing nur zu weinen an und wollte das nicht hören:

– Nicht so reden über den Eyvi, ich liebe ihn, und er verehrt dich so sehr.

Und was kann man da noch sagen oder tun?

Vilhjálmur versuchte einfach, den Zustand zu ertragen, zu hoffen, daß es allmählich besser werden würde, vielleicht würde aus Eyvi noch etwas werden. Er konnte kaum durch und durch schlecht sein, da die Tochter so an ihm hing. Aber dann kam Vilhjálmur einmal nach Hause, es war spät am Abend, weil er am Ende des Arbeitstages noch auf dem Ehrenhof geblieben war, um seinem Bruder dem Autoteiledirektor dabei zu helfen, »ein paar Sachen neu zu disponieren«, und als er die Kellertür bei sich zu Hause erreichte, hörte er Schreie von drinnen, Schmerzensschreie. Mit zitternden Händen zog er den Schlüssel heraus, öffnete und rannte hinein ins Wohnzimmer, und es überkam ihn blinde Wut, als er hineinkam, denn das Kind lag nackt auf dem Boden und auf ihm drauf ganz bekleidet dieses verfluchte Schwein Eyvi. Der Vater ergriff den Mann und wollte ihm gerade einen Schlag versetzen, doch es gelang der splitternackten Tochter, dies zu verhindern, indem sie rief:

– Wir haben nur gespielt, wir haben nur gespielt, es ist alles in Ordnung, laß den Eyvi los. Und Eyvi, der zunächst zu Tode erschrocken ausgesehen hatte, als der frühere Meistersportler hereingestürmt kam. Eyvi hatte angefangen zu grinsen und zu kichern, aber Vilhjálmur beherrschte sich trotz allem und ließ den Idioten los, stürmte in die Küche und schloß die Tür. Er wollte sich einen Kaffee machen, aber seine Hände zitterten so sehr, daß er diese Aufgabe nicht bewältigen konnte, und außerdem hatte er ganz merkwürdige Kopfschmerzen bekommen, so daß er sich nur an den Tisch setzte und das Gesicht in die Hände legte. Die Tür ging auf und jemand setzte sich ihm gegenüber, und als er den Kopf hob, sah er, daß es Eyvi war, der ihn mit freundlichem Blick ansah und gerade zu ihm sprach, mit einem, wie Vilhjálmur es empfand, ekelerregenden Grinsen im Gesicht. Was er hörte, handelte davon, wie wichtig Eyvi die Freundschaft mit dem Bankdirektor doch sei, und da konnte jener nicht mehr an sich halten, stand auf und schlug den verdammten Burschen, und dann packte Vilhjálmur Eðvarð Killian den Schwiegersohn beim Hosenboden und ebenso beim Kragen und lief mit ihm zur Tür und die Treppe hinauf und schleuderte ihn mit dem Kopf voran in die halbvolle Mülltonne und verkündete ihm mit bebender Stimme, daß er nie wieder in seine Nähe kommen und nie wieder seine Tochter ansehen solle, oder er bekäme es mit ihm zu tun. Er ging hinein und schlug die Tür hinter sich zu, schloß ab und zitterte und bebte am ganzen Körper. Er hatte entsetzliche Kopfschmerzen, als ob das Gehirn sich einen Ausgang durch die Schläfen brechen wollte, und die Tochter kam angerannt und schluchzte hysterisch und fragte: »Wo ist Eyvi, wo ist Eyvi«, doch der Vater konnte sich nicht rühren, er mußte einfach stillsitzen und hoffen, daß die Kopfschmerzen vergingen. Als er schließlich wieder zu vollem Bewußtsein kam, war die Tochter gegangen, und er sollte weder von ihr noch von ihrem Geliebten etwas sehen oder hören, viele Monate lang nicht …

Nachtstunden

Sigfús Killian junior war stolz auf seine Autoteile. Das war vielleicht der Schlüssel zu seinem Erfolg. Unkundigen, die auf den Ehrenhof kamen, konnte er vorkommen wie ein chaotischer Haufen aller möglicher Schrottautos, aber genau das Gegenteil war der Fall in den Augen des Eigentümers. Er wußte immer haargenau, was er zum jeweiligen Augenblick besaß, wo es zu finden und in welchem Zustand es war, und den Preis mit Mehrwertsteuer – oder ohne Mehrwertsteuer, wenn er manchmal etwas anbot mit den Worten: »Es ließe sich vielleicht ein geringerer Preis finden, wenn es ohne Rechnung ginge, von Mann zu Mann.« Er verfügte offensichtlich über das gleiche Ordnungssystem wie Júlli Kappe, der in seinem Haufen von einer Million Radabdeckungen immer genau auf jede einzelne, bestimmte zusteuern konnte.

Dort gefiel es dem Teiledirektor. Dort ging es ihm gut, in seinem Hof, der wie ein großer Schrotthaufen war: auf den Pfaden zwischen den Teilehaufen war der Kies schwarz von Batteriesäure und altem Benzin, übersät mit großen und kleinen grünfarbigen, hochgiftigen Pfützen. Wenn es regnete, dann reinigte das die Erde nicht, sondern es lief noch mehr Schmutz aus den Schrottautostapeln heraus, und wenn es stürmisch wurde, dann erhob sich eine große Geistersymphonie, wenn der Wind an losen Kotflügeln riß, Motorhauben und Kofferraumdeckel schlagen ließ und durch rostige Kühlergrille und löchrige Türen pfiff. Dort ging es Sigfús junior gut, er hatte mehr als ein halbes

Jahrhundert in wilder Ehe mit den Autoteilen gelebt. Wenn seine Angestellten am Ende des Tages jeder zu sich nach Hause gingen, froh, Modder und Morast des Autohofes gegen ihre sauberen und warmen Wohnungen zu tauschen, in denen ihre Familien auf sie warteten, dann blieb Teile-Fúsi gern noch etwas länger, begann herumzupusseln in der Dämmerung, noch einen alten Wassertank zu löten, einen Schalldämpfer auszubessern, der den anderen irreparabel erschienen war, den Rost von ihm abzukratzen, ihn mit einer Stahlbürste zu putzen, oder er setzte sich einfach in den Schuppen und saß dort den Abend lang und dachte über Autoteile nach und schmiedete Pläne, blätterte in schmutzigen Noten und sang mit heiserer, tonloser Stimme alte isländische Lieder, zusammen mit dem verklebten und schmierölbefleckten Kofferradio, das auf einem Regalbrett summte und knackte.

Er hatte zwar noch ein anderes Zuhause, eine Zweizimmerwohnung in einem häßlichen Haus in einer häßlichen Straße, doch dorthin begab er sich oft erst in den frühen Morgenstunden und aß manchmal Essen, das er sich selbst kochte, zumeist eine große Portion für die ganze Woche. Seine Fleischsuppe hielt er für ein großes Meisterwerk auf dem Gebiet der Kochkunst, denn sie hatte die Eigenschaft, immer besser zu werden, je länger sie im Topf stand, nach jedem neuerlichen Aufwärmen schmeckte sie noch vorzüglicher als vorher, und am besten war sie so nach gut einer Woche, wenn sie anfing, auf der Platte zu brodeln, ohne daß man sie noch anstellen mußte. In letzter Zeit war er immer öfter zu faul gewesen, nach Hause zu gehen, denn in Wirklichkeit fühlte er sich wohler auf dem Autohof, wo er sich auf das Feldbett werfen konnte, wenn er nahe am Einschlafen war, und dort konnte er sich auch eine Dose auf dem Primuskocher warm machen und soviel Kaffee kochen, wie er nur trinken konnte.

Und dann gab es noch einen anderen Grund, warum er es für vernünftiger hielt, manchmal die Nächte auf dem Autohof zu verbringen, und der war, daß Diebe und zwielichtiges Volk manchmal nach den Schätzen trachteten, die dort zu finden waren. Das war schon immer eine Plage gewesen. Zu Anfang hatte er manchmal Wachleute auf dem Hof gehabt, aber das war so teuer, daß sich der Aufwand kaum bezahlt machte, abgesehen davon, daß es »zum Weinen war, Männer zu haben, die bei vollem Lohn nichts anderes machen als Patiencen legen und in der Nase bohren, und dann glauben, ein Recht auf Nachtarbeitszuschläge und Gefahrenzulage und Gott weiß was noch zu haben. Angemessener wäre, daß diese Männer mir etwas bezahlten für das Dach über dem Kopf und den ganzen Kaffee, den sie hinunterstürzen, als ob es der letzte Schluck zu trinken auf der ganzen Welt wäre!« Nein, da waren die Wolfshunde noch besser, die verlangten zumindest keinen Lohn und hatten keine Neigung zu exzessivem Kaffeekonsum, obwohl sie in Wahrheit verdammt zerstörerische Biester waren, die vielleicht mehr Schaden als Nutzen brachten, zernagten und zerbissen alles, was ihnen vor die Schnauze kam, fraßen jeder wie eine halbe Trawlerbesatzung und waren äußerst gefährlich für Kunden und Gäste, so daß man ewig Schadenersatz für ihre Schnapper zahlen mußte und Bestechungsgelder an Leute, die drohten, die Tiere mit richterlichem Beschluß töten zu lassen, was am Ende auch getan wurde.

Nein, das beste war, einfach selbst so viel wie möglich dort zu sein, und manchmal vermißte Sigfús es, eine Familie zu haben, wenn er über diese Sache nachdachte. Es wäre zum Beispiel gut gewesen, Söhne zu haben, die er ohne Bezahlung hätte bei sich arbeiten lassen können, die hätten ohne zusätzliche Ausgaben für ihn Wache stehen können. So konnte es sich lohnen, eine eigene Familie zu haben. Geschwister konnten sich ebenfalls nützlich machen, und Sigfús war deshalb sehr froh, als Salómon wieder auf die Beine kam, der sich auch als nicht ganz unnütze Arbeitskraft in einem Betrieb dieser Art erwies, obwohl er immer noch zu elend schien, um dort nachts die Schätze zu bewachen.

An diesem Abend gab es ungewöhnlich reichen Anlaß, auf dem Ehrenhof Wache zu schieben, denn am Tag hatte eine der berühmten Ehrenauktionen stattgefunden, bei denen verschiedene Kraftfahrzeuge zur Versteigerung gebracht und dem Meistbietenden mit Hammerschlag verkauft wurden, und die Versteigerung an diesem Tag war bestens gelaufen, und die meisten Autos waren verkauft und bar bezahlt worden. Am Ende blieb ein dickes Bündel Geldscheine und Schecks in den Händen des Geschäftsführers Sigfús Killian, der sie in einen eigens dafür angefertigten Stahlkasten steckte, den er im Büro hatte und der die Aufgabe einer Kasse erfüllte. Er hatte die Angewohnheit, mit solchem Geld noch am gleichen Tag zur Bank zu gehen, aber heute hatte er Streit mit jemandem gehabt und war darin verwickelt gewesen bis über die Banköffnungszeiten hinaus. Es war in Ordnung und tröstete die Seele, heftig zu streiten, aber hatte natürlich den Nachteil, daß man in der Zwischenzeit nichts anderes tat und zum Beispiel nicht mit dem Geld zur Bank kam, und jemand anderem würde er es niemals anvertrauen, zuallerletzt diesen erbärmlichen Idioten, die bei ihm im Unternehmen ihr Gehalt abonniert hatten. Zwar hatten seine beiden Brüder da bereits angefangen, im Autohof zu arbeiten, sowohl der Bankdirektor als auch der, der dreißig Jahre geschwiegen hatte, aber nach Sigfús' Ansicht war nicht zu erkennen, wer von beiden unzurechnungsfähiger war in Geldangelegenheiten.

»Ja, ja«, murmelte er vor sich hin. Er schickte den Burschen nach einem Liter Milch, Pfannkuchenbrot und Schmierwurst, dann würde es ihm gutgehen dort im Schuppen den Abend und die Nacht über. Solange es hell war, vertrieb er sich die Zeit damit, den Scheibenwischermotor, die Lichtmaschine und die Batterie aus einem Cortina auszubauen, der sich überschlagen hatte und eben auf dem Hof eingetroffen war, dann ging er hinein und aß das Pfannkuchenbrot mit der Schmierwurst aus der schmutzigen Faust, während er die Tageszeitung las. Darin war unter anderem ein Artikel über die steigende Tendenz der Staatsminister, sich Assistenten anzustellen, wie es ihnen nach dem Gesetz freistand. Das kostete natürlich etwas, und das brachte Sigfús Killian den Geschäftsführer ganz aus der Fassung, der sich dachte, daß wir nichts zu bestellen hatten mit solchen Jammergestalten in den höchsten Ämtern, die sich nicht ohne fremden Beistand zu helfen wußten, und so was nannte sich Minister. Er zog sogar einen Zettel und einen angenagten Bleistift hervor und beschloß, einen Leserbrief zu diesem Thema einzusenden, aber er kam nur bis zu den Worten: »Ein guter Bekannter von mir, der behindert ist, weckte dieser Tage mein Interesse dafür, daß wir Isländer bis vor kurzem das Glück hatten, Männer zur Regierungsarbeit zu berufen, die aus eigener, privater Anstrengung einigermaßen ohne Stütze laufen konnten«, und beschloß, die Fortsetzung auf später zu verschieben. Er ging hinüber in das Kaffeezimmer, wischte dort den Boden und spülte die henkellosen Blechtassen ab, die das Pack schmutzig und verbeult hier und dort stehengelassen hatte, und murmelte, daß es nicht zuviel von ihnen verlangt sein sollte, das selbst zu machen. Dann ging er wieder ins Büro und rief seine Schwester Lára an, denn er wollte wissen, ob es wahr wäre, was zwei einigermaßen verläßliche Männer heute im Autohof erzählt hatten, daß das Lufttransportunternehmen ihres Bruders Bárður auf dem letzten Loch pfiff. Er hatte das große Glück, daß Pfarrer Sigvaldi antwortete, mit seiner dünnen und verhuschten Stimme, und der bestätigte, daß das mehr als nur ein Gerücht war. Er selbst habe gerade heute mit dem Hauptbuchhalter der Vereinsbank gesprochen, und der habe bestätigt, daß es ernsthafte Schwierigkeiten zu geben scheine, »ernsthafte Schwierigkeiten momentan, das waren seine Worte«, flüsterte Pfarrer Sigvaldi, heiser, aber ziemlich glücklich, wie immer, wenn er von den Mißerfolgen anderer berichten konnte.

Schließlich war der Wetterbericht dran. Sigfús hörte immer den Wetterbericht. Obwohl es ihm in seinem tiefsten Inneren scheißegal war, wie das Wetter war, nie war ihm zum Beispiel kalt, und naß zu werden machte ihm nichts aus. Nach einem halben Jahrhundert Leben erhoffte er sich auch keine Überraschungen mehr aus dieser Ecke. Trotzdem war es immer ein sehr andächtiger Moment, wenn er dem Wetterbericht lauschte. Währenddessen trank er schlürfend einen Kaffee und brummelte sich erstaunt in den Bart, wenn es ungewöhnlich wenige Millibar im Scoresbysund waren.

Der Schlummer übermannte ihn, und er schlief auf seinem alten Schreibtisch ein.

Er schrak hoch, weil irgendwelche Leute auf den Hof gekommen waren. Sigfús hörte deutlich Schritte an der Wand des Schuppens entlang, und dann wurde an der Tür herumgefingert. Sigfús' erster Gedanke war, daß es doch gut gewesen war, daß er diese Nacht nicht alles unbewacht zurückgelassen hatte, und er hob den Telefonhörer ab und wollte wählen. Aber in dem Augenblick wurde die Tür aufgebrochen, und jemand kam von draußen in den Gang hinein. Sigfús griff sich einen großen Schraubenschlüssel, der zwischen anderem Zeug auf dem Schreibtisch lag, und trat aus seinem Zimmer.

– Wer ist da? rief er, sah dann einen Schatten und schlug danach, aber verfehlte sein Ziel, und dann donnerte etwas Schweres auf seinen Kopf, und alles wurde schwarz.

* * *

In der ersten Nachricht über die Sache hieß es lediglich, daß in den Ehrenhof eingebrochen und etwas gestohlen worden sei, ein kleiner Einspalter nur, der nicht weiter bemerkenswert schien. Zwei Tage später stand in der Zeitung, daß der Geschäftsführer und Eigentümer des Autoteilehandels Ehre nirgends aufzufinden sei, aber wie berichtet sei in das Unternehmen eingebrochen worden, und Sigfús wurde aufgefordert, sich mit der Polizei in Verbindung zu setzen. Wenig später war sein Verschwinden zur Topnachricht aufgestiegen, die Erde schien ihn verschluckt zu haben, als der Einbruch verübt wurde. Darum begann sich aller möglicher Klatsch und Tratsch zu spinnen, und unter anderem wurde vermutet, daß er selbst den Einbruch inszeniert habe, um sich mit dem Vermögen des Unternehmens aus dem Staub zu machen.

Aber nachdem man seine Mitarbeiter und alle, die mit dem Unternehmen zu tun hatten, verhört hatte, wurde diese Möglichkeit als höchst unwahrscheinlich eingestuft, und der auf Vermißtenfälle spezialisierte Polizeibeamte, der die Untersuchung leitete, sagte vor Journalisten, daß der Fall insgesamt äußerst mysteriös sei. Es stehe unzweifelhaft fest, daß Sigfús Killian vorgehabt habe, die Nacht dort auf dem Autohof zu verbringen, und daß sich dort eine beträchtliche Summe Geldes befunden habe wegen der Versteigerung früher an jenem Tag, aber dieses Geld scheine mit dem Geschäftsführer verschwunden. Das große Eingangstor sei aufgebrochen gewesen, wahrscheinlich war mit einem Auto dagegengefahren worden. Dagegen sei schwer zu erkennen, welchen Vorteil Sigfús davon haben sollte, selbst mit dem Geld unterzutauchen. Das Unternehmen stehe sehr gut und verfüge über beträchtliche Wertanlagen und Bankguthaben, die nicht angerührt worden seien. »Nein«, sagte der Polizeisprecher, »die Prämisse, nach der unser Vorgehen sich jetzt richtet, besagt, daß wir es hier zu tun haben mit Entführung oder sogar Mord.«

Entführung oder Mord! schrien am nächsten Tag alle Zeitungen auf der Titelseite, und die nächsten Tage und Wochen wurde über wenig anderes im Land gesprochen als über diesen unheimlichen Fall. Alle möglichen Geschichten begannen sich darum zu ranken: Sigfús Killian sollte hier und dort gesehen worden sein; ein geheimnisvoller Mann, der mit den Beschreibungen des Verschwundenen übereinzustimmen schien, habe in Vík í Mýrdal Benzin getankt und sei dann in östlicher Richtung weitergefahren; ein anderer Verdächtiger war bei Arnarstapi auf Snæfellsnes gesehen worden, wie er in Richtung Gletscher zog. Ein Journalist folgte einer Gruppe Polizisten, die um das Sommerhäuschen von Geirmundur herum suchten, das Steuerhaus seines alten Bootes, weil sich dort angeblich jemand herumtrieb und man zwei und zwei zusammenzählte, als man von Sigfús' familiärer Verbindung zu dem Eigentümer des Steuerhauses erfuhr, aber die Suche endete ohne Erfolg. Man hörte auch Mutmaßungen, daß Sigfús das Land verlassen und heimlich in einer der Transportmaschinen seines Bruders mitgeflogen sei, aber das war schwer mit den Fakten in Deckung zu bringen, denn Luftvision flog nur einige vereinzelte Flüge um die Zeit des Verschwindens des Geschäftsführers herum, ins Ausland wurde erst sechs Tage später wieder geflogen. Nach einem Monat wurde eine Belohnung für Hinweise auf den Vermißten ausgesetzt, und diese begannen auf die Untersuchungsbeamten niederzuregnen, aber das meiste war nur ins Blaue geraten. Am sinnvollsten klangen noch Hinweise von zwei seherisch begabten Personen, beide aus verschiedenen Ecken des Landes, die beide meinten, die Leiche des Teiledirektors im Wasser nahe den Pfählen einer Bootsanlegestelle treiben gesehen zu haben. In den nächsten Tagen und Wochen waren Froschmänner und Taucher des Landes in allen Häfen und an allen Bootsanlegestellen Südwestislands auf der Suche. Außerdem wurde beschlossen, diese Hinweise weiter zu verfolgen, indem man einen Mann nach Belgien schickte, um dort einen berühmten Seher zu treffen, der durch seine übersinnliche Begabung schon oft geholfen hatte, vermißte Menschen wiederzufinden und rätselhafte Morde aufzuklären, wie es in einem bekannten Bestsellerbuch beschrieben wurde, das wenige Jahre zuvor in vielen Sprachen erschienen war, darunter auch Isländisch. Später entwickelte sich dieser Besuch bei dem belgischen Seher zu einer ziemlich peinlichen Angelegenheit, weil zu einem späteren Zeitpunkt heftige Kritik am Beginn der Untersuchungen in diesem Vermißtenfall geübt wurde, wie zum Beispiel, daß nicht größere Sorgfalt darauf verwendet worden war, den Tatort des mutmaßlichen Verbrechens zu untersuchen, den Autoteilehof, anstatt Leute zu irgendwelchen Zauberern ins Ausland zu schicken. Einen guten Monat nach dem Einbruch stieß nämlich ein Angestellter des Teilehandels auf etwas, was wie Blutflecken aussah, unter einem Pappkarton im Gang des Bürohäuschens auf dem Autohof. Spezialisten kamen zum Tatort und unterzogen die Flecken einer gründlichen Analyse, und sie verkündeten als Ergebnis, daß es sich hierbei eindeutig um Blut handele. Leider hätten die Flecken viel früher untersucht werden müssen, sie seien mittlerweile zu alt und zu sehr mit Staub und Schmieröl vermischt, als daß es möglich sei, die Blutgruppe mit voller Gewißheit zu bestimmen. Allerdings sagten sie, sie könnten mit Sicherheit feststellen, daß es sich um menschliches Blut handle, und es könne als nicht unwahrscheinlich gelten, daß es um die Zeit geflossen sei, als Sigfús Killian verschwand.

* * *

Es herrschte eine merkwürdige Atmosphäre in dem Haus, in dem der größte Teil der Killianfamilie zur damaligen Zeit wohnte: Vilhjálmur unten im Keller, die Zwillingsbrüder Friðrik und Salómon in der Mitte und Bárður und seine Leute oben. Salómon war irgendwie so hilflos und klein, daß es alle erschütterte, die ihn sahen, wie er mit seiner schäbigen Schirmmütze und dem viel zu großen Anorak umherstreifte, hinaus in den Garten und zurück, hinaus auf die Treppe, wie um nach dem Wetter zu sehen, und beim kleinsten Geräusch erschreckt zusammenfuhr. Er versuchte, sich ein wenig um den Garten zu kümmern, aber Gertrud gefiel das nicht, sie verscheuchte ihn freundlich von ihren Blumenbeeten und bat ihn, sich auszuruhen und es sich gutgehen zu lassen. Friðrik erkrankte an der dritten schweren Grippe in ebenso vielen Monaten, und durch die letzte bekam er zusätzlich eine Lungenentzündung, als er zu früh wieder aufstand und versuchte, sich die

Kontrolle über eine Ecke des Gartens von seiner gebieterischen deutschen Schwiegermutter zurückzuerobern. Die Lungenentzündung brachte ihn schließlich ins Krankenhaus, wo er nun lag, selbst ein Arzt, und im Morgengrauen mit dem Löffel gefüttert wurde. Unten war Vilhjálmur, mit immer längerem Bart, immer eigenbrötlerischer und merkwürdiger. Allerdings machte er zu jener Zeit seinen einzigen Versuch, zurückzukehren zu einer Art Leben, zur Teilnahme am Pokerspiel der Gesellschaft. Er stutzte den Bart um die Hälfte, zog seinen Anorak an und ging zur Arbeit im Ehrenhof. Hatte seinen komischen Bruder mit, oder eher den anderen komischen Bruder, denn die Burschen bei Ehre führten manchmal lange Diskussionen untereinander, welcher der beiden neueingetretenen Brüder des Eigentümers der komischere Kauz sei. Aber kraft seiner familiären Verbindung zum verschwundenen Geschäftsführer übernahm Vilhjálmur die Leitung zumindest des Tagesgeschäfts in dem Unternehmen, das bereits drei Wochen geschlossen war und schon im Begriff, gefährlich zurückzufallen. Damit begannen die Brüder aufs neue, morgens aufzustehen und den Bus hinauf zum Ehrenhof zu nehmen. Eines Tages kutschierten sie sogar wie die Fürsten mit einer Schrottkarre vom Autohof, aber immerhin mit einem Auto.

Oben im ersten Stock dagegen war die Stimmung geladen, und nicht nur, weil Sigfús, der Bruder des Hausherrn, wie vom Erdboden verschluckt verschwunden war. Nein, es war die alte Geschichte in diesem Heim, die alte Geschichte, die doch immer wieder frisch und neu daherkam: Das große Geschäft Bárður Killians, noch ein Weg zu Millionengewinnen, schien in Schwierigkeiten geraten zu sein; die Gütertransportgesellschaft Luftvision war nahe daran, das Fliegen aufgeben zu müssen.

Es war tatsächlich so, als ob sich die gesamte Geschäftswelt vereinigt hätte, um dieses kleine, tüchtige Unternehmen in die Knie zu zwingen. Alle in der Speditionsbranche wetteiferten darin, es zu unterbieten. Große und kleine Fluggesellschaften senkten ihre Preise im Güterverkehr, es wurde allmählich billiger, die Waren mit dem Flugzeug von einem Ort zum anderen zu befördern als mit dem Schiff; und die Schiffsgesellschaften begannen ihrerseits, alle möglichen Sonderbedingungen zu gewähren und Kunden von Bárður Killian und seinen Kameraden wegzulocken, und selbst die Kleinsten auf dem Markt verlegten sich auf dieses Vorgehen. Lieferwagenbesitzer und Taxifahrer ohne Konzession waren bereit, für Spottpreise mit schwersten Ladungen an die entlegensten Orte zu fahren, und Bárður stellte sich manchmal vor, wie bald zwölfjährige Jungen auf schwarzen Botenfahrrädern mit winzigen Vorderreifen kämen und ihm die Aufträge abjagten. Aber das war nicht alles, sondern es war, als ob auch die höheren Mächte dem Bund der Feinde beigetreten wären, die Glücksfeen wandten sich langsam von dem Unternehmen ab. Alle möglichen kleinen Unglücke ereigneten sich. Kein großer Unfall, der auf seine Weise weitaus weniger schlimm gewesen wäre, denn dann wären die Versicherungen eingesprungen, sondern diese ewigen, nervenaufreibenden, kleinen Unglücke: die Motoren in den Autos bekamen beide einen Kolbenfresser, die Flugzeuge standen still, weil Ersatzteile für sie fehlten, Kunden, die dem Unternehmen Geld schuldeten, gingen in Konkurs, wichtige Papiere gingen in der Post verloren, und dann hatte noch diese Behörde, die sich Luftfahrtüberwachungsamt nannte, das Unternehmen unter die Lupe genommen, forderte immer detailliertere Untersuchungen und Prüfungen der Flugzeuge, wurde immer unwilliger, die richtigen Papiere herauszugeben, damit sich die Stahlvögel in die Luft erheben konnten. Zweimal wurden die großen Propellermaschinen, die Bárður in Amerika gekauft hatte, auf ausländischen Flughäfen beschlagnahmt, weil ihnen die nötigen Stempel fehlten. Bárður hatte nie an Verfolgungswahn gelitten, er hatte immer geglaubt, daß jeder seines Glückes Schmied sei, aber nun bekam er langsam das Gefühl, daß es irgendein Komplott gäbe, um ihm das Leben schwerzumachen, daß es einen gemeinsamen Beschluß im Volk gab, ihn in die Knie zu zwingen, nicht zuletzt nachdem alle möglichen unseriösen Journalisten anfingen, Anspielungen darauf zu veröffentlichen, daß das Unternehmen in Schwierigkeiten steckte und daß sein baldiger Bankrott vorauszusehen wäre. Denn solche Nachrichten waren nicht direkt geeignet, der Fluggesellschaft größere Kreditwürdigkeit zu verschaffen.

* * *

Es war Papa anzusehen, daß es irgendwelche Probleme mit der Firma gab. Zwar besprach er Geldschwierigkeiten nicht zu Hause, das hatte er nie getan, aber wir wußten doch, was die Stunde schlug. Denn obwohl er Stillschweigen über seine Geschäfte bewahrte, wenn sie schlechtgingen, sprach er gern über seine Pläne, wenn alles glatt lief. Nun war er schweigsam, verschlossen, geistesabwesend. Manchmal überkamen ihn beinahe manische Anfälle, und er stürzte sich auf irgendwelche Aufgaben zu Hause, die herzlich lange vernachlässigt worden waren, reparierte kaputte Haushaltsgeräte, räumte in den Abstellecken auf. Dann begann er, mitten in der Nacht herumzuschwärmen und Tage und Nächte ohne Erklärung zu verschwinden. Das waren alles altbekannte Vorboten des Unglücks. Die

Merkmale bevorstehenden Ärgers konnte man nun auch an Mama erkennen. Wenn sie fühlte, daß ihr Heim, der sichere Hort, wieder einmal in Gefahr sein könnte, versuchte sie, die Flügel darüber auszubreiten und es zu schützen, indem sie jede Krone zweimal umdrehte, alles tat, was dem Sparen diente – in großen Mengen beim Großhändler kaufen, Blut- und Leberwurst herstellen, Fleisch in Tonnen einsalzen, aus Beeren und Rhabarber Marmelade und Saft kochen – und wurde ganz hysterisch vor lauter Geiz, wurde schlaf- und appetitlos vor Sorgen darüber, daß irgend jemand in der Familie möglicherweise leichtfertig Geld ausgeben könnte.

Niemand sagte ihr, daß zehn Kronen hier und hundert Kronen da, die sie versuchte einzusparen oder zurückzulegen, wirklich überhaupt keine Rolle spielten, wenn eine ganze Fluggesellschaft mit zig Millionen Umsatz in Schwierigkeiten steckte. Ich weiß eigentlich nicht, wer sie überhaupt auf so eine offensichtliche Tatsache hätte hinweisen sollen, denn natürlich wußte sie das auf ihre Weise selbst. Aber das änderte nichts daran, daß sie nur noch mögliche Verluste und Einbußen vor Augen hatte, sie war ganz bedrückt, wenn sie eine Preisreduktion nicht nutzen konnte, selbst wenn sie von irgendwelchen verfluchten Wucherern angeboten wurde. Man durfte das Telefon zu Hause am besten gar nicht benutzen, jedenfalls nicht ohne daß sie anfing, vor der drohenden Rechnung mit den Extraeinheiten zu zittern, nie durfte man etwas Eßbares auf dem Teller zurücklassen, keine leeren Colaflaschen wegwerfen, und von aller Verschwendung auf der Welt war ihr das »im Taxi durch die Gegend gondeln« der größte Dorn im Auge. Aus irgendwelchen Gründen, vielleicht nur ihrer eigenen Logik nach, fand sie kein Geld sinnloser aus dem Fenster geworfen als das, das man für Taxis ausgab. Niemals nahm sie selbst ein Taxi, solange ich mich erinnern kann. Selbst wenn alles gutging und für alles genug Geld vorhanden war, fiel es ihr nie ein, sich einen solchen Luxus zu erlauben, lieber ging sie weite Wege zu Fuß oder ruckelte mit Waren bepackt im Bus durch die ganze Stadt.

Dann verschwand Papa eines Tages, er und Kobbi Kalypsó verließen die Firma in irgendeiner Angelegenheit und ließen knapp drei Tage nichts von sich hören, und das war eine ernste Sache. Vielleicht waren sie auf Sauftour gegangen, und das verhieß nun nicht viel Gutes, beide offiziell alkoholkrank, vielleicht war ihnen ein Unglück zugestoßen. Wir alle hatten große Sorgen deshalb. Trotzdem wurde nicht darüber gesprochen bei uns zu Hause, Imba und ich ließen es dabei bewenden, uns zuzuflüstern: »Was für einen Scheiß macht der Alte jetzt schon wieder?«, aber versuchten nicht, die Frage zu beantworten, sondern schüttelten nur die Köpfe und vermieden es, Mama sehen zu lassen, daß wir uns Sorgen machten. Ihre Sorgen waren nicht zu lindern. Sie saß mit irgendeinem traurigen Kleidungsstück von sich selbst in den Händen und versuchte aus Gründen der Sparsamkeit, es zu flicken, immerhin trug sie ihren Teil bei, indem sie nicht losrannte und neue Anziehsachen kaufte, wenn man irgendwie darum herumkommen konnte. Sie war schweigsam, ihre Augen von Schlafmangel gezeichnet, bedrückt, es erschütterte einen richtig. Bis sie das Wort ergriff, nach fast drei Tagen und Nächten, mich direkt fragte, ob ganz sicher niemand eine Idee habe, wohin Papa wollte; ob sie wirklich nichts gewußt hätten unten bei Luftvision, als ich dort war, und ich versuchte ihr eine aufmunternde Antwort zu geben, daß die beiden wahrscheinlich wegen eines Geschäftsabschlusses irgendwo aufs Land gefahren seien, vielleicht länger aufgehalten worden seien, als sie geplant hatten, sie würden sicher sehr bald zurückkehren, aber Mama ließ sich nicht durch solche platten Beruhigungsversuche einwickeln, sondern sah endlich von ihrer Näharbeit auf, von dem bereits geflickten Fetzen, den sie gerade wieder zusammenstichelte, sah mich mit einem Gesichtsausdruck an, der kaum ihre Gefühlsbewegung verbergen konnte, und sagte mit dem Ton stürmischer Emotion, zu dem man in der Stunde der Wahrheit greift:

– Ich bin mir sicher, daß er irgendwo mit dem Taxi durch die Gegend gondelt.

Danach hatte sie nicht die seelische Stärke, dieses Thema noch weiter zu besprechen. Auch nicht, als Papa am selben Abend nach Hause kam, staubig, schweigsam und schlechtgelaunt; er fuhr in einem Taxi zu Hause vor …

* * *

Es war erst nachdem man auf die Blutflecken im Büroschuppen des Autoteilehandels Ehre gestoßen war, fünf Wochen nach Sigfús juniors Verschwinden, daß eine ordentliche und zielgerichtete Morduntersuchung begonnen wurde, mit Verhören aller Leute, die auf irgendeine Weise mit dem Unternehmen, dem Vermißten oder dem Einbruch im allgemeinen in Verbindung gebracht werden konnten. Dabei fiel das Augenmerk der Ermittler auf Eyvindur Jónsson, der bereits früher verschiedener Einbrüche überführt worden war und von dem sich herausstellte, daß er kurz vor dem Tatzeitpunkt einen Tag auf dem Ehrenhof gearbeitet hatte. Konnte er eine unbeglichene Rechnung mit Sigfús Killian gehabt haben? O ja, es hatte einen Zusammenstoß zwischen den beiden gegeben, denn mehrere Zeugen sagten aus, daß Sigfús den Jungen laut brüllend vom Hof geworfen und ihm alle schlechten

Wünsche mit auf den Weg gegeben hätte. Eyvindur wurde festgenommen, in einem alten Haus in der Weststadt, wo er sich zusammen mit zwei Mädchen aufhielt, und zum Verhör gebracht. Er stritt alles ab, und er hatte so etwas wie ein Alibi, denn die zwei Mädchen (die eine von ihnen eine Nichte des Verschwundenen) sagten aus, daß sie in der betreffenden Nacht alle zu Hause gewesen seien. So daß Eyvindur freigelassen wurde.

Die Monate vergingen, und das Verschwinden des Autoteiledirektors blieb den Landsleuten ein Rätsel. Zwar hörte der Fall auf, täglich Stoff für neue Nachrichten zu geben, aber er blieb doch ein Gesprächsthema für die Leute untereinander, für isländische Verhältnisse war er einzigartig. Die Zeitungen verfolgten die Sache weiter, sie ließen ihre Leute den Stadtklatsch belauschen, und hin und wieder erschien ein Absatz darüber, daß an der Untersuchung des Vermißtenfalls weitergearbeitet würde, und die Polizei ließ durchscheinen, daß sie verschiedene Spuren habe, denen sie nachginge.

Das waren schwere Zeiten für Frau Lára Killian, die immer soviel Wert darauf gelegt hatte, eine reine Weste zu haben, alles Abweichende und Asoziale zu vermeiden, und die außerdem immer ein unermüdlicher Vorkämpfer fester Familienbande gewesen war. Die vereinte Familie Killian sollte der Fels sein, an dem Gischt und Brandung brachen. Und nun standen die Zeichen auf Sturm: der Bankdirektor selbst, ihr Bruder und ihr größter Stolz, war nichts weiter als ein dahergelaufener früherer Zuchthäusler und verurteilter Dieb, und derjenige Bruder, der sich am meisten in der Stille und außerhalb des Rampenlichts gehalten hatte, der Schrottverkäufer vom Ehrenhof, war auf irgendeine groteske und schmutzige Weise verschwunden und zerrte durch diesen Vorgang den Familiennamen ins Zentrum allen öffentlichen Klatsches. Vielleicht hätte sie sich da an den Bruder anlehnen sollen, der nun ein umfangreiches Unternehmen aufgebaut hatte: Bárður Killian. Aber Lára war eine allzu kluge und lebenserfahrene Frau, um darauf zu vertrauen, daß die Fluggesellschaft Luftvision auf Dauer ein gutes Licht auf irgendeinen Namen werfen könnte. Denn man muß in Erinnerung behalten, daß Lára diejenige aus der Familie war, die am meisten in der Öffentlichkeit stand, sie war in der Politik tätig, Vizestadträtin und außerdem in der Partei, in der familiäre Herkunft und eine saubere Weste die größte Rolle spielten, in der konservativen Partei, mit all den vornehmsten, reichsten und mächtigsten Leuten des Landes. Deshalb wäre es, als all dies geschah, für Lára wichtig gewesen, ihre allernächsten Angehörigen als Stab und Stütze zu haben, ihren Ehemann und ihren Sohn, aber so verhielt es sich leider nicht direkt. Áslákur, ihr Sohn, bei dem sie immer davon ausgegangen war, daß er nach den höchsten politischen Ämtern strebte, hatte jegliches Interesse an der Politik verloren, oder so sagte er zumindest. Er war zum Studium ins Ausland gegangen, irgendwas mit Betriebswirtschafts- und Verwaltungslehre, und machte offene und versteckte Andeutungen, daß er nie wieder nach Hause zurückkehren wolle. So daß sie nur noch zu zweit in der Hütte saßen, sie und der Gottesmann Pfarrer Sigvaldi.

Wie bereits erzählt, war Pfarrer Sigvaldi Kaufmann und Kioskbetreiber geworden und stand selbst dort und bediente mit seinem gottesfürchtigen Gesicht. Der Kiosk schien allerdings wesentlich schlechter zu gehen unter seiner Leitung, und immer mehr Kunden blieben aus, und es wäre zu erwarten gewesen, daß Pfarrer Sigvaldi das Ganze eher heute als morgen unter den Händen einginge und er von seiner Mühe nichts als Schimpf und Schande davontrüge. Aber merkwürdigerweise schien er an alldem zu verdienen. Jedenfalls konnte man ihm das Geld ansehen, nachdem er den Kiosk einige Monate betrieben hatte. Er kaufte ein neues Auto, einen neuen Fernseher, wurde immer aufgeblasener, begann davon zu sprechen, sich zu vergrößern, mehr Kioske zu kaufen, der Interessenvereinigung des Einzelhandels beizutreten, ja sogar sich in den Vorstand des Gewerbeverbandes wählen zu lassen, das waren sowieso alles gute Bekannte von ihm, die da drinsaßen. Er heuerte ein paar Kinder an, die für ihn im Kiosk bedienten, damit er nicht selbst den ganzen Tag dort herumhängen mußte, und er konnte sich wieder schöne Tage in der Stadt machen, ein Taxi nehmen und hinunter zum Regierungsgebäude fahren oder es vor einem Ministerium warten lassen. Er machte sogar zwei, drei Reisen ins Ausland, sagte, er wolle sich Verkaufslizenzen besorgen für Süßigkeiten und alles mögliche Kleinzeug, nach dem Kinder in der ganzen Welt verrückt seien. Und es ist erwähnenswert, daß er von einer Reise mit einer Tasche voller deutschem Kaugummi zurückkehrte, mit Bildchen von Schauspielern in den Packungen, der allerdings aus irgendwelchen Gründen nie den Durchbruch auf dem Markt schaffte. Sein Erfolg im Leben hatte zudem den Effekt, daß die Vorgesetzten in der bischöflichen Verwaltung ihm gegenüber eine mildere Haltung einnahmen, man hielt ihn nicht länger für ein ganz so uninteressantes Blatt. Er bekam ein Amt auf dem Gebiet der Jugendarbeit in der Staatskirche und machte kraft dieses Amtes zwei Fahrten ins Ausland zu Tagungen und Konferenzen. Doch dann wurde Pfarrer Sigvaldi auf dem Kopenhagener Flughafen verhaftet, wo er auf dem Heimflug von der zweiten Jugendarbeitsreise zwischenlandete. Sein Gepäck geriet bei irgendeiner Routineuntersuchung in eine Stichprobe, und es stellte sich heraus, daß sich darin beträchtliche Mengen Haschisch und LSD befanden.

Ja, das Schicksal traf Lára Killian wirklich hart. Was für eine Katastrophe, was für eine Demütigung! Es war bestimmt kein Irrtum möglich, obwohl Lára, als die ersten Nachrichten davon eintrafen, versuchte, sich selbst in dem Glauben zu wiegen, daß das alles auf einem Mißverständnis beruhen müsse. Aber die Sache erwies sich als ungeheuer simpel und auf der Hand liegend, und Pfarrer Sigvaldi versuchte weder zu leugnen noch sich herauszureden. Dieser zum Pfarrer geweihte isländische Kaufmann mittleren Alters saß nun in Untersuchungshaft in einem der größten Gefängnisse Kopenhagens zwischen anderen Verbrechern und zwielichtigen Gestalten, nach einem Geständnis, Drogen geschmuggelt zu haben. Und Lára floh in die Arme ihres Sohnes, der in einem College in England lebte, allerdings nicht ohne einen Rechtsanwalt zurückzulassen, der die Scheidung von ihrem Ehemann in die Wege leiten sollte.

Es wurden fast dauernd Nachrichten von irgendwelchen aufgeflogenen Drogenschmugglern gebracht, aber zumeist waren das junge und der Polizei einschlägig bekannte Personen, so daß die Festnahme eines doch relativ angesehenen Bürgers bei dieser Tätigkeit Stoff für Schlagzeilen hätte liefern können. Allerdings kam es so, daß Pfarrer Sigvaldis Angelegenheit zunächst im Schatten anderer Neuigkeiten lief, schrecklicherer und aufregenderer Neuigkeiten, nämlich daß die Polizei kurz vor der Aufklärung der mysteriösen Vermißtensache stünde, des spurlosen Verschwindens Sigfús Killians vom Ehrenhof.

Die Ermittler stießen eigentlich durch Zufall auf diese Spur: Eines der Mädchen, die Eyvindur Jónsson ein Alibi gegeben hatten, wurde wegen irgendeiner Kleinigkeit verhaftet, Scheckfälschung und Taschendiebstahl, und sie beschloß, mit der Polizei zusammenzuarbeiten. Beim Verhör sang sie wie eine Lerche über alles, was sie wußte, und erklärte unter anderem, daß sie seinerzeit gelogen habe und nicht einmal in Eyvindurs Nähe gekommen sei in jener Nacht, als der Mann vom Autohof verschwand, und darüber hinaus, daß sie gehört habe, wie Eyvindur und die Frau, mit der er zusammenwohnte, Fríða Killian, den Einbruch in dem betreffenden Unternehmen geplant hätten. Eyvindur wurde sofort festgenommen, und nach einigen Tagen und Nächten pausenloser Verhöre gelang es der Polizei, seinen Widerstand und seinen Trotz zu brechen, und er gestand, in der betreffenden Nacht in den Autohof eingebrochen und Sigfús Killian totgeschlagen zu haben, dann sei er mit der Leiche weggefahren und habe sie irgendwo versteckt. Fríða wurde ebenfalls verhaftet und gab zu, seine Komplizin gewesen zu sein und ihm bei der Untat geholfen zu haben, und das war eine ganz dramatische Sache, die landesweit für Aufregung sorgte. Allerdings gab es einiges an Ungereimtheiten. Zum Beispiel war es ihnen unmöglich, sich zu erinnern, wo sie die Leiche versteckt hatten, sie nannten jeder einen anderen Ort, und an beiden wurde nichts gefunden. Ebenfalls unwahrscheinlich klang die Aussage, daß sie das Auto gesteuert habe, mit dem sie in der betreffenden Nacht gefahren sein sollten, denn Fríða besaß keinen Führerschein und hatte auch, soweit bekannt, niemals Auto fahren können, und die Polizei stellte bei einer Überprüfung fest, daß sie nicht einmal den Unterschied zwischen dem Schaltknüppel und der Handbremse kannte in einem Auto des Typs, das sie angeblich benutzt hatten. Weiter erschienen ihre Aussagen darüber, wie sie zu zweit die Leiche eines großen und schweren Mannes zwischen sich geschleppt hätten, nicht ausreichend glaubwürdig, da sowohl Eyvindur als auch Fríða klein und schmächtig waren. Diese Gedächtnislücken und Unstimmigkeiten führten jedoch nicht dazu, daß man an der Schuld des Paares zu zweifeln begann, sondern sie wurden nur als Hinweise aufgefaßt, daß sie etwas Wichtiges zu verbergen hatten: »Hier liegt noch einiges im dunkeln«, betete jeder dem anderen nach in diesen Tagen. Die Polizei verlautbarte bei einer Pressekonferenz wichtigtuerisch, daß sie viele Spuren verfolge, die mit dieser Sache in Verbindung gebracht werden könnten, und das beflügelte die Phantasie der Landsleute ungeheuer. Überall im Land erzählte man sich im Flüsterton von mehr Verbrechen und mehr Morden, die Eyvindur und Fríða angeblich auf dem Gewissen hatten, und die Familie Killian wurde langsam so berühmt auf Island wie die Königsfamilien in den Nachbarländern.

* * *

An diesem Morgen sollte ich zur Prüfung an der Hochschule erscheinen, in Sprachwissenschaft, ein Pflichtfach mit zähen norwegischen Lehrbüchern und vielen Diagrammen und abstoßenden Illustrationen. Ich hatte die Veranstaltung den Winter über nur unregelmäßig besucht und wollte versuchen, mich über diese Hürde zu retten, indem ich um drei in der Nacht aufstand und die wenigen Stunden bis zur Prüfung ein letztes Mal durch das Pensum blätterte.

Es war Stille im Haus und Stille in der ganzen Stadt, wie es üblich ist zu dieser Zeit des Tages, eine niederdrückende Stille, die zuzeiten sogar laut werden kann, vielleicht weil man noch immer halb in den Gefilden des Schlafes umherstreift. Man sitzt leicht benebelt in der Küche, und alle möglichen Geräusche, die man sonst nur äußerst selten bemerkt, werden zu brüllendem Lärm, das Quietschen einer Küchenschublade, das Klirren des Teelöffels, der beim Umrühren gegen die Tasse schlägt, das Knirschen einer Türschwelle. Als ich in meinem Zimmer Platz genommen hatte, füllte sich mein Kopf mit der existentialistischen Frage: Warum, o Mensch, bist du hier, anstatt dein Bett zu plätten? Gähnen. Innføring i sprogvidenskap. Vor dem Fenster brüllt ein Singvogel, als ob er sich darauf vorbereitet, für die Posaunen einzuspringen, die am Jüngsten Tag erschallen sollen. Katzen kämpfen kreischend im Nachbargarten. Ich stehe auf und versuche von meinem Fenster aus zu sehen, ob mein Freund Prinz sich gerade einen Ausflug in Kampfgetümmel und tollkühne Taten gönnt, aber in dem Moment verschwinden sie pfeilschnell um die Hausecke.

Es war mir gelungen, mich in die Welt der Sprachwissenschaft zu versenken, und ein Teil meiner Hirnrinde hatte angefangen, auf norwegisch zu denken. Da versucht jemand in einem nahe gelegenen Haus, sein Auto anzulassen, und der Lärm dabei ist so gellend und durchdringend, daß ich aufschrecke und beinahe die Kaffeetasse umwerfe, die auf dem Schreibtisch steht. Der Mann startet und startet weiter, aber das Scheißauto scheint nicht anspringen zu wollen, und ich gehe nach vorn in die Küche, um einen Blick hinauszuwerfen und zu sehen, wer zum Teufel das ist, aber da kommt der Dieselmotor in Nachbars Lieferwagen endlich in Gang, und er bewegt sich langsam von dannen, die Straße hinauf, mit einer schwarzen Rauchsäule am Auspuff. Ich brauchte ein bißchen Zeit, um mich davon zu erholen und genug Seelenstärke zu sammeln, damit ich mich wieder den wissenschaftlichen Schriften zuwenden konnte, aber dann raffte ich mich auf und beschloß, aufs neue in die Welt der Sprachwissenschaft einzutauchen. Ich vergrub meine Nase im Buch und hielt mir die Ohren zu und summte sogar innerlich etwas vor mich hin, um mich besser gegen die Reykjavíker Frühlingsnacht abzuschotten. Ich wußte, daß dies meine letzte Möglichkeit war, die Prüfung zu schaffen.

Aber es war erstaunlich schwer, denn ich hatte die ganze Zeit das Gefühl, irgendwelche merkwürdigen Geräusche zu hören. Leises Pfeifen, Schritte im Garten, sogar Flüstern, aber ich wußte, daß das Einbildung sein mußte, und beschloß, mich nicht davon ablenken zu lassen. Aber dann hörte ich deutlich jemanden »Fertig!« sagen, mit tiefer Männerstimme, direkt unter mir, und da hielt ich es nicht länger aus, sondern sah von der Sprachwissenschaft auf und aus dem Fenster hinaus.

Ich hatte plötzlich für einen kurzen Augenblick das Gefühl, daß ich jetzt langsam verrückt wurde: Oben auf dem Garagendach, das direkt vor meinem Fenster lag, stand ein bewaffneter Polizist. Ich lief zum Fenster und spähte hinaus, und da hörte ich einen Pfiff, und im selben Augenblick stürmten mehrere Polizisten auf das Haus zu. Drei von ihnen warfen sich gegen die Kellertür, und ich hörte etwas brechen. Einige Augenblicke später war mein bärtiger Onkel Vilhjálmur Eðvarð Killian der frühere Bankdirektor hinausgezerrt worden, in einem zerknitterten Schlafanzug, die Hände auf dem Rücken in Handschellen gelegt. In der Einfahrt zur Garage stand ein fetter Zeitungsreporter, der photographierte, als ob es um sein Leben ginge. Vilhjálmur wurde brutal in die schwarze Minna gestoßen, die davonraste, als ob jetzt keine Zeit mehr verloren werden dürfte.

Eine ganze Einheit Polizisten strömte aus allen Richtungen heran, aus allen Büschen, Nischen und Ecken. Einige von ihnen gingen in die Kellerwohnung, die noch bis vor kurzem mein Zuhause gewesen war, während ein Bulle mit Führergesicht die Treppe zum Eingang hinaufging. Gleich darauf wurde herrisch bei uns an der Tür geklingelt, und auch von der unteren Wohnung hörte ich Schellen.

Ich wagte mich nicht zur Tür, war irgendwie so durcheinander, daß ich zu meinen Eltern ins Schlafzimmer stürzte, Papa zu rütteln begann und sagte:

– Die Türklingel, die Türklingel läutet. Und Mama wachte auf und sah mich mit ungläubigem Erstaunen an und stellte mir dann die selbstverständliche Frage, warum ich dann nicht zur Tür ginge. Aber ich schüttelte Papa weiter an der Schulter, der wie tot dalag und mit offenem Mund etwas stöhnte, bis ich sagte:

– Die Polizei, es ist die Polizei. Da riß er die Augen auf und war im gleichen Moment bei vollem Bewußtsein, sprang auf die Beine, warf sich einen Morgenmantel über, ging zur Tür und öffnete.

Draußen auf der Treppe stand Gertrud, und sie war offensichtlich in großer Aufregung, denn sie schien ihr Isländisch verloren zu haben und sprach nur Deutsch mit der Polizei, in befehlendem und fragendem Ton, und die Bullen waren erleichtert, als Papa kam und in der Sprache der Väter fragte, was hier eigentlich los sei, und sie antworteten, daß sie es für richtig hielten, uns wissen zu lassen, daß die Kellerwohnung nun versiegelt würde, solange eine Untersuchung in einer ernsten Strafsache vor sich ginge, und daß der Mann, der dort wohnte, wegen ebendieser Sache festgenommen worden sei.

– Was für eine Sache ist das? fragte Papa, aber die Polizisten sagten, daß sie keine Erlaubnis hätten, darüber zu sprechen. Papa forderte darauf, mit dem Einsatzleiter sprechen zu dürfen, und fügte hinzu, daß der Mann im Keller sein Bruder sei, und da wurde einer geholt, der den Befehl über die Einheit hatte, und er sagte, daß über die Sache nicht gesprochen und nichts gesagt werden dürfe, aber da es sich hier um Familienangehörige handle, dürfe soviel wohl bekanntgegeben werden, daß der Mann im Keller unter dem Verdacht stünde, mit der Vermißtensache im Ehrenhof zu tun zu haben. Papa war jetzt sehr aufgebracht und machte Gertrud, die angefangen hatte, dort auf der Eingangstreppe um halb sechs Uhr morgens Reden auf deutsch zu halten, Handzeichen zu gehen und fragte die Polizisten, ob sie verrückt geworden seien, ob sie wirklich behaupten wollten, daß Vilhjálmur etwas mit der Sache seines Bruders Sigfús zu tun habe, und weithin konnte man jetzt Bewegung in den Fenstern der benachbarten Häuser sehen. Der Leiter der Polizeitruppe wurde barsch und streng und brachte Papa zum Schweigen mit den Worten, daß solches Schreien als Versuch gewertet werden könne, die Fahndung zu behindern, und da ging Papa hinein und schlug die Tür hinter sich zu. Kurz darauf wurde wieder an der Tür geläutet. Diesmal war es Gertrud und mit ihr Onkel Salómon, so verwirrt und erschüttert, daß es aussah, als ob er auf bestem Wege wäre, wieder aus der Welt zu verschwinden, in die er erst kürzlich erwacht war. Vielleicht war auch nichts anderes zu erwarten, denn seitdem war einer seiner Brüder getötet, der zweite in einer Vorgehensweise verhaftet worden, die an Kriegsverhältnisse erinnerte, der dritte Bruder, sein Zwilling, sein Stecken und Stab, war im Krankenhaus gelandet und mittlerweile selbst halb verwirrt, und nun setzte sich Salómon in die Küche zu dem vierten Bruder, der irgendwie so aufgebracht und erschüttert war, daß er nicht still sein konnte, sondern immer wieder vor sich hin murmelte:

– Verdammt, hab ich mich erschrocken, die Bullen hier überall zu sehen, Mann. Verdammt, hab ich mich erschrocken. Sein Unternehmen war jetzt zahlungsunfähig und das größte Flugzeug eben wegen eines Brandes aus der Flotte ausgeschieden. Es war vielleicht nicht merkwürdig, daß er angespannt und leicht aus der Fassung zu bringen war, und es kam kein vernünftiges Gespräch zustande bei diesem frühmorgendlichen Familientreffen, nichts außer den Worten: »Mein Gott«, die die Vertreterin Deutschlands bei dieser Konferenz unablässig wiederholte.

Die Polizei war sehr geheimnisvoll und verschwiegen vorgegangen bei der Festnahme dort am Morgen, und gleichermaßen, als Papa versuchte anzurufen und zu fragen, um was es bei alldem eigentlich ging. Als er bei der Wache anrief und nach dem Dienststellenleiter fragte und der nichts anderes sagen wollte, als daß die Untersuchung sich an einem kritischen Punkt befände, und abweisend und schlecht gelaunt war, machte sich Bárður Killian daran, den Justizminister selbst anzurufen, denn solche Antworten ließ er sich nicht bieten. Aber der gute Mann war im Ausland. Es wurde nichts aus meiner Sprachwissenschaftsprüfung, weder damals noch später. Vielleicht war das der Anfang vom Ende meines Hochschulstudiums. Ich saß nur verwirrt und mit offenem Mund bei den anderen Bewohnern des Hauses, auch Großvater, der heruntergekommen war und von dem weder Witze noch andere Faxen zu hören waren, saß nur still und niedergedrückt auf einem Stuhl und sah Papa fragend an, der am Telefon hing, aber keine Informationen bekam. Er setzte sich in Verbindung mit zwei Rechtsanwälten, mit denen er bekannt war, und beauftragte sie, herauszufinden, weshalb Vilhjálmur Eðvarð verhaftet worden war, und da kam endlich Licht ins

Dunkel. Der eine von ihnen rief eine gute Stunde später an, gegen elf Uhr vormittags, und sagte, er habe herausgefunden, daß Eyvi und Fríða auf Vilhjálmur als Komplizen bei dem Raubmord im Ehrenhof hingedeutet hätten, während der andere eine halbe Stunde später anrief und die ganze Geschichte wußte, las sie einfach aus der druckfrischen Zeitung vor. Und deswegen sage ich, die Polizei hätte noch viel geheimnisvoller vorgehen müssen an jenem Morgen, denn in dem einen Nachmittagsblatt, das kurz vor Mittag von der Druckerpresse kam, befand sich ein üppig bebilderter Bericht von der Festnahme des früheren Bankdirektors (er in Handschellen hinausgeführt und ich sogar teilweise schemenhaft im Fenster darüber zu sehen), und in der Zeitung waren auch Details über die gesamte Entwicklung des Falls (nach zuverlässigen Quellen des Blattes): Eyvindur Jónsson und Fríða Killian, die vierzehn Wochen wegen des Vermißtenfalles in Untersuchungshaft gesessen hatten, hatten endlich zugegeben, einen Komplizen im Ehrenhof dabeigehabt zu haben, niemand anderen als den Vater Fríðas und den Bruder des Verschwundenen, Vilhjálmur Eðvarð Killian den früheren Bankdirektor. Vilhjálmur sei, wie vielen bekannt, wegen eines großangelegten Betruges verurteilt worden und habe in Litla-Hraun eingesessen. Dort habe er Eyvindur Jónsson kennengelernt, der damals ebenfalls eine Strafe verbüßte, und gemeinsam hätten sie wohl geplant, sich nach ihrer Freilassung durch Verbrechen zu bereichern. Den Quellen des Blattes zufolge hatte Vilhjálmur offensichtlich in der Schicksalsnacht im Ehrenhof das Auto gefahren und außerdem die Aufgabe übernommen, die Leiche des Verstorbenen wegzuschaffen …

Deswegen war die Kellerwohnung versiegelt. Sie wurde untersucht nach Spuren des Leichentransports, es wurde alles dort auf den Kopf gestellt und später der ganze Garten aufgerissen und durchwühlt, der Stolz und das Glück von Friðrik dem Nervenarzt und Gertrud, völlig umgegraben auf der Suche nach der Leiche meines Onkels Sigfús, die man niemals fand …

Berg-Eyvindur

Als Bárður Killian drei Tage und Nächte verschwand, mit Kobbi Kalypsó im Gefolge, und Bárðurs Ehefrau sich schon Sorgen machte, weil sie um das Auskommen ihrer Familie fürchtete, falls Bárður nun vielleicht die ganze Zeit im Taxi durch die Gegend gondelte, wo trieb er sich da herum? War es die gleiche alte Geschichte von Verantwortungslosigkeit, Sauferei und Blödsinnmachen, sobald sich ein Hindernis in den Weg stellte?

O nein, wirklich nicht.

Die beiden Kameraden machten nämlich eine Spritztour nach Osten, zum Skeiðarársander, um die Männer, die nach dem Goldschiff suchten, zu einem Gespräch zu treffen und ihnen ihre Hilfe anzubieten. Denn wie alle wissen, waren Bárður und Kobbi keine unbeschriebenen Blätter, wenn es um das Bergen gestrandeter Schiffe ging. Die Geschichte davon, wie sie mit ein paar anderen den Frachter »Fortuna« im Westen bei Djúp bargen, lebte noch immer als Mythos unter isländischen Abenteurern und Kämpfern. Ebendarum fuhren die Freunde und Schwurbrüder den ganzen Weg nach Osten in die Sander, denn Bárður war eine Idee gekommen. Bei Problemen und Widerständen wie die, mit denen die Fluggesellschaft Luftvision zu kämpfen hatte, wenn Betriebsschließung und Bankrott drohten, half nur noch ein Geniestreich. Von Unternehmen, bei denen es so weit gekommen ist, überleben nur diejenigen, die Geschäftsleiter mit visionären Gaben haben, Führer, die von Büchern und Rechnungen aufblicken und die zukünftige Zeit mit ihren unerforschten Möglichkeiten in gleißendem Licht sehen können.

Die Goldschiffsucher hatten nämlich den holländischen Indienfahrer gefunden, »Das Wappen von Amsterdam«. Und diesmal war es völlig unzweifelhaft, dort handelte es sich nicht um Illusionen und Sinnestäuschungen, nicht um alte Blitzeinschlagstellen, die die Meßgeräte verwirrten. Denn man hatte bis auf zwanzig Meter Tiefe gebohrt, und dort fand sich sowohl Eisen als auch altes Holz. Beides war an berühmte Wissenschaftler in Schweden geschickt worden, die das Alter der Proben bestimmt und festgestellt hatten, daß es sich bei dem Eisen um Gußeisen handelte, ähnlich dem, das man in alten Kanonen verwendet finden kann, und das Holzstück stamme wahrscheinlich vom Ende des siebzehnten Jahrhundertes, plus minus ein paar Jahrzehnte vielleicht.

An der Bergung eines solchen Schiffes teilzunehmen war der Weg, an einem solchen Wahnsinnsprofit beteiligt zu werden, daß es möglich sein würde, alle Schulden einer Fluggesellschaft zu bezahlen, und noch sehr viel mehr. Bárður Killian besorgte sich eine Hypothek auf das letzte, was er noch unbeliehen auf seinen Namen besaß, die Wohnung der Familie, rief die berühmte alte Strandtruppe zusammen, und dann machten sie sich auf ihre zweite Fahrt nach Osten, zu den Sandern.

Es war nicht leicht, an die Stelle am Strand zu kommen, aber die Bergungsleute auf dem Sander hatten ihre Methoden, um die schweren Arbeitsmaschinen über die Gletscherflüsse zu transportieren, und hatten einen Fahrweg hinunter zu der Stelle am Strand planiert. Da allerdings ein ganzes Schiff ausgegraben und eine wertvolle Ladung daraus geborgen werden sollte, war es wichtig, eine funktionierende und schnelle Verkehrsanbindung zu haben, und darin bestand die Hilfe, die Bárður Killian und seine Gefährten anbieten konnten: Mit dem alten Bulldozer und anderen guten Geräten wollten sie eine Flugzeuglandebahn bauen, direkt neben der Stelle, an der »Het Wapen van Amsterdam« begraben lag, und dann würde sich die Flugzeugflotte von Luftvision um den Transport von Maschinen, Geräten, Personen, Gold und Edelsteinen kümmern …

Kurz nachdem Bárður dorthin gekommen war, wollten alle dabeisein, denn da wurden die Untersuchungsergebnisse der schwedischen Spezialisten in bezug auf das Alter der Eisen- und Holzproben bekannt, und als die Geschichte diesen Punkt erreicht hatte, ließen sich sogar die schlimmsten Zweifler überzeugen, Journalisten verschiedenster Nationen tauchten jetzt vor Ort auf. Es war leicht geworden, dorthin zu kommen mit den Flugzeugen der Luftvision AG. Politikusse und Bankdirektoren wurden von dem Ort, dem Goldgeruch oder eher dem Gewürzgeruch angezogen, denn der unwiderlegbare Beweis dafür, daß die Proben aus dem Bohrkern von dem berühmten Indienschiff stammen mußten, war der, daß die Holzstücke stark nach östlichen Gewürzen rochen oder vielmehr dufteten.

* * *

Zu Hause in Reykjavík, und tatsächlich im ganzen Land, zählten die Leute zwei und zwei zusammen, versuchten herauszufinden, wie der Raubmord im Ehrenhof in Wahrheit nur einen Strang in einem großen und unheimlichen Netz von Schicksal und Verbrechen bildete. Zu Anfang richtete sich das Interesse der Leute hauptsächlich auf Eyvi, Eyvindur Jónsson, von dem man sich an irgendeinem Punkt der Sache zuflüsterte, er stamme von einer Familie in den Hólsfjöll-Bergen im Norden Islands, und von da an hieß er im Munde der Allgemeinheit nie anders als Berg-Eyvindur, wie der berühmte alte Ächter. Es wurde bekannt, daß er schon früh als jemand galt, vor dem man sich hüten mußte, schon in der Grundschule sei er eine Plage für alle gewesen, wegen seiner Gewalttätigkeit, Lust am Quälen und perversen Natur. Wohin er auch ging, folgten seiner Spur alle möglichen Bösartigkeiten: Brandstiftungen, Vergewaltigungen, Mißhandlungen, obwohl ihm das wenigste davon eindeutig hatte nachgewiesen werden können. Bevor er zwanzig war, landete er schon in Litla-Hraun. In einem Blatt wurde auch erwähnt, daß gerade er ursächlich daran beteiligt war, daß einer der Insassen dort, der Mörder Bóas Grímsson, wegen schwerster Verbrennungen auf der Intensivstation landete, wenn der Vorfall von der Gefängnisleitung auch als Unfall bezeichnet worden war. Die Journalisten folgten den Spuren der Klatschgeschichten, eine Zeitung gab einen vollständigen Überblick über Eyvindurs Verbrecherlaufbahn seit seiner Kindheit. Das war eigentlich keine besonders schockierende Lektüre, belegte sie doch nur, wie hilflos Polizei und Behörden gegenüber Männern wie ihm waren. Mit dem meisten kam er davon. Man begann, andere mysteriöse Mord- und Vermißtenfälle der vergangenen Jahre wieder in Erinnerung zu rufen. Dabei stellte sich heraus, daß es bei den meisten von ihnen möglich war, sie auf irgendeine Weise mit Eyvindur Jónsson in Verbindung zu bringen. Immer war er entweder mit dem Opfer bekannt gewesen oder hatte sich in der Nähe des Ortes aufgehalten, an dem der Betreffende starb oder spurlos verschwand.

Ich hörte von all dem, genau wie die übrigen Landsleute, beim Kaffeetrinken, in der Kinopause, bei Feiern und anderen geselligen Zusammenkünften. Überall war Berg-Eyvindur das beliebteste Gesprächsthema. Ich sagte wenig, wenn die Rede auf ihn kam, ich kannte das Bürschchen noch von der Zeit, als er sich bei Onkel Villi im Keller zu Hause aufhielt. Dagegen hätte ich allen Beifall klatschen können, die die Meinung äußerten, er sei der letzte Dreck, ein durch und durch verdorbenes Schwein und ein feiger Schwächling. Das war zumindest das Ansehen, das er in unserem Haus genoß. Er hatte offensichtlich wenig andere Fürsprecher als Judas genannt Iskariot und war ganz ähnlich schlecht gelitten bei allen, die ihn kannten. Von Anfang an wurde über seine Komplizin, Fríða Killian, im allgemeinen ziemlich wenig gesprochen, man hielt sie kaum für bemerkenswert, für nichts als ein dummes, kleines Mädchen, das Berg-Eyvindur mit sich auf den Weg des Verbrechens gelockt hatte. Daher konnte man auch ganz frei darüber sprechen, selbst wenn einer von uns aus der Killianfamilie in Hörweite war. Aber nachdem Vilhjálmur Eðvarð verhaftet worden war, änderte sich alles. Es wurde wirklich langsam unerträglich, Killian zu heißen. Ich konnte Papa gut verstehen, daß er sich nach Osten in die Ödnis der Sander davongemacht hatte.

Meine Schwester Ingibjörg hatte nun endlich ihr Zahnmedizinstudium beendet und war mit einem jungen Arzt, ihrem Freund, auf die Vestmannaeyjar gezogen. Gúndi war Mitglied bei irgendeiner Gruppe von Fallschirmspringern und Luftsportlern geworden, die um die Welt reisten und Vorführungen machten. Ich hatte der Uni in der Zwischenzeit den Rücken gekehrt, zwar war jetzt Sommer und das Semester sowieso vorbei, aber es gab keine großen Aussichten darauf, daß ich den Faden im Herbst wiederaufnehmen würde, oder vielleicht gab es auch gar keinen Faden zum Wiederaufnehmen. Ich war ratlos und unentschlossen. Begann, unten bei Luftvision zu arbeiten. Dort war zwar damals nicht viel los, hauptsächlich irgendwelche Kleinaufträge im Inland, das meiste nach Osten in die Sander in Verbindung mit dem Goldschiff, und die Arbeit hatte den Nachteil, daß man nichts dafür bezahlt bekam. Ich machte mir eigentlich auch keine großen Hoffnungen, irgendwann einmal etwas zu bekommen. Zwei Bekannte von mir waren nach Norwegen gefahren, um dort beim Kanalbau zu arbeiten, und eine Zeitlang sah es beinahe so aus, als ob ich mitführe. Aber daraus wurde nichts, deshalb, weil Papa damals gerade mit den wichtigsten Leuten von Luftvision nach Osten in die Sander gefahren war und nicht feststand, wie lange sie bleiben würden, und es war mir auch nicht wohl dabei, Mama beim damaligen Stand der Dinge allein zurückzulassen. Ich machte zu dieser Zeit ziemlich viel mit Gedichten herum und tippte einen kleinen Stapel von ihnen mit der Maschine ab und schickte sie an eine Literaturzeitschrift, die ein paar Typen in diesen Jahren herausgaben. Als größter Vorteil dieser Zeitschrift galt allgemein, daß sie geringe oder gar keine Qualitätsansprüche hatte, sondern alles nur im entferntesten Gedichtartige veröffentlichte, das eingeschickt wurde. Die Redaktion wies nichts zurück, nach dem, was man sich erzählte, und jedenfalls konnte man darin eine ganz unglaubliche Mischung aller möglichen sogenannter Gedichte finden. Aber es ereignete sich das Unerhörte, die Redaktion der Zeitschrift wies einen Dichter ab, genauer gesagt mich: Was ich ihnen schickte, wurde nie auf den Seiten der Literaturzeitung gedruckt. Wahrscheinlich ist es kaum möglich, sich eine größere Niederlage für einen jungen Dichter vorzustellen als diese, und eigentlich hätte ich nach diesem Erlebnis ein völlig gebrochener Mann sein müssen. Aber wenn ein Dichter auf Ablehnung trifft, gelingt es ihm zumeist, dafür Gründe außerhalb seines Werkes zu finden, und diesmal waren sie wirklich völlig ins Auge springend: Als die Redaktion die Qualität dieser Gedichte, die ich geschickt hatte, abwägen und schätzen sollte, da hatten die Strafsachen »Das Volk gegen Killian« eine solche Richtung genommen, daß es genügte, unseren Familiennamen zu tragen, um als äußerst gefährlicher Verbrecher zu gelten.

Die Klatschgeschichten der Stadt bekamen langsam einen anderen Klang, nachdem Vilhjálmur Eðvarð verhaftet worden war. Sein Schicksal war spannend, er war eigentlich jedem im Volk bekannt und hatte so völlig gegensätzliche Zeiten miterlebt. Die entsetzliche Demütigung, die Vater und Tochter erlebt hatten, wurde inzwischen zum interessantesten Teil der Sache, und außerdem, daß es sich um einen Brudermord handelte. Man sprach inzwischen von der Sache als dem Fall Killian. Sogar Eyvi, die isländische Antwort auf Charles Manson, geriet allmählich in den Schatten der Killianschen Familientragödie. Was mochte da wohl vorgefallen sein? War der frühere Bankdirektor wirklich so tief gefallen, daß er sich mit einem Hosenscheißer wie Berg-Eyvindur zusammentun würde, um einen Mann, genauer gesagt, seinen Bruder, wegen ein paar tausend Kronen zu töten? Nein, das konnte nicht sein. Ein Volk, das seine Identität und Geschichte in den bedeutendsten Familienerzählungen des europäischen Mittelalters bewahrt hatte, gab sich nicht mit so dürftigen Erklärungen zufrieden, und der Klatsch blühte. Das Unternehmen, das Sigfús junior besessen hatte, war das nicht ein alter Familienbetrieb gewesen? Konnte es nicht sein, daß Vilhjálmur sich nie damit abfinden konnte, daß es sein Bruder war, der das Unternehmen an sich gerissen, ihn um sein Erstgeborenenrecht betrogen hatte? Oder war es vielleicht denkbar, daß die Unterschlagungen des Bankdirektors mit irgendwelchen finanziellen Spekulationen zu tun hatten, die die beiden Brüder mit dem Unternehmen betrieben hatten? War die Firma nicht Kunde bei der Bank, bei der Vilhjálmur der Oberbefehlshaber zu Wasser und zu Lande gewesen war? Hatte der Bankdirektor vielleicht nur seinem Bruder geholfen, als er des Betruges überführt wurde? Und mußte er die Suppe dann allein auslöffeln, ein ins Zuchthaus geworfener, aller Ehre beraubter Mann, der Bruder dagegen mit all seinen Schäfchen im trockenen ...?

Solche Geschichten gingen in der Stadt herum, obwohl die Leute seit neuestem sehr geheimniskrämerisch taten, wenn wir anderen, die den ominösen Familiennamen trugen, in der Nähe waren. Einiges davon las man einfach in den Zeitungen, denn nach einiger Zeit hatten zwei von ihnen Journalisten abgestellt, die keine andere Aufgabe hatten, als den Fall Berg-Eyvindur/Killian zu verfolgen. Das war äußerst selten geschehen in der Geschichte der isländischen Massenmedien, daß ein einzelner Fall seine Privatreporter bekam, und das waren dann nur große Ereignisse wie der Vulkanausbruch auf den Vestmannaeyjar-Inseln oder der gewalttätige Kabeljaukrieg gewesen. Allerdings hörte ich mehr über diese Sache als das, was in den Zeitungen berichtet wurde, und zwar weil ich einen Freund hatte, der durch dick und dünn zu mir stand, und das war der Sillivaldi, mein alter Spielkamerad aus unserer Straße. Er hatte mit Pharmazie an der Hochschule angefangen, aber das Studium in der Zwischenzeit aufgegeben und arbeitete nun in einem Wirtschaftsprüfungsbüro, einfach als eine Art Lehrling, glaube ich. Und nicht genug damit, er hatte jetzt auch Frau und Kind und sich ein Haus gekauft, ein altes Haus am Skerjafjord, und arbeitete hart daran, es wiederherzurichten. Und am Abend, wenn ich fertig war mit der Arbeit und nichts anzufangen wußte mit meiner Zeit, dann erschien es mir am naheliegendsten, zu Sillivaldi zu tappeln und ohne jegliche Verpflichtung bei ihm und seiner Familie herumzuhängen, im Wohnzimmer Kaffee zu trinken und über Gott und die Welt zu plaudern oder fernzusehen, oder einfach Sillivaldi dabei zuzuschauen, wie er an seinem Haus arbeitete, schabte, malte, kittete. Manchmal konnte ich ihm sogar behilflich sein und war daher zumeist ein gerngesehener Gast. Ich arbeitete mich in seine Interessen ein, die alle mit der Renovierung alter Häuser zu tun hatten. Ich kannte die Vor- und Nachteile von sieben oder acht verschiedenen Holzschutzmitteln, wußte alles, was es zu beachten gab, wenn man Wellblech auf ein Schindeldach nagelte, aber doch war ich über kein Material gründlicher informiert als über das sogenannte Stahlblech, mit dem Sillivaldi das Haus von außen verkleiden wollte. Er hatte eine Zeitlang alle Möglichkeiten im Zusammenhang mit der Außenwandverkleidung von Häusern studiert und gegeneinander abgeschätzt und brauchte dringend jemanden, mit dem er sein Wissen austauschen oder vielleicht eher jemanden, dem er seinen Glauben predigen konnte, denn seine Überlegungen hatten ihn zu dem Ergebnis gebracht, daß kein Baumaterial auf dem Markt dem Stahlblech das Wasser reichen konnte. Ich machte sogar einige Pilgerfahrten durch die Stadt mit ihm, um Häuser anzusehen, die eben mit diesem Wunderstoff verkleidet waren. Aber es kam auch vor, daß wir über anderes als Handwerksdinge sprachen, es gab Momente, in denen nur wir zwei uns in der Küche niederließen, um uns nach anstrengender Arbeit auszuruhen, und dann ließ ich mir von Sillivaldi alles erzählen, was in der Stadt so über die Angelegenheiten der Familie Killian geklatscht wurde. Sillivaldi bildete eine erstaunlich ergiebige Quelle für mich, nicht zuletzt, weil es in dem Wirtschaftsprüfungsbüro ein lebhaft frequentiertes Kaffeezimmer gab und damit einen ständigen Austausch zwischen den Abteilungen, ständigen Verkehr mit Leuten, die frische Geschichten zu erzählen hatten, oder kamen, um die neuesten Neuigkeiten zu hören …

Und dann, mitten im Sommer, verbreiteten sich Nachrichten, die die Spekulationen aufflammen ließen wie nie zuvor.

Pfarrer Sigvaldi war in Kopenhagen festgenommen worden, wie bereits erzählt, wo er auf dem Weg nach Island zwischenlandete und, wie sich herausstellte, Haschisch und LSD im Gepäck mitführte. Er war nun nach Island ausgeliefert worden, und es kam ans Licht, daß er einen Komplizen genannt hatte, niemand anderen als meinen Bruder Gúndi. Das mit Gúndi kam allerdings erst jetzt heraus, weil Interpol die Aufgabe übertragen worden war, den Ballonfahrthelden zu verfolgen, und als er mit seinen Gefährten von einer Tournee durch Algerien und Marokko nach Spanien zurückkehrte, unterzogen die Zollbeamten seine Ausrüstung einer gründlichen Untersuchung und entdeckten, daß der Ballonkorb einen doppelten Boden hatte. Der war vollkommen mit Drogen ausgestopft. Damit vervollständigte sich das Puzzle, nun wurde den Leuten endlich klar, was es war, das die Familie Killian hinaus in den Sumpf des Verbrechens gezogen hatte: Sie war im Drogenschmuggel tätig.

* * *

Auf dem Sander, wo »Het Wapen van Amsterdam« vor gut drei Jahrhunderten gestrandet war, ging es hoch her.

Allerdings verliefen die ersten Versuche der Goldsucher, sich zu dem Schiffswrack hinunterzugraben, buchstäblich im Sande. Er war so naß und rutschig, daß die Löcher, die gegraben wurden, sich immer sofort wieder füllten. Aber die Männer wußten sich zu helfen. Die Grube am Strand mußte abgestützt werden, Stahlplatten mußten in den Sand eingelassen werden, Platten, die der Hafen von Reykjavík gerade ins Land geholt hatte und die für die Verkleidung einer neuen Anlegestelle verwendet werden sollten. Das waren kolossale Stahlteile, die da zusammen mit großen Kränen und Hämmern nach Osten transportiert wurden, mit deren Hilfe die Stahlplatten in den schwarzen Sand getrieben werden sollten. Die Hafendirektion stimmte einem Verleih der Stahlplatten zu diesem Zweck zu, unter der Bedingung, daß sie im Herbst zurückgegeben würden. Jedoch mit einigem Zögern, nicht zuletzt, weil die Stahlteile ein Vermögen gekostet hatten, und auch weil die Ingenieure einstimmig erklärten, daß es ausgeschlossen sei, solche Platten in die Erde zu rammen, das sei schon oft ohne Erfolg versucht worden. Aber die Goldgräber waren Genies, sie ließen sich durch nichts beirren, ließen sich nicht von irgendwelchen Spezialisten den Schneid abkaufen. Zwar stellte sich tatsächlich heraus, daß die Stahlplatten sich immer schwerer weiterbewegen ließen, nachdem sie einige Meter in den Sand gedrungen waren, bis sie schließlich nur noch ein paar Zoll am Tag tiefer glitten, obwohl pausenlos mit mehreren Tonnen Gewicht auf sie eingehämmert wurde, aber sie fanden einen Weg aus dieser Schwierigkeit. Der Anführer der Bergungsleute hatte den Einfall, Wasser an den Platten herunterlaufen zu lassen, und da bewegten sie sich so weich, daß sie eigentlich nur durch ihr eigenes Gewicht tiefer sanken. Einige Wochen später waren vier dichte, stabile Wände um den Ort am Strand entstanden und nichts mehr zu tun, als den Sand daraus abzupumpen, bis das Goldschiff auftauchte. Dort würde es wie auf dem Boden eines großen Schwimmbeckens liegen.

Als Bárður Killian und seine Gefährten von Luftvision fertig waren mit dem Bau der Landebahn, war nicht viel dort für sie zu tun, außer zu warten, bis die Männer sich endlich zu dem Schiffswrack hinuntergegraben hatten. Manchmal landete oder startete eine Maschine von Luftvision, mit Ausrüstung und Verpflegung und Geräten und Ersatzteilen, und auch mit Journalisten und anderen Gästen, die kamen, um die Entwicklung der Dinge zu verfolgen, aber es waren keine fünf Männer von der Fluggesellschaft nötig, um sich darum zu kümmern; sie fuhren wieder zurück in die Stadt und beschlossen, dort darauf zu warten, daß das Goldschiff aus dem Sand auftauchte. Aber Bárður der Geschäftsführer war trotzdem bald wieder zurück auf dem Sander im Osten und suchte sich dort verschiedene Aufgaben. Es gefiel ihm nicht in der Stadt, und außerdem war dieser Punkt wahrscheinlich noch einer der besten im Land, um Killian zu heißen in diesem Sommer, in dem Vilhjálmur in Untersuchungshaft saß. Der Sander war abgelegen und weit weg von den Wanderwegen des Klatsches. Außerdem genügte er sich an Spannung und Geheimnisreichtum selbst.

Trotzdem fühlte Bárður mit der Zeit immer stärker, wieviel über die Familie Killian geredet wurde. Leute kamen und gingen und hatten Geschichten zu erzählen, auch Zeitungen kamen ziemlich regelmäßig dort an, und Bárður hatte sogar immer öfter das unangenehme Empfinden, daß manche der Besucher mehr Interesse an ihm hatten als an dem holländischen Indienfahrer. Einer der Reporter, die kamen, brachte nicht einmal die Geduld auf, sich die Erklärungen des Grabungsleiters auf dem Sander überhaupt anzuhören, sondern verfolgte nur Bárður Killian auf Schritt und Tritt und bat ihn um »comments« zu diesem und jenem, das mit seinen Brüdern zu tun hatte. Gleichermaßen bemerkte er immer öfter, daß lebhafte Gespräche in Schlafräumen und Kaffeeschuppen plötzlich verstummten, wenn er dort auftauchte, und die Männer schweigsam und komisch wurden. Der Gedanke kam Bárður, alles zusammen aufzugeben und sich davonzumachen für immer, doch nach kurzen Ausflügen nach Reykjavík wurde ihm bewußt, daß es wegen des Klatsches zwar schwer war auf dem Skeiðarársander, aber in der Hauptstadt noch zehnmal schlimmer. Er verdrückte sich daher bald wieder nach Osten.

Aber dann brach die Katastrophe über ihn herein, die Nachrichten davon, daß sein Sohn Guðmundur in Spanien festgenommen worden sei und dort unter schlechtesten Bedingungen in einer Gefängnisfestung säße.

Bárður begab sich so schnell wie möglich zurück in die Stadt, um sich mit seinen Anwälten zu beraten und eine Reise nach Spanien vorzubereiten, um seinem Jungen beizustehen, ihn am besten nach Hause zu holen. Aber die Rechtsanwälte rieten ihm, nirgendwohin zu reisen. Das war in einer großen Anwaltskanzlei, und Bárður bemerkte plötzlich, daß alle Angestellten hereingekommen waren in das Büro, in dem er saß und mit seinem Mann sprach. Dort saßen auf einmal drei weitere Anwälte, zwei Sekretärinnen und sogar die Telefonistin und starrten ihn mit großen Augen an.

– Was zum Teufel ist los? Warum soll ich nicht fahren und versuchen, meinem Jungen zu helfen?

– Es würde Ihnen nur auf die denkbar schlechteste Weise ausgelegt werden, wenn Sie jetzt versuchen würden, das Land zu verlassen, sagte der Rechtsanwalt. Außerdem bezweifle ich, daß man Sie ausreisen lassen würde, Sie würden vielleicht auf dem Flughafen aufgehalten werden.

– Ach ja?! Und warum, zum Teufel? Bin ich etwa kein freier Mann in einem freien Land mehr?

– Nicht, wenn Strafsachen dagegen stehen.

– Strafsachen? In was für verdammten Strafsachen befinde ich mich denn? Bárður wurde langsam laut.

– Beruhigen Sie sich, mein lieber Bárður. Sie wissen doch gut, daß einer Ihrer Brüder wegen Mordes an einem anderen im Gefängnis sitzt ...

– Ja, und weiter? Damit habe ich doch nichts zu tun?!

Die Leute, die in dem Büro saßen, schwiegen zu dieser letzten Bemerkung, starrten Bárður nur mit offenem Mund an, er glaubte sogar, verborgene Angst in ihren Gesichtern zu sehen. Dann klopfte der Anwalt seine Pfeife aus, räusperte sich und sagte:

– Ja, ja, wir glauben Ihnen, so gut wie. Aber versuchen Sie das mal jemand anderem zu erzählen.

* * *

Papa fuhr wieder nach Osten in die Sander, um nach Gold zu graben, und Mama übernahm die Aufgabe, mit einem Anwalt nach Spanien zu reisen, um meinem Bruder Gúndi in seiner Not beizustehen. Ich wußte, daß Mama schon einige Zeit den Traum von einer Fahrt nach Süden übers Meer, zum sonnengoldnen Strand, gehegt hatte, aber das war vielleicht nicht genau die Fahrt, die sie sich vorgestellt hatte. Sie war in der letzten Zeit schrecklich mißmutig und niedergeschlagen, die Enttäuschungen des Lebens stürzten in einem fort über sie herein. Aber als sie mit den Reisevorbereitungen begann, erholte sie sich vollkommen, wirkte auf einmal ungewöhnlich furchtlos und selbstsicher. Ich wünschte ihr Gottes Segen für die Reise und blieb nun mit Opa allein im Haus zurück.

Nach Auffassung der Allgemeinheit war es ganz klar, welcher Natur die Verbrechen waren, in die die Familie Killian sich verstrickt hatte. Es drehte sich alles um Drogenschmuggel im großen Stil. Gúndi war dafür zuständig, den Stoff im Ausland zu kaufen, die Fluggesellschaft Luftvision war in beträchtlichem Ausmaß daran beteiligt, ihn nach Hause zu schmuggeln, Vilhjálmur Eðvarð Killian der Bankräuber und Mörder war zuständig für den Vertrieb hier auf Island und erhielt dazu den Beistand seines Schwagers Pfarrer Sigvaldi Árnason, während der Verkauf an die Endkunden von kleinen Hosenscheißern wie Fríða Killian und Berg-Eyvindur erledigt wurde. Von Sigfús Killian junior meinte man, er habe den Verbrecherring zu Beginn finanziert, aber habe dann seine Absichten geändert, wollte sich von all dem freimachen und habe sogar gedroht zu singen; deswegen war er aus dem Weg geräumt worden.

Aber wie war das möglich? Wie konnte es passieren, daß eine Familie in unserem kleinen und friedlichen Gemeinwesen ein so kompliziertes und im Grunde hochentwickeltes Verbrechernetz aufbauen konnte? Den Erfahrungen aus dem Ausland und den Lehren der gelehrtesten Kriminalisten der Welt zufolge konnte eine Mafiatätigkeit dieser Art niemals erfolgreich existieren ohne Verbindungen zu hochgestellten Persönlichkeiten in der Politik, der Polizei und dem Rechtswesen. Irgendwo mußte die Familie Killian politische Beziehungen haben, durch die sie Unterstützung erhielt, und da blieben die Leute sehr schnell an dem Namen Frau Lára Killians hängen, die nicht nur Pfarrer Sigvaldis Ehefrau, sondern auch ein einflußreiches Mitglied in der mächtigsten politischen Partei des Landes war.

Es wurde allgemein so betrachtet, daß sie das Gehirn hinter den kriminellen Aktivitäten war. Gern nannte man sie »die Drahtzieherin«.

Die Abendzeitung:

Weniges wird mehr diskutiert, als die Sache, die allgemein als »der Fall Killian« bekannt geworden ist, und aller Wahrscheinlichkeit nach ist vieles, was darüber gesagt wird, falsch. Aber darin sind sich die meisten einig, daß dieses Mordgeständnis und die Dinge, die mit ihm verbunden sind, den Anbruch einer neuen Ära in der Kriminalgeschichte unseres Landes markieren, nämlich daß nun organisierte Verbrechen begangen werden von einer Art Gemeinschaft, die außerhalb jener Gemeinschaft steht, in der der normale Bürger lebt und sich bewegt. Daß in der Welt des Verbrechens Drohungen und Strafankündigungen in vollem Ernst ausgesprochen werden, daß dort eine Aufgabenteilung herrscht zwischen denen, die das Geld haben, und denen, die die Taten ausführen, und daß das Ganze den Schutz hochrangiger Kräfte in der Gesellschaft genießt. Was auch immer in dieser Situation angemessen sein kann, das eine ist klar, daß die Allgemeinheit nur in der Hoffnung lebt, daß es der Polizei und den Gerichten gelingen möge, dieses Unkraut im Garten der Nation mit Stumpf und Stiel auszureißen.

Eines Morgens klopfte die Polizei mit einem Hausdurchsuchungsbefehl bei uns an. Sie kamen vier Mann hoch herein und durchsuchten jeden noch so kleinen Winkel in der Wohnung, auch oben bei Opa. Verweigerten jegliche Antwort auf die Frage, wonach sie suchten. Die Büros von Luftvision erhielten die gleiche Behandlung und auch die Wohnung von Friðrik, Gertrud und Salómon. Wieder wurde der ganze Garten aufgegraben. Diesmal wurde tiefer gegraben und kein Versuch unternommen, die Blumen, den Springbrunnen, die Statuen oder die Bienen zu schonen, die früher dort so beschaulich summten.

Leserbrief im Tagblatt (einer von Dutzenden):

> Wie lange soll die Verbrecherbande noch davonkommen? Es liegen Geständnisse vor über Drogenschmuggel und Mord im Zusammenhang mit einem Verbrecherring, der kürzlich hierzulande aufgedeckt wurde, und jedes Kind weiß, wie die Sache steht und wie weit die Äste dieser isländischen »Mafia« reichen. Trotzdem trifft man die Drahtzieher dieser Sache draußen im Fischladen, als ob nichts geschehen sei, ja sie können sogar bei öffentlichen Stellen in Brot und Arbeit stehen, bei ihrer schändlichen Tätigkeit. Man hat schon viel gehört von der Erbärmlichkeit und Ohnmacht der Polizei gegenüber dem organisierten Verbrechen überall auf der Welt, aber der normale Bürger fragt: Geht das nicht zu weit?

Als Gertruds Garten das erste Mal aufgegraben und zerstört worden war, beschwerte sie sich heftig bei der Polizeiführung und den Beamten des Justizministeriums. Vom Justizministerium erhielt sie eine kurze schriftliche Antwort, in der bedauert wurde, daß ihr Garten so gelitten habe, aber leider sei dieses Vorgehen nötig gewesen. Für die Zukunft wurde ihr größere Rücksichtnahme zugesichert. Als wieder im Garten herumgebuddelt und er wie verbrannte Erde zurückgelassen wurde, da begab sich Gertrud persönlich zu einem Treffen mit dem Justizminister und nahm ihm das Versprechen ab, daß ihr Garten nun aber in Frieden gelassen würde. Der Justizminister selbst sandte einen Brief an die Vorgesetzten der für die Untersuchung verantwortlichen Polizisten mit der Anweisung, das Haus und Heim der deutschen Frau zukünftig unangetastet zu lassen. Dieser Brief des Justizministers gelangte in die Medien, und ein großer Aufschrei folgte. Es wurde als beispiellos bezeichnet, daß ein Minister der Staatsregierung auf diese Weise versuchte, die Untersuchung eines schändlichen Verbrechens zu verhindern, und allen war sofort klar, worum es ihm eigentlich ging: Er schützte nur seine Parteifreundin Lára Killian, versuchte zu verhindern, daß ihr Verbrechersyndikat aufflog, falls er nicht sogar selbst in die Sache verwickelt war.

Lára Killian kehrte vom Besuch ihres Sohnes in England zurück, und am Flughafen stürzten sich die Journalisten auf sie. Sie weigerte sich, ein Wort zu sagen, und lehnte es gleichermaßen ab, zu einer Vernehmung bei der Polizei zu erscheinen, obwohl sie dazu aufgefordert wurde, sagte ihnen, sie sollten mit einem Haftbefehl zu ihr kommen oder sie ansonsten in Ruhe lassen.

Zu Hause erwartete sie ein Brief vom Schulamt Reykjavík, in dem ihr erklärt wurde, daß sie entlassen sei und sie sich zukünftig nicht mehr in den dortigen Büros blicken lassen solle. Das Gehalt für die Kündigungsfrist lag bei.

Aus dem Parlamentsprotokoll: Nicht in der Tagesordnung vorgesehene Debatte im Allthing Islands, der ehrwürdige siebte landesweit gewählte Abgeordnete hat das Wort:

> Meiner Meinung nach dreht es sich bei dieser Sache nicht um die Frage, wie man aus den Worten des ehrw. Vorredners, des ehrw. 4. Abgeordneten f. d. Bezirk Reykjanes, schließen könnte, ob der höchst ehrw. Just.min.

versucht hat, die Untersuchung jener Strafsache, von der hier die Rede ist, zu behindern, denn daß das der Fall ist, dürfte, denke ich, allen klar sein. Unterläge es irgendeinem Zweifel, ob der höchst ehrw. Just.min. die Untersuchung dieser Sache, die ihm selbst und seiner Partei unangenehm werden könnte, versuchte zu beeinflussen, unterläge es irgendeinem Zweifel, daß er nicht davor zurückschreckte, in dieser Sache die allgemeingültigen Regeln der Rechtspflege zu brechen, so wurden diese Zweifel endgültig zerstört durch die Veröffentlichung jenes Briefes, der hier zum Thema der Debatte wurde, jenes Briefes, der in den Medien veröffentlich wurde und zu dem der höchst ehrw. Just.min. sich daraufhin bekennen mußte. Ich denke, über das Verhalten des höchst ehrw. Just.min. besteht kein Zweifel, oder über die Natur seiner Vorgehensweise in dieser schrecklichen Angelegenheit, in der wohl noch einiges im dunkeln liegt. Die Frage lautet vielmehr: Welchen Grund hatte er dafür? Ich meine, nur zwei Erklärungen sind dafür denkbar: Er hat es entweder aus Unverstand getan, oder er hat Dreck am Stecken. Er ist, um es in der Sprache des Volkes auszudrücken, entweder ein Schwachkopf oder ein Schuft. (Vorsitzender: Der Vorsitzende bittet den ehrw. Abgeordn., seine Wortwahl zu überdenken.) Ich kenne den höchst ehrw. Just.min. schon lange und habe innerhalb und außerhalb der parlamentarischen Arbeit mit ihm Umgang gepflogen und erlaube mir hiermit zu versichern, und ich denke, daß viele mir darin zustimmen werden, daß er ein bedachtsamer und umsichtiger Mann ist, ein bedachtsamer und umsichtiger Mann, dem niemals das Versehen unterlaufen würde, einen Brief wie diesen aus Unwissenheit zu schreiben.

Allgemein galt es damals als große Tragödie, wenn Leute in spanischen Gefängnissen landeten, selbst wenn es sich um Drogenschmuggler handelte, wie es meist der Fall war, denn im spanischen Knast waren die Bedingungen hart und unmenschlich. Eine lange Haftstrafe in Spanien wurde immer damit verglichen, lebendig begraben zu werden. Es war schon einige Male vorgekommen, daß junge Isländer dort unten in die stählernen Klauen der Polizei gerieten. Dann ging eine Welle der Sympathie durch das Volk, man begann, Unterschriften zu sammeln, um die Staatsregierung aufzufordern, den Unglücklichen aus der Haft zu befreien, und Geld zusammenzulegen, um die teuersten Rechtsanwälte Spaniens in der Sache beschäftigen zu können, ja sogar Geld zu sammeln, um Politiker und Gefängnisaufseher zu bestechen. Als Gúndi im Gefängnis landete, dachte keiner an so etwas, dazu war das Volk zu sehr mit anderem beschäftigt, und außerdem war es diesmal die Polizei hier in Island, die sich selbst darum kümmerte, den Mann herauszubekommen. Gúndi wurde durch die Vermittlung von Interpol nach Hause ausgeliefert, damit er aussagen und sich verantworten könnte in einem entsetzlichen Kriminalfall, der die isländische Gesellschaft bis in ihre Grundfesten erschütterte.

Ich bekam allerdings einen Brief von ihm, einen Tag bevor er und Mama in polizeilicher Begleitung in Island eintrafen, geschrieben in den Wochen, die er dort inhaftiert saß. Und er klang wie gewöhnlich, äußerst frisch und munter, die Handschrift war froh und kindlich, und er sprach vor allem davon, daß er glänzenden Erfolg hatte mit dem Spanischlernen, und schrieb, um dies zu belegen, einige spanische Phrasen, spanische Ausdrücke und Fragen, eingerahmt von zwei Fragezeichen, das vordere auf dem Kopf stehend: ¿Cuánto tiempo tengo que esperar?

Aber der Brief hatte doch einen komischen Ton, denn er nannte mich Brüderchen, was er niemals zuvor oder später tat, und sogar liebes Brüderchen in den Schlußzeilen, doch Empfindsamkeit dieser Art hatten wir nie zuvor gepflegt. Es war vielleicht doch nicht gerade wie ein Sprachkurs im Ausland, in Spanien im Knast zu sitzen.

* * *

Es kamen Männer vom Amtsgericht, um die Büros von Luftvision zu schließen, Gebäude und Maschinen zu versiegeln. Außerdem wollten sie dem Geschäftsführer und Haupteigentümer, Bárður Killian, die Schließung des Unternehmens, die Einleitung des Konkursverfahrens und die bevorstehende Zwangsvollstreckung bekanntgeben, aber er war nirgendwo zu finden. Er hatte Wind bekommen von den Bevollmächtigten des Amtsgerichts und war abgehauen, in einem Lastwagen mit großem Anhänger, zusammen mit seinen wichtigsten Mitarbeitern.

Das waren die herkulischen Gefährten auf Fahrt: Bárður Killian und Kobbi der Schlagersänger, Sigtryggur Sigurðsson der Lasterfahrer und die Trawlermatrosen Garðar und Glóblesi. Dieselben, die seinerzeit das deutsche Frachtschiff »Fortuna« bargen, als alle sogenannten Spezialisten es dort auf dem Riff als unrettbar verloren eingeschätzt hatten. Damals waren die Gefährten allerdings noch jünger, Bárður um die Vierzig, die anderen alle auf die Fünfzig zugehend. Seitdem waren knapp anderthalb Jahrzehnte vergangen, und das Alter hatte seine ersten Spuren an den Männern hinterlassen. Garðar und Glóblesi hatten in der Zwischenzeit kein enthaltsames Leben geführt, hatten rote Nasen und geplatzte Äderchen im Gesicht. Die Rückenwirbel des unverwüstlichen, sich stets kerzengerade aufrecht haltenden Lasterfahrers Sigtryggur waren irgendwie von zu vielem Sitzen festgewachsen, so daß er sich nur wenig beugen konnte. Am meisten sah man es jedoch dem Schlagersänger an, zumal er einiges in seinem Leben durchgemacht hatte. Nun war seine eine Hand gar nicht mehr zu gebrauchen, und es ermüdete ihn schon, einmal quer über die Straße zu spazieren. Sie waren auf dem Weg nach Osten, zum Skeiðarársander, wo die Goldsucher sich bereits zum Schiff hinuntergegraben hatten; dessen oberster Teil kam zu dieser Zeit gerade aus dem Sand ans Licht. Reporter aus vier Ländern waren vor Ort, und große Erwartung lag in der Luft. Doch Bárður und seine Gefährten hegten trotzdem keine großen Hoffnungen, im Führerhaus des Lasters lag keine Erwartung in der Luft. Bárður hatte nämlich erfahren, daß irgend etwas mit diesem Schiff nicht stimmte. Schrauben und Bolzen, die mit dem hochgepumpten Sand nach oben kamen, deuteten darauf hin, daß es sich hier um ein ganz anderes Schiff als »Het Wapen van Amsterdam« handelte. Gegen Abend, als die Luftvisionsmänner im Osten am Sander ankamen, war alles vorbei. Der gesamte Betrieb war eingestellt und nur wenige noch am Strand zurückgeblieben, die Anführer der Goldsucher und einige andere, die schweigend und niedergeschlagen im Schuppen saßen und Zigaretten rauchten, in ihre Kaffeepötte starrten und sich nicht rührten. Es war festgestellt worden, daß das Schiff in dem Stahlrahmen nicht das Goldschiff war, sondern der deutsche Trawler »Friedrich Albert«, der im Jahre 1903 an der südöstlichen Küste Islands gestrandet war. Aber Bárður war trotzdem dorthin gekommen und hatte seine Männer mitgebracht. Er hatte keine Zeit, gebrochen und bedrückt in eine Kaffeetasse zu starren, denn er hatte eine Aufgabe zu erledigen, eine große und dringende Aufgabe: Er war dorthin gekommen, um seinen geliebten Bulldozer aus den Klauen des Rechtswesens zu retten.

Er setzte all seine Hoffnungen auf diesen Bulldozer. Irgend etwas muß ein Mann im Leben haben, auf das er zurückgreifen kann.

Sie begannen sofort mit dem Versuch, den Bulldozer auf die Ladefläche zu bekommen, aber es wollte nicht so ohne weiteres klappen, den Motor in Gang zu setzen. Die Gefährten vertaten eine Ewigkeit damit, die Batterie zu wechseln und den Kohlenstift im Anlasser, und immer wieder ließen sie den großen Motor sich drehen und drehen unter Pfeifen und Dröhnen, das in der Abenddämmerung, der herbstlichen Ruhe, widerhallte. Doch Bárður und seine Männer waren nicht von der Art, daß sie beim geringsten Widerstand aufgaben, und am Ende sprang der Bulldozer an und fuhr quietschend und dumpf hallend auf die Ladefläche des Anhängers auf. Los ging es Richtung Reykjavík. Bárður wollte sein Ungeheuer wieder in dem Lagerhaus unterstellen, wo niemand es finden würde, auf dem alten Familiensitz auf Lækjarbakki.

Sie sprachen nichts in dem Fahrzeug, das ächzte und stöhnte vor Anstrengung, eine so große Arbeitsmaschine zu ziehen. Es wurde nur geschwiegen und geradeaus auf die Straße gestarrt, außer daß Bárður hin und wieder hochschreckte, sich umsah, irgendwelche Geräusche hörte oder Lichter sah und meinte, daß dort Sirenen seien oder vielleicht das Blaulicht der Polizei, die ihm auf den Fersen sein mußte, gerade versuchen mußte, ihm den geliebten Bulldozer abzunehmen, der ihm durch dick und dünn gefolgt war, die ganze Zeit, seitdem er sich das erste Mal ins Geschäftsleben begeben hatte. Aber niemand kam. Sie fuhren gut acht Stunden, ohne anzuhalten, bewegten sich langsam durch die Landesbezirke mit der schweren Last auf dem Anhänger, mühten sich die Steigungen hinauf, daß der Motor des Lasters zu brechen drohte, sogar in Tränen auszubrechen drohte, aber jedesmal schafften sie es, immer kamen sie weiter voran, übermüdet, zerzaust, unrasiert, schweigend. Bárður hatte seinen schwarzen Hut verloren, und es war ihm kalt auf dem Kopf, zumal es keine Heizung gab im Führerhaus der Zugmaschine, aber zum Glück lag dort eine alte Mütze, eine rote Trachtenmütze, hätte sogar als Weihnachtsmannmütze durchgehen können. Sie mußte nun herhalten für den Kopf des Geschäftsführers. Und niemand versuchte, sie auf ihrer Fahrt aufzuhalten, kein einziges Mal war Blaulicht zu sehen und Sirenengeheul zu hören, sie schafften es die steilen Hänge von Kambir hinauf, die das schwierigste Hindernis auf der Fahrt waren, und sie schaukelten langsam über die Hochebene von Hellisheiði und hatten am frühen Morgen die Abzweigung nach Lækjarbakki erreicht, als der Verkehr eben an Dichte zuzunehmen begann. Aber als sie von der Nationalstraße Nummer eins auf die Abzweigung einbiegen wollten, gab ein Teil im Anhängergestell nach, und dieser legte sich samt dem Bulldozer auf die Seite, quer über die Nationalstraße.

Hier konnte man nichts tun. Autos kamen aus beiden Richtungen, aber die Nationalstraße war blockiert; es gab keinen Weg um dieses große, stählerne Ungeheuer herum. Einige Autofahrer, die dort hinkamen, wurden ungeduldig, fragten, ob man nicht die Polizei gerufen habe oder irgendwas, irgendwelche Maßnahmen eingeleitet habe, um den Bulldozer zu entfernen und die Straße wieder zu öffnen, aber niemand drang zu Bárður Killian durch, er wieselte dort auf der Straße umher, im Pennermantel und mit der roten Trachtenmütze, versuchte, all die Tonnen mit bloßen Händen wegzuschieben, und murmelte irgend etwas Unverständliches vor sich hin. Größtes Chaos war dort ausgebrochen; die Selfoss-Busse kamen weder in der einen noch der anderen Richtung durch, auch nicht die Milchlaster auf dem Weg in die Hauptstadt, aber Sigtryggur der Lasterfahrer konnte zumindest bei einem von ihnen das Funkgerät benutzen und Kúddi, den Finanzdirektor von Luftvision, wecken und ihn auffordern, zu Hilfe zu eilen.

Kúddi konnte in schwierigen Situationen sehr einfallsreich und besonnen sein, und er war knapp zwei Stunden später angekommen, mit einem Abschleppwagen und einem großen Payloader-Bagger. In seiner Begleitung kam Halldór, der Sohn des Geschäftsführers Bárður. Als sie vor Ort erschienen, wanderte Bárður im Kreis um den Bulldozer herum, Kreis nach Kreis nach Kreis, mit der Trachtenmütze auf dem Kopf, und wiederholte ständig:

– Es ist alles vorbei. Es ist alles vorbei …

Aber als die Männer unter Kúddis Anleitung begannen, das Problem zu lösen, den Anhänger von der Straße zu ziehen, den Bulldozer wieder auf die Ketten zu stellen, da war Bárður so erschüttert, daß er die Beine in die Hand nahm und davonrannte. Mit flatterndem Pennermantel sprang und lief er in Richtung Lækjarbakki .

* * *

Wir hatten den Bulldozer nach Hause zum »Weißen Haus« gebracht, und Sigtryggur war schon weg, doch Kobbi wollte nicht fahren, wenn Papa nicht mit uns käme. Doch weder er noch ich kamen irgendwie an Papa heran, der in einem der Zimmer einfach auf dem Boden saß und grabesstill vor sich hin starrte. Ich hatte schon versucht, ihn zum Mitkommen zu bewegen, aber er verhielt sich, als ob er sich in einer anderen Welt befände und mich gar nicht bemerkte; das gleiche Ergebnis, als Kobbi ihn schüttelte. Kúddi meinte, er müsse nach Hause fahren, und er hatte das Auto, und er forderte Kobbi und mich auf mitzukommen.

– Wir werden den Alten einfach hierlassen müssen, sagte er. Aber das wollten Kobbi und ich nicht, ich wußte gut, wie es dem Alten gehen mußte, wußte, daß er unsere Wohnung verpfändet hatte, so daß wir dort nicht länger bleiben konnten. Er hatte alles verloren, alles verspielt, der Lieblingssohn war sogar im Gefängnis gelandet. Noch immer starrte er vor sich hin, als ob er eine Wachsfigur wäre, mit Augen aus Glas. Er blinzelte nicht einmal.

– Ich fahre nicht, sagte Kobbi, einmal habe ich versucht, mich umzubringen, und er hat mir das Leben gerettet.

Kúddi sah auf, mit verwundertem Gesichtsausdruck, und fragte mich:

– Glaubst du, daß er zu einer Verzweiflungstat fähig wäre?

Ich antwortete nicht, solche Fragen kann man über seine nächsten Angehörigen nicht beantworten, aber Kúddi sah doch, daß mir dieser Gedanke durchaus gekommen sein mußte, denn er drehte sich auf dem Absatz um, ging zu Papa hinein, sah ihn an, finster, ernst, lebenserfahren, und sagte mit dunkler Stimme:

– Falls du den Gedanken gefaßt hast, dir das Leben zu nehmen, weiß ich aus erster Hand, daß die Leute solche Taten sehr bereuen.

Papa antwortete nichts, verzog keine Miene, trotzdem war es, als ob ein matter Glanz in seine Augen träte, als ob etwas in seiner Umgebung plötzlich sein Interesse geweckt hätte.

– Ich kenne eine Frau, die von eigener Hand starb und

die sich später nie damit abfinden konnte. Mit der Veränderung, die das für ihre Lebensumstände bedeutete.

Papa konnte nicht länger bewegungslos sitzen bleiben, das fand er offensichtlich zu bemerkenswert, er hob die Augen und sah Kúddi verwundert an.

– Ich sehe, daß du mir nicht ganz glaubst. Aber das war eine nahe Verwandte von mir, die Elisabet hieß, die tötete sich mit Schlafmitteln. Und ich weiß genau, wie sehr sie diese unselige Tat bereut, denn ich habe eine große spirituelle Begabung und seitdem immer in engem Kontakt mit ihr gestanden.

Nun bewegte Papa sich. Er hob die Hände und legte sie vor das Gesicht und lachte leise. Er versuchte zu verbergen, daß er lachte, aber es gelang ihm nicht. Schließlich stand er auf, kniff Kúddi in die Wange und ging mit uns hinaus.

Einiges im dunkeln

Das Feuerwerk zu Ende,
die Zuschauer fort –
und so große Dunkelheit!
Masaóka Síkí

Dann verebbte alles irgendwie ...
Niemand versuchte, den Bulldozer sicherzustellen. Er steht noch immer wie ein unverrückbarer Fels auf Lækjarbakki.

Selbstverständlich erwies es sich als reine Lüge und Erfindung, daß Vilhjálmur etwas mit dem Verschwinden seines Bruders vom Ehrenhof zu tun hatte, das gaben sowohl Eyvi als auch Fríða zu. Fríða war vollkommen zerbrochen und wußte kaum noch ihren eigenen Namen, hatte monatelang in Einzelhaft gesessen und konnte nur soviel sagen, daß sie beschlossen hatten, sich auf diese Weise an ihrem Vater zu rächen, weil er so böse zu Eyvi gewesen war und ihn angegriffen und hinausgeworfen hatte. Als sie das zugaben, waren die ermittelnden Polizisten allerdings schon lange von Vilhjálmur Eðvarðs Unschuld überzeugt, und er wäre wahrscheinlich schon wieder zu Hause gewesen, wenn er nicht in der Untersuchungshaft einen Schlaganfall erlitten hätte; er lag, als die Geschichte so weit gediehen war, in akuter Lebensgefahr in der Intensivstation des Stadtkrankenhauses. Später wurden Eyvi und Fríða beide wegen Mordes verurteilt, obwohl Sigfús Killians Leiche niemals gefunden wurde und man noch immer hin und wieder Stimmen hört, daß in dieser Sache »noch einiges im dunkeln liegt«. Andere Folgen gab es kaum, außer daß Áslákur Sigvaldason vom Studium nach Hause kehrte und seine Mutter in einem Prozeß gegen die Stadtverwaltung wegen unrechtmäßiger Kündigung unterstützte. Frau Lára wollte es nicht ungerächt lassen, daß sie von ihren Mitstreitern aus jahrzehntelangem politischen Kampf verraten, geteert und gefedert worden war.

Mein Bruder Gúndi wurde zu einem Jahr Gefängnis verurteilt und saß seine Strafe in Kvíabryggja ab. Pfarrer Sigvaldi ist, soweit ich weiß, noch immer nicht aus Dänemark zurückgekehrt, wahrscheinlich hat er sich dort niedergelassen. Zum Glück kam es nie ans Licht, wie ich eine Zeitlang befürchtet hatte, daß ich wahrscheinlich Drogen aus Amsterdam geschmuggelt hatte, wenn auch ohne mir dessen voll bewußt zu sein. Mama wohnte in Grundarfjörður, während Gúndi in Kvíabryggja saß, um ihrem Jungen so nah wie möglich sein zu können, danach zog sie zu meiner Schwester Imba auf die Vestmannaeyjar und trat dort der Pfingstlergemeinde bei, lernte einen Mann kennen, glaube ich …

Die Fluggesellschaft wurde einem Konkursverfahren unterzogen, und wir waren den ersten Teil des Winters zu dritt zu Hause, ich, Papa und Opa, der immer hinfälliger und schwächer auf den Beinen wurde. Eigentlich war er ganz altmodisch bettlägerig. Es war bekannt, daß wir nicht ewig in unserer Wohnung bleiben konnten, früher oder später würde sie zur Deckung der Schulden versteigert werden, aber das schien erstaunlich langsam zu gehen. Die Gläubiger zeigten, glaube ich, ungewöhnliche Langmut und Milde, ich glaube irgendwie, niemand wollte der Familie Killian unbillige Härte zeigen. Die Leute hatten aus verständlichen Gründen doch ein bißchen ein schlechtes Gewissen, sie so falsch verdächtigt zu haben.

Es war eine Zeit der Krankheiten: Vilhjálmur gelähmt nach seinem Schlaganfall, Friðrik nicht mehr arbeitsfähig wegen irgendeines langwierigen Leidens und schon mit einem Bein im Pflegeheim, Opa bettlägerig, und dann bekam Geirmundur einen Herzinfarkt. Sie waren im Frühjahr nach Osten zum Ruderhaus gefahren, um es nach dem Winter wiederherzurichten, er und Papa, aber dann brach Geirmundur zusammen und wurde mit einem Krankenflugzeug dort im Osten abgeholt. Geirmundur erholte sich zwar wieder, bekam einen Herzschrittmacher und war ganz mobil, aber nach dem Infarkt hatte er vor allem auf der Welt Angst, wagte kaum, sich zu bewegen, wagte nicht, allein zu sein, traute sich nicht, in seinem Bootshaus im Osten allein zu bleiben, und blieb einfach zu Hause unter den schützenden Flügeln Hróðnýs, seiner Frau mit dem Klumpfuß. Aus diesem Grund stand das Ruderhaus leer, und Papa bekam es zur unbegrenzten Nutzung überlassen. Er ließ sich darin nieder.

* * *

Ich blieb dort mitten in diesem ganzen Durcheinander, so empfand ich es, irgendwie allein zurück, unser Haus der Hauptsitz der entsetzlichen Familie Killian, die nun endlich ihre verdiente Strafe erhalten hatte; ich war allein in unserer Wohnung, während diese auf ihre Zwangsversteigerung wartete, mit Opa unter dem Dach, bettlägerig und verwirrt, und im Erdgeschoß Gertrud und Salómon, die sich beide mehr und mehr von der Wirklichkeit abkoppelten, und der Keller, unser altes Zuhause, der war zwar nicht länger versiegelt, aber stand gähnend leer. Zwar trug ich vielleicht keine Verantwortung dafür, aber trotzdem konnte man nicht einfach abhauen, jemand mußte zum Beispiel den alten Mann versorgen, und ich fühlte mich sehr allein gelassen. Es vergingen drei oder vier Tage, und ich versuchte ein paarmal, Leute anzurufen, einen Weg aus dem Chaos zu finden, einen Menschen zu finden, der mir helfen, diese Sache mit mir durchstehen würde.

Ich rief den Hausarzt an. Sagte, daß Opa krank sei. Der Arzt fragte, worin sich das zeige, und ich sagte, Opa sei so apathisch geworden, erinnere sich an nichts mehr, könne nicht mehr gehen.

– Hm, sagte der Arzt; das war der Typ Hausarzt, der »Hm« sagt wie ein englischer Polizeikommissar in einem Radiohörspiel. Er kam trotzdem, und ich hatte in der Zwischenzeit begriffen, daß er nichts Schlimmes fand an den Symptomen, die ich ihm am Telefon genannt hatte; der alte Mann ging auf die Neunzig zu. Daher sagte ich dem Arzt auf dem Weg die Treppe hinauf, daß ich fand, mit Opa ginge es auf einmal so steil bergab, vielleicht müsse er ins Krankenhaus …

Der Alte schlief, als wir kamen, und wurde etwas böse, als der Arzt ihn weckte.

– Was ist los? fragte er. Der Arzt untersuchte ihn, hörte ihn ab und maß den Blutdruck und sagte: »Hm.«

– Was hm! polterte Opa.

– Mmmh, nichts eigentlich, sagte der Arzt, aber der junge Mann hat sich Sorgen um Sie gemacht.

– Mir fehlt nichts, sagte Opa, außer daß ich alt bin und konfus und bald sterbe! Und dann drehte er sich zur Wand, wie um uns zu sagen, daß er in dem Zustand, den er eben beschrieben hatte, in Frieden gelassen werden wollte.

Ich ging mit dem Arzt hinunter in die Küche, er stellte ein Rezept aus, und ich hatte das Gefühl, er tat das mehr pro forma, er sagte, das könne ich ihm geben, um ihn ein wenig aufzumuntern. Ich fragte, und meine Stimme klang nun ein wenig bittend, ob Opa nicht einfach ins Krankenhaus gehen könne, aber der Arzt sagte, das sei keine einfache Angelegenheit, alles überbelegt, und der Alte gelte in Wahrheit nicht als krank, er sei einfach nur alt. Ich brachte als Gegenargument vor, daß es unverantwortlich sei, den alten Mann dort unter dem Dach allein zu lassen, wo die Stiegen so steil seien, und der Arzt sagte, das sei allerdings ganz richtig beobachtet von mir, und warum ich den Alten nicht einfach herunterhole.

– Ist hier unten nicht genug Platz? fragte er und wußte die Antwort, es war unnötig, diese Sache noch weiter zu diskutieren.

Wir verabschiedeten uns.

Am nächsten Tag rief ich meine Schwester Imba an, draußen auf den Vestmannaeyjar, erreichte sie in ihrer Zahnarztpraxis. Sie hatte viel zu tun, und sie hatte sich auch um Mama zu kümmern, sagte, sie habe jedenfalls große Schwierigkeiten, wegzukommen, würde aber trotzdem versuchen, mich später im Monat vielleicht einige Tage zu besuchen.

– Gibt es sonst noch etwas, das ich tun kann? sagte sie.

– Neee, sagte ich, ich fühl mich nur ein bißchen hilflos, so.

– Du mußt einfach ein tapferer Junge sein, mein kleiner Dóri, sagte meine Schwester Imba.

Mir wurde es warm ums Herz. Sie hatte genau diesen Satz bestimmt fünftausendmal gesagt, als ich noch ein Kind war, doch nun hatte ich ihn zehn Jahre oder länger nicht mehr gehört …

Ich rief auch Sillivaldi an. Weeen? Meinen alten Klassenkameraden. Er war ein bißchen erstaunt, aber ich hatte einen ungünstigen Augenblick gewählt, da sein Haus, das er mit Stahlblech verkleidet hatte, versteigert werden sollte, er hatte soviel Pech gehabt »mit der Zinsbindung der Kredite und der divergierenden Entwicklung von Preisen und Gehältern«, sagte er. Obwohl er mehr als zwei Jahre den größten Teil seines Einkommens zur Abzahlung des Hauses verwendet hatte, gehörte ihm weniger als nichts daran. Ich fand das kein interessantes Thema, aber ging trotzdem darauf ein, ertappte mich dabei, wie ich mit dem Kopf nickte und »Aha« sagte, als er mir die Unterschiede in der Berechnung von Kreditbewilligungsindex und Lebenshaltungskostenindex aufzählte, und als wir uns verabschiedeten, hatte ich das Gefühl, daß es sich am anderen Ende der Leitung bei ihm ein wenig aufgehellt hatte. Es tat ihm offensichtlich gut, mit jemandem über seine Probleme sprechen zu können, so daß es nicht ganz umsonst gewesen war.

Ich blieb sitzen und starrte das Telefon an. Tappte dann hinauf zu Opa. Bereitete Brei und Hafersuppe zu für ihn, gab ihm Medizin, leerte die Bettpfanne. Er sagte, ich sei ein Genie. Dabei fiel mir ein Grund ein, Gertrud aufzusuchen, ich wollte sie bitten, mir dabei zu helfen, den Alten zu waschen, aber sie war nicht zu Hause, nur Salómon, und der wirkte völlig unansprechbar, war nur klein und ängstlich wie immer, seitdem Friðrik seine Gesundheit verloren hatte und Fúsi junior ermordet worden war.

Ich war nahe daran aufzugeben. Dachte darüber nach, irgendwo einen Kredit herauszuschlagen und ins Ausland zu fahren und von dort aus eine Nachricht an die Gesundheitsbehörden zu schicken, sich um Opa zu kümmern; das müßten sie dann wohl tun, sich seiner annehmen, wenn ich einfach wegführe. Ich spulte im Geiste alle Verwandten durch, ohne Erfolg, Hróðný mit dem herzkranken Geirmundur am Hals, Geirmundur junior auf See, Villi, Papa, Friðrik, Fúsi, ja, an die brauchte man nicht einmal zu denken. Und Lára konnte ich einfach nicht anrufen. Es gab keinen Ausweg für mich. Da schellte am frühen Morgen die Türglocke.

Ich wäre zufrieden gewesen, einen Geldeintreiber zu sehen. Nur irgendein Lebenszeichen. Und draußen auf der Treppe, gutgekleidet und gutaussehend, stand ein gewisser Áslákur Sigvaldason: mein Cousin Láki.

– Láki?

– Dampfendheiße Brötchen, sagte er und hielt eine Bäckertüte in die Luft. Hast du keinen Kaffee?

– Doch, ich denke schon, sagte ich verlegen, wollte kaum glauben, daß er gekommen war. Trat ein paar Schritte zurück in die Diele, damit er über die Schwelle kam.

Verdammt gut sah er aus. Und wirkte so verdammt liebenswürdig und sympathisch. Wir waren in die Küche gekommen, er hatte Mantel und Schal abgeworfen, und als die Kaffeemaschine in Gang gesetzt war, fragte er nach Opa. Ich ging mit ihm auf den Fersen hinauf zu dem Zimmer, in dem Opa im Bett saß und versuchte, sich mit einem Elektrorasierer zur rasieren, den er bekommen hatte, als er achtzig wurde. Er sah auf und hob die Hand an einen imaginären Mützenschirm, wie es immer seine Gewohnheit war, wenn ich ins Zimmer kam, aber machte große Augen, als er Láki sah.

– Guten Tag, Áslákur.

– Hallo, Opa, sagte Láki und beugte sich hinunter zu dem Alten und küßte ihn. Dann setzte er sich zu dem Alten auf die Bettkante und zog ein Geschenk für ihn hervor, ein kleines Buch mit Gedichten aus den letzten hundert Jahren, und daran war mit blauem Band eine kleine Flasche Cognac gebunden.

Ich sah, wie es Opa ganz warm ums Herz wurde und wie sehr er sich anstrengen mußte, um kein Anzeichen von Rührung zu zeigen.

– Bengel, bist du verrückt? sagte er. Willst du so was Gutes an einen alten Knacker verschwenden, der sowieso bald stirbt?

– Ich glaube, daß das genau das einzig Richtige ist für alte Knacker, die sowieso bald sterben, sagte Láki.

– So, fragte Opa interessiert. Woher willst du das wissen?

– Ich habe die Tage von einem uralten Färöer gehört, der kurz davor war zu sterben, wirklich in den letzten Zügen lag, man hatte sogar schon nach dem Pfarrer geschickt für ihn. Und als der Pfarrer an das Sterbebett tritt, genehmigt sich der Alte gerade einen Cognac, und der Pfarrer wird natürlich ganz traurig und ernst und sagt: »Ist das nun das einzige, woran du dich in der Stunde deines Todes stärken kannst?« Da antwortet der Alte: »Nein, nein, Gott bewahre, ich hab noch eine volle Flasche oben im Schrank«.

Wir lachten beide, Opa und ich, er heiser und tief und röchelnd, während ich anfallartig kicherte. In diesem Haus war seit Wochen nicht gelacht worden.

Láki und ich gingen hinunter und richteten ein Tablett mit Kaffee und Brötchen für Opa her, und Láki ging mit dem Tablett nach oben. In der Zwischenzeit deckte ich den Tisch für uns Cousins, Kaffeetassen mit Untertassen und Butter und Marmelade, und als Láki herunterkam, teilten wir das Morgenblatt zwischen uns auf und aßen und tranken in Schweigen. Ich habe immer danach gestrebt, über meiner Morgenmahlzeit allein zu sein, habe es immer unangenehm gefunden, in dieser Stunde jemanden in meiner Nähe zu haben, außer dieses eine Mal.

Was er so trieb? Ja, er hatte eine kleine Firma unter seinem eigenen Namen, eine Unternehmensberatung, das war das, was er studiert hatte. Sie ging ganz gut, er konnte damit für sich selbst und drei Angestellte aufkommen, sagte Láki lässig. Dann fragte er, ob es nicht schwierig sei für mich, mit dem alten Mann so ganz allein zu sein, nach allem, was geschehen war, und ich versuchte kaum, das abzustreiten, ja, das war wirklich ganz große Scheiße. Er sagte, er habe darüber nachgedacht, daß wir Cousins in diesem ganzen Schlamassel doch eigentlich zusammenhalten müßten, wir seien mehr oder weniger die einzigen Männer in dieser Familie weit und breit, die voll zurechnungsfähig waren.

Das überraschte mich, daß er mich im selben Atemzug wie sich selbst nannte, daß das einmal passieren würde, hatte ich nicht erwartet. Also schwieg ich und nagte auf meiner Lippe herum und ging im Geiste die Familie durch und sah, daß etwas Wahres daran war, mit Ausnahme vielleicht von Lára, Lákis Mutter, die im Grunde keine großartigen Fehltritte begangen hatte, außer die Exfrau des armseligen Taugenichtses Pfarrer Sigvaldi zu sein. Daher sagte ich:

– Ja, und deine Mama natürlich, mit der ist doch auch alles in Ordnung, oder nicht?

– Mit der Mama? sagte Láki. Wo denkst du hin, die war immer genauso plemplem wie ihre Brüder.

Dann besprachen wir, was er tun könnte. Er ließ sich Papas finanzielle Lage in groben Zügen schildern und wollte versuchen zu erreichen, daß wir nicht schlechter aus dieser ganzen Sache herauskamen als unbedingt notwendig, sagte, er wolle alles tun, was in seiner Macht stünde, um dem alten Opa so schnell wie möglich einen Platz in einem anständigen Altenheim zu besorgen, und fragte, ob er mir nicht mit dem Alten helfen könne, das sei doch unmöglich, daß ich allein so angebunden sei mit ihm. Für den Anfang beschlossen wir Cousins, den Alten herunterzubringen, ich sagte, daß ich Hilfe bräuchte, um ihn die Treppen herunterzubekommen. Also eilten wir nach oben und verkündeten Opa, daß er nun umziehen werde, ein Stockwerk herunter.

Das war natürlich ein riesengroßer Aufwand und Aufstand, aber doch auch lustig, weil Láki irgendwie so gut mit Opa umgehen konnte und ihm immer tüchtig Kontra gab, wenn der Alte an uns herummeckerte, das machte alles viel heller. Als wir Opa auf Gúndis altem Schlafsofa untergebracht, seine Bettwäsche gewechselt und sein Radio und die nötigsten Dinge geholt hatten, da war er eindeutig nicht besonders unzufrieden mit der Veränderung, denn er sagte:

– Ja, ja, meine Burschen, trotzdem bin ich froh, daß ihr nicht auf Priester studiert habt.

– Theologie?! fragte ich. Stand das jemals zur Debatte?

– Ob das zur Debatte stand … Ja, »ist das nicht der Weg, den wir alle gehen?« sagte der Mann, der zusah, wie der Hund gehängt wurde.

* * *

Am folgenden Abend klopfte Láki wieder an der Tür und fragte, ob er hereinkommen dürfe, und es wurde heller um mich und auch Opa, der trotzdem böse und rauh fragte, ob es keinen Weg gebe, Frieden zu bekommen vor den vielen Gästen, die das Haus die ganze Zeit überrannten. Láki hatte Neuigkeiten zu vermelden: Er hatte einen Aufschub für die Versteigerung der Wohnung erreicht, er sagte, daß ich mit ihm kommen müsse, um am nächsten Tag die Rechtsanwälte und Bankdirektoren zu treffen, denn es sei wichtig, ihnen keinen Spielraum einzuräumen, allen diesen Aasgeiern, die sich immer am Schauplatz einfänden, wenn jemand in Konkurs ginge. Als ich davon zu reden begann, daß es für mich schwierig sei, von dem Alten wegzukommen, sagte Láki, er habe bereits einen jungen Mann eingestellt, um mindestens den halben Tag bei ihm zu bleiben oder einfach so, wie es mir paßte, und ich könne ebenfalls mit ihm ausmachen, daß er hin und wieder abends auf den Alten aufpasse. Und Láki kam mit dem Jungen gegen Mittag des folgenden Tages, der Bursche war der Sohn eines seiner Mitarbeiter und gerade dabei, sich vorzubereiten auf die Verteidigung seines Jugendmeisterschaftstitels in der bevorstehenden landesweiten Ausscheidung im Gesellschaftstanz. Das war ein sehr hübscher Junge und Opa gegenüber sehr diensteifrig, und als ich Láki fragte, wie wir ihn bezahlen sollten, sagte Láki, darüber solle ich mir keine Sorgen machen, er wolle ihn nämlich für die Europameisterschaften im kommenden Winter sponsern. So gingen wir und trafen die Rechtsanwälte und Bankdirektoren, und Láki sprach wie derjenige, der am längeren Hebel sitzt, und diese Männer, die mir schon von weitem hätten das Herz in die Hose rutschen lassen, waren nichts als lauter Kompromißbereitschaft und gern bereit, Abschläge zu machen und Aufschub zu gewähren und Rücksichtnahme zu üben.

Ja, als was für ein Retter in der Not er sich für einen erwies. Ich war dabei, mich allmählich zu erholen, wagte langsam wieder, der Welt ins Gesicht zu sehen, und Láki sagte, daß wir uns auch bald daranmachen sollten, die Angelegenheiten mit dem Ersatzteilverkauf unseres verstorbenen Onkels Fúsi ins reine zu bringen, dafür seien wir am ehesten zuständig, aber bevor es soweit kam, verbrachten wir einen Abend zu Hause am Krankenbett bei Opa. Ich war so gut ausgestattet, daß ich eine Flasche Weißwein im Kühlschrank hatte, und das geringste, was ich nun tun konnte, war, daß ich Láki zu einem Glas davon einlud nach all seiner Hilfe. Und als die Flasche leer war, war Opa aufgewacht, und er sah uns vielleicht an, daß die Flasche sich sehr rasch geleert hatte, so daß er uns Cognac anbot, Kaffee verlangte und den Cognac da hineinpanschen wollte, scheute nicht einmal davor zurück, den Cognac grob mit dem Deckel abmessend in die Tasse laufen zu lassen, während wir zu einer anderen Generation gehörten und den Cognac aus besonderen Gläsern tranken. Und nach einer kurzen Weile war die Cognacflasche beinahe leer, und Láki und ich waren rot im Gesicht, sprachen beide jeder ungefähr eine Oktave höher als sonst, es war eine gewisse Vertraulichkeit in der Stube entstanden. Wir hatten begonnen, das Unglück der Welt in einer weiten Perspektive zu besprechen, wie die Industrialisierung und die Umweltverschmutzung alles zerstörte, was ursprünglich und gut war, die Regenwälder, die traditionellen Gesellschaften der Ureinwohner, die wilden Tiere, und Láki verträgt wohl nicht soviel Alkohol, wie alle braven Jungen, denn er war jetzt ganz gefühlsgeladen, hatte sich warmgeredet, und seine Miene war ganz christlich und liebevoll und seine Predigt vollkommen CVJM-ig geworden. Ich war schon lange nicht mehr seiner Meinung, obwohl ich es gern gewesen wäre, der Weltverbesserer in ihm war voll durchgebrochen, er sprach mittlerweile über den Sieg der Demokratie wie sein eigenes Werk, den Sieg dessen, für das er sein ganzes Leben lang gekämpft hatte (– Dafür hast du im Gartenbauamt gekämpft? warf ich ein, aber er ließ sich davon nicht beirren), so daß es, als er eine Redepause einlegte, aus mir hervorbrach, vielleicht weil ich ein rücksichtsloses Wesen bin, aber trotzdem kam es völlig unerwartet:

– Mam-a.

Er verstummte sofort. Dann wurde er blaß vor Zorn, seine Züge verhärteten sich, und er sagte:

– Du auch! Willst du jetzt auch noch damit anfangen!

Dann stand er auf, zog sich rasch seine Jacke über und erinnerte mich kühl daran, mit irgendeinem Rechtsanwalt zu sprechen, von dem er mir gesagt hatte, daß ich ihn am nächsten Tag anrufen solle, aber ich setzte alles daran, ihn um Entschuldigung zu bitten. Das sei mir nur so eingefallen, weil wir dabei gewesen waren, alte Erinnerungen aufzufrischen; ich hätte nie gedacht, daß dies etwas Unangenehmes sein könne für ihn, ich hätte kaum etwas davon gehört, seitdem es vor zehn, zwanzig Jahren im Fernsehen gelaufen sei, aber damals sei ich wahnsinnig stolz gewesen auf ihn, meinen Cousin … Allmählich brachte ich ihn dazu, sich wieder zu setzen, und er hob die Hände abwehrend und bat um Entschuldigung dafür, aufgefahren zu sein wie ein Flegel, er habe schon lange erkannt, daß er sich darüber nicht aufregen solle, er müsse einfach damit leben und sich den Tatsachen ohne Furcht stellen.

– Ohne Furcht? sagte ich. Du sprichst darüber ja wie über eine Art Behinderung. Ist das nicht ganz im Gegenteil etwas, worauf man stolz ist? Ich meine, du warst ein Star, in der Kinderstunde, im Weihnachtsspiel, in der Fernsehwerbung, alle Kinder haben dich beneidet.

– Behinderung ist nicht das richtige Wort. Es war mehr wie ein Buckel. Ist es eigentlich seitdem immer gewesen. »Amal und die nächtlichen Gäste«, der Teddybärjunge im Theater, Láki singt »O Vater, mach mir ein kleines Licht« in der Kinderstunde im Radio, das war wie ein Buckel. Alle Kinder beneideten einen, ja, aber sie verachteten einen natürlich auch, denn ich war ausgewählt und erhoben worden nur deshalb, weil Mama die Verbindungen dazu hatte.

Neunzig Prozent aller erwachsenen Leute würden sich niemals in den Vordergrund drängen, weil sie wissen, daß sie es nicht ertragen würden, von allen angestarrt zu werden, aber dann nimmt man weiche, unabgehärtete Kinder und stößt sie nach vorn ins Rampenlicht. Stell dir mal so was Perverses vor. Das ist genauso, wie wenn Leute ihre Kinder auf irgendwelche idiotischen Namensungetüme taufen, vielleicht aus irgendwelchen idealistischen Gründen, weil sie irgendwelche alten, guten Namen wieder zu neuem Leben erwecken wollen oder weil sie nur Aufmerksamkeit auf sich selbst ziehen wollen, denn dann sagt man ja: Dort sind die Leute, die das Kind haben, das den Namen hat! Aber warum wechseln sie nicht einfach ihre eigenen Namen? Nichts verbietet ihnen, sich selbst auf neue Namen taufen zu lassen, auf diese idiotischen Namensungetüme, die sie wiedererwecken oder in Umlauf bringen wollen! Anstatt ein unschuldiges und wehrloses Kind mit einem Namen herumziehen zu lassen, über den alle die Ohren aufsperren und dessentwillen es seine ganze Kindheit lang geärgert und aufgezogen und ausgestoßen wird. Wegen eines Namens, den es sich nie selbst ausgesucht hat. Ich habe gelernt, mit so etwas zu leben, aber ich kenne trotzdem meine Grenzen: Es war zum Beispiel hoffnungslos für mich, in die Politik zu gehen, denn egal, wo ich in einer Versammlung aufstehe, da summt das gleiche in den Köpfen aller Anwesenden: Mam-a, Mam-a, aus »Amal und den nächtlichen Gästen«.

– Ja. Das weiß ich, sagte ich.

– Ja. Du weißt das, sagte er. Du hast es sogar selbst auf einer Versammlung gegen mich verwendet.

Ich wurde rot, schüttelte den Kopf, aber nickte dann, und Láki lachte. Er stand auf und sagte:

– Keine Sorge, mein Lieber, ich habe dir schon vor langem dafür vergeben, wie ich dir überhaupt alles vergebe, weil wir Cousins sind und zusammenhalten müssen in dieser Situation, in der die Familie sich befindet. Hör mal, heute ist Donnerstag, morgen ist Freitag, und du denkst daran, mit diesem Deppen zu reden, dem Sigurmon, und am Samstag komme ich und hole dich ab, denn da wollen wir zu Onkel Villi nach Kumbaravogur zu Besuch fahren.

* * *

Der Ort war so einsam gelegen, daß es an die Anfangseinstellung eines Kinofilms erinnerte: ein vom Regen gepeitschtes Haus, knapp oberhalb eines wellengepeitschten Strandes.

– Vilhjálmur Eðvarð Killian? sagte Big Nurse, ging mit uns hinein in den Aufenthaltsraum und drehte einen Rollstuhl zu uns um mit einem Mann mit langem Bart und grauem Haar, das bis auf die Schultern fiel.

Er erkannte uns gleich. Die eine Gesichtshälfte hing gelähmt und schlaff, aber mit der anderen Hälfte sagte er:

– Hallo Jungs.

Wir setzten uns jeder in einen Sessel. Vilhjálmur starrte uns abwechselnd an, dann benutzte er die gesunde Hand, um seinen Rollstuhl wieder zu drehen, und begann, auf das Meer hinauszusehen.

– Wie geht es dir, Onkel? fragte Láki.

– Gut, antwortete er kühl. Er sprach ein wenig undeutlich durch die Gesichtslähmung, aber nicht so, daß es schwierig gewesen wäre, ihn zu verstehen. Dann schwiegen wir eine kurze Weile, hörten die Brandung in der Ferne, und ich faßte gerade Mut, um etwas zu sagen, das Schweigen zu brechen, als Vilhjálmur Eðvarð Killian fragte:

– Habt ihr Zigaretten dabei?

Ja, ja, Láki hatte auch hier nicht versagt, sondern zog einen weißen Karton hervor, Kent.

Villi betrachtete den Karton neugierig, sah dann Láki an, und auf der einen Hälfte des Gesichts war die Spur eines Lächelns zu sehen:

– Glaubst du, ich bin so ein Jammerlappen geworden, daß ich jetzt Weiberzigaretten rauche?

– Moment, hast du denn nicht immer ...?

– Camel und Pall Mall, nie etwas anderes.

Ich wollte dieses Problem lösen, die Mißstimmung bereinigen, daher sagte ich:

– Wir können sie bestimmt umtauschen, Villi, das ist bestimmt kein Problem.

Aber er antwortete damit, den Karton aufzureißen, eine Packung zu öffnen und eine der weißen Zigaretten herauszuholen, um dann den Filter abzubrechen, alles mit einer Hand.

Ich gab ihm Feuer. Er sah mir in die Augen und nickte. Dann sah er auf die Uhr und sagte:

– Ich glaube, es gibt bald Essen, müßt ihr nicht fahren?

Es war kurz nach zwei. Irgendwo aus dem Haus klang das Geräusch von beim Abwasch klapperndem Geschirr herüber.

– Ja, wir müssen wieder los, sagte Láki, und wir standen auf. Als Onkel Villi sah, daß wir keine Zeit verschwenden wollten, gab er uns die Hand, erst Láki, dann mir; er benutzte die ganze Pranke, die linke, mit ihr griff er meine rechte Pfote und drückte sie mit Wärme. Dann ließ er los, begann wieder auf das Meer zu sehen, während wir den Weg nach draußen in den Regen gingen.

* * *

Opa lebte nur noch einen halben Monat, nachdem er in das Altersheim gekommen war. Láki und ich übernahmen es, uns um die Beerdigung zu kümmern und um eine kleine Feier danach. Der Priester verkündete am Ende der Veranstaltung in der Friedhofskapelle, daß Freunde und Verwandte des Verstorbenen bei uns zu Hause zum Kaffee eingeladen seien, bei Friðrik und Gertrud. Die deutsche Frau hatte alle Mühe und Beschwerde mit der Bewirtung. Es kamen nur wenige, wie zu erwarten war. Opa hatte nachdrücklich betont, daß sowenig Aufwand wie möglich getrieben werden sollte bei seiner Beerdigung, und es waren nicht viele seiner Freunde und Arbeitsgefährten, die am Schauplatz erschienen, hauptsächlich Nachkommen und andere Familienangehörige. Nur eine kleine Handvoll: Mama und Imba kamen mit dem Flugzeug von den Vestmannaeyjar, Lára kam mit Láki, Fríða senior war die einzige, die aus ihrer Familie kam, natürlich waren Friðrik, Gertrud und Salómon da und Hróðný und Geirmundur senior. Geirmundur senior hatte abgenommen, sonst sah er ganz gut aus, außer daß sein Blick nicht wiederzuerkennen war. Seine Augen starrten nicht länger hart und zynisch abwehrend, sondern er lächelte schüchtern, sein Blick flog hierhin und dorthin, er folgte Hróðný auf den Fersen und saß während der Feier an ihrer Seite, auf dem Sofa zwischen Hróðný und Frau Fríða. Dort um den Sofatisch saßen auch Mama und Lára und zwei, drei andere Frauen, und es wurden hausfrauliche Themen besprochen, die Pflege von Zimmerpflanzen, von Gardinen. Es war eine Frauenrunde der alten Art und in deren Mitte der kräftige Seebär, der aufmerksam zuhörte, froh, dabeisein zu dürfen.

Es waren auch einige dort, die nicht zur Familie gehörten, Júlli Kappe erkannte ich gleich und er mich, er sagte, daß Fúsi auf Lækjarbakki immer sein Freund gewesen sei.

– Ich und Fúsi und Valdi der Planierer, sagte Júlli, hier ist Valdi. Und ein uralter, gebeugter, glatzköpfiger Mann gab mir die Hand, offensichtlich zufrieden darüber, mit irgend jemandem im Haus Kontakt aufzunehmen, unsicher und schüchtern. Und dann war da noch ein anderer, den ich nicht kannte, klein und scheu, so daß ich ein Gespräch mit ihm anfing. Es war ein Mann, der Opa sehr vermißte. War aufrichtig bedrückt und niedergeschlagen, sagte, daß sich alles bei ihm zum Schlechteren gewendet habe, seitdem Sigfús Killian aufhörte, mit ihm zusammenzuarbeiten. Es war der Rektor des Gymnasiums, sagte, daß Opa ein Genie gewesen sei. Ein Genie …

* * *

Láki und ich mußten feststellen, als wir wenig später die Angelegenheiten des Ersatzteilhandels Ehre ordnen und abschließen wollten, daß wir nicht als erste dafür zuständig waren; weil Sigfús junior kinderlos gestorben war, sollten seine Geschwister ihn beerben. Wir konnten nichts tun, ohne nicht wenigstens von einem von ihnen die Vollmacht zu besitzen. Wir sahen allerdings einige Mißlichkeiten dabei, die verschiedengradig verwirrte Truppe mit diesen Dingen herummachen zu lassen; Villi, Salómon, Papa, der eine weniger geeignet dazu als der andere. Es blieben noch Friðrik und Lára, von der ich vorschlug, daß wir sie mit zu den Beratungen heranziehen sollten, aber das fand ihr Sohn völlig hoffnungslos, so daß wir jungen Männer schließlich beschlossen, Hróðný zu besuchen, von der wir es am wahrscheinlichsten fanden, daß sie uns die praktischen Dinge ohne weiteres übertragen würde. Aber die Wirklichkeit sah so aus, daß Hróðný dieses Geschäft ganz allein übernahm, uns Jungen nur benutzte, um uns für sie zu den Banken und so zu schicken und zu den anderen Geschwistern, um sie die Vollmachten unterschreiben zu lassen; sie hatte lange Erfahrung mit allen Arten von Geschäften, zumal sie wohl jahrzehntelang der Reedereigeschäftsführer und Finanzdirektor des Fangbootes Kolgrímur RE gewesen war, und ohne daß wir irgendwo direkt involviert waren, hatte sie das Unternehmen schon nach einer guten Woche verkauft, zu einem Preis und Bedingungen, die jedenfalls nicht schlechter waren als das, was Láki als zu erwartenden Gegenwert berechnet hatte. Mehr noch zählte, daß sie eine sehr wichtige Angelegenheit dabei nicht übersah, die Láki und ich sicher vergessen hätten, nämlich Salómon auch für die Zukunft eine Arbeitsstelle auf dem Ehrenhof zu sichern. Sie verkaufte den Ersatzteilhandel nämlich an Júlli Kappe und seine Familie, und zu den Vertragsbedingungen gehörte, daß Salómon dort arbeiten konnte, solange er wollte und seine Gesundheit es ihm erlaubte.

Die Verträge wurden im Büro des früheren Geschäftsführers auf dem Ehrenhof unterzeichnet. Júlli war dort und seine beiden Brüder, die ihm in dieser Sache zur Seite standen. Ich war dort als Hróðnýs Fahrer und Láki ihr Taschenträger, und außer uns war noch Salómon dabei. Alles ging ganz glatt, und als es erledigt war, beschlossen Júlli und Salómon dort zu bleiben, mit der Planung der Arbeit zu beginnen, sich ordentlich umzusehen. Júlli wollte Salómon mit dabeihaben, ermunterte und bestärkte ihn:

– Wir zwei sind gut zusammen, sagte er …

* * *

Als ich nun das letzte Mal zu Papa nach Osten kam, war er dabei, die Hütte, das Ruderhaus, abzudichten; trug ein Achselhemd, saß auf einem Hocker und schmierte irgendeine Pampe in die Löcher und Ritzen des Panels unter dem Brückenfenster. Er hatte mein Kommen sicher bemerkt, aber sah trotzdem kaum auf, als ich leise an die Tür klopfte und mir selbst öffnete, er warf mir nur einen kurzen Blick zu, erwiderte trocken meinen Gruß und setzte seine Arbeit fort. Ich nahm Platz und sah mich um und überlegte, wie ich eine Unterhaltung beginnen könnte, und sagte dann:

– Was machst du da?

Er hielt den Bruchteil einer Sekunde inne, aber beschloß dann, formvollendet und würdevoll zu antworten, daher drehte er sich zu mir um, sehr langsam. Diese Unternehmung, den Kopf und den Oberkörper halb umzudrehen, so daß sie in meine Richtung zeigten, brauchte wirklich eine halbe Ewigkeit, unter Knacksen und schwerem Atmen. Dann sah er mich an und sagte:

– Ich spachtle gerade, Liebling.

Na ja, das hatte ich natürlich gesehen, es war offensichtlich, daß er gerade beim Spachteln war. Aber nun hatte er die Oberhand, hatte eine dumme Frage mit übermäßiger Liebenswürdigkeit beantwortet, als ob er mit einem geistig Behinderten sprach, so daß ich die Frage vertiefen und näher erklären mußte, was ich gemeint hatte, denn was ich wissen wollte, war, was man zum Ausfüllen von Löchern in einer Holzverkleidung benutzte. Ich kannte nur so eine Art Gips, der bei Mauerlöchern benutzt wurde, und schob hastig die Frage nach:

– Ja, ich meine, was für Material benutzt du, womit, äh, spachtelst du ...?

Er sah aufs neue von seiner Arbeit auf und drehte sich

langsam um, noch langsamer als vorher, bis er mich direkt ansah, mit einer das ganze Gesicht erfassenden Miene der Güte und Nachsicht, und erwiderte dann:

– Ich tue es mit Spachtelmasse, Liebling.

Es war sinnlos. Ich hatte keine Lust, den ganzen Tag damit zu verschwenden, mich in Gesprächen über handwerkliche Themen verhöhnen zu lassen. Daher schwieg ich eine Weile, sah aus den Brückenfenstern, strich mit den Fingerspitzen über den Kompaß und sagte:

– Die alte Kolgrímur.

– Ich denke darüber nach, ihr einen neuen Namen zu geben.

– So? Und wie soll sie heißen?

Der in seine Arbeit versunkene Mann ließ sich von diesen Gesprächen nicht bei seiner wichtigen Tätigkeit stören, gerade in diesem Augenblick beugte er sich bis auf den Boden hinunter und schob die Zunge in den einen Mundwinkel, mußte dabei schweigen, aber richtete sich dann auf und fragte, als ob es ihm plötzlich wieder einfiele, daß wir uns unterhalten hatten:

– Kommt viel in Frage?

– Äh, Geirmundur?

– Geirmundur Satansbraten.

Dann stand Papa auf und machte damit herum, Kaffee auf dem Gasbrenner zu kochen, und als wir uns jeder mit seiner Tasse Kaffee gesetzt hatten, zog ich die Zigarren hervor, die ich für ihn gekauft hatte, die alten Zigarren, die er immer in ausgewählten Augenblicken geraucht hatte, Agio. Er bot diese Zigarren in früheren Zeiten oft an und erzählte dann immer den gleichen Witz: »Nehmt euch eine Agio, oder AG Theo, wie Ingibjörg vom Salem zu sagen pflegte.« Und das Gesicht des Alten hellte sich auf, als er sich eine Zigarre nahm, und das Eis zwischen uns war gebrochen; er holte sogar eine Branntweinflasche hervor, in die er, wie er sagte, vor mehr als einem halben Jahr investiert hatte, damit er seinen Söhnen oder anderen solchen Männern, wenn sie sich herabließen, ihn zu besuchen, einen ausgeben könnte.

– Und er ist noch immer unberührt, fügte er hinzu, und ich bekam einen Anflug von Gewissensbissen, obwohl ich mir andererseits sicher war, daß das eine freche Lüge von ihm war.

Er hatte sogar Schnapsgläser für den Branntwein, zwei kleine, altmodische Kupferbecherchen. Und mit dem Kaffee in den Tassen fehlte es uns an nichts. Wir begannen zu schwatzen, zuerst über Geirmundur selbst, denn auf ihn war schon zu Anfang einmal die Rede gekommen, und Papa fragte, ob ich etwas von ihm gehört oder gesehen hätte. Und ja, ich hatte ihn getroffen bei der …

– … der Feier nach dem Begräbnis von Opa. (Es war ein wenig schwierig, das zu erwähnen, ohne daran zu denken, daß sich mein Vater dort nicht hatte blicken lassen. Aber er reagierte nicht darauf.) Da traf sich die ganze Mannschaft zum Kaffee zu Hause bei Gertrud nach der Beerdigung, und Geirmundur war auch da, saß mit den Weibern zusammen (den anderen Weibern, warf Papa ein), ja, er war schrecklich, irgendwie, verschreckt und kleinlaut. Und Papa bekam offensichtlich ein schlechtes Gewissen, seinen Wohltäter ein Weib genannt zu haben, er breitete die Hände aus und sagte:

– Stell dir mal diesen Hünen vor, Mann, diesen unbesiegbaren Teufel, hat sein ganzes Leben mit den Mächten der Natur gekämpft und immer gewonnen, hat es nie nötig gehabt, sich irgendwelchem Geschwätz oder dummem Gerede auszusetzen, hat nie etwas Verachtungswürdigeres gekannt als so ein Familienfest! Aber dann versagt das

Herz. Und? Bot der ganzen Welt um sich her die Stirn, aber versagt dann von innen. Und kann nichts machen! Er ist nicht länger unbesiegbar, er ist wie das jämmerlichste alte Weiblein und sitzt jetzt zwischen ihnen am Kaffeetisch, heilfroh, dabeisein zu dürfen, als ob sie ihn verteidigen könnten!

Ich hatte die Sache noch nicht von dieser Seite betrachtet und war ein wenig erstaunt zu hören, daß Papa die Geschichte auf diese Weise sah. Verwandelte er sich langsam in so etwas wie einen Philosophen hier in der Einsamkeit? Er stand auf und schenkte uns nach und stand dann mit seinem Glas in der Hand. Ich stand ebenfalls auf und streckte mich. Wir traten auf den Brückenflügel hinaus.

Ich wollte gern wissen, ob ihm irgend etwas im Kopf herumging, ob er an irgendeinem Plan strickte, etwas anderem als nur hier herumzuhängen; hatte etwas vom Verkauf eines Hecktrawlers nach Chile gehört, aber Papa wollte sich nicht dazu bekennen, nein, nein, er strickte an gar nichts.

– Obwohl es eines gibt, das mich beschäftigt, eine gute Idee. So junge Männer wie du sollten das einmal abchecken, da ist diese Stahlplatte im Skeiðarársander, die dort um den deutschen Trawler eingegraben wurde, die ist immer noch da.

– Und?

– Es hat noch niemand die Energie in sich gehabt, dorthin zu gehen und sie herauszuziehen, die Leute glauben, das sei nicht möglich. Ich bin mir aber sicher, daß es kein Problem sein dürfte.

– Ja, ja. Bisher haben wir in den Klauen des Skeiðarársanders allerdings noch kein Gold gefunden.

– Nein, wir haben noch nirgendwo Gold gefunden. Es gibt aber eines, das wir Killiane können, und das ist, Werte zu schaffen aus dem, was andere für unbrauchbar oder wertlos halten. Man könnte über zwanzig Millionen für diese Stahlplatte bekommen.

Wir sprachen nicht weiter darüber, sondern sahen einfach hinaus in die Landschaft und schwiegen. Ein Stück weiter lag ein See, an dem Gänse sich oft einen Schlafplatz suchten, von denen nicht wenige ihr Ende gefunden hatten im Kugelhagel aus den Schußwaffen des Kapitäns Geirmundur, als dieser noch der alte war.

– Ballerst du nicht auf die Gänse? fragte ich Papa.

Er schüttelte den Kopf und wurde geistesabwesend, verlor sich in Gedanken. Dann nickte er mit dem Kopf in Richtung Hütte und sagte, er habe eine ausgezeichnete Schrotbüchse da drinnen.

– Ich habe, als ich hierhinzog, sogar mit dem Gedanken gespielt, nur von dem zu leben, was ich schießen kann.

– Aber was?

– Ich schoß einen Schwan. Ein verflucht schönes Geschöpf. Ich bekam ihn vor die Kimme und schoß. Er war verletzt, Blut floß über die weißen Federn. Er schrie vor Schmerzen und Angst, ich mußte ihn einfangen, um ihn zu töten. Und weißt du, woran er mich erinnerte? Er erinnerte mich an unsere Katze, die wir unten im Keller hatten, die weiße mit den Flecken, Sonní ...

– Wir Kinder nannten ihn immer Miausi ...

– Ja, er hieß nicht Miausi! Er hieß Sonní Liston, ich besaß diese Katze, ich taufte sie. Alle redeten, als ob diese Katze für euch Kinder bestimmt war und ihr deswegen den Namen für sie bestimmen durftet, aber das war nur ein Mißverständnis, ich besaß diese Katze, ich fand Vergnügen an ihr, sie hieß Sonní Liston, es war deshalb, daß ich sie mit nach Hause brachte.

– Ja, ich weiß das, sagte ich.

Er wollte weiter über die Katze sprechen, aber sah mich nun forschend an und verstummte. Es war vielleicht rücksichtslos von mir gewesen, »ich weiß das« zu sagen. Wenigstens hing es eine Weile unausgesprochen zwischen uns.

Wir gingen hinein und setzten uns wieder, und nach einer kurzen Zeit sagte Papa:

– Ich weiß, daß ich von allen möglichen Blickpunkten her ein hoffnungsloser Familienvater war. Dazu muß man nichts anderes tun, als zu sehen, wie es ausging: ich hier alleine, ihr anderen kreuz und quer verstreut. Niemals irgendwelche Sicherheit, immer alles bankrott und auf dem Spiel. Andererseits, wenn ich daran zurückdenke, ist es mir unmöglich, daran nur als Unglück und Leiden zu denken. Obwohl man zur damaligen Zeit vielleicht nicht so darüber nachdachte, hatten wir es nicht so beschissen zusammen. Oder nicht? Man hat zwar verdammt viel durchgemacht, aber wenn man etwas darüber nachdenkt, dann war unser Heim doch gesegnet, wie man es sich nur wünschen kann, obwohl man damals vielleicht nie so darüber gedacht hat. Oder? Ihr wart alle gesund, ihr Kinder, kann man um mehr bitten? Und uns ist es nicht so schlecht ergangen. Ich meine … Gúndi wird wieder ins rechte Fahrwasser kommen nach all seiner Murkserei, da besteht kein Zweifel. Imba verdient dickes Geld draußen auf den Inseln. Und sogar du wirst sicher irgend etwas Ordentliches schaffen, wenn du dich erst mal von diesen Dichtergrillen befreit hast. Laß uns den Tatsachen ins Auge sehen, mein Dóri, glaubst du, daß es hier Platz gibt für einen zweiten Schriftsteller, der Halldór Kiljan heißt? Haha?!

– Wir werden sehen.

– Ja, ja, mein Freund, optimistisch muß man sein. Aber hör mal, du sagtest, es gäbe etwas, das du mich fragen wolltest.

– Ja, also. Zuerst einmal: Wenn Opa nichts an Lækjarbakki gehörte, warum durfte er dann endlos dort wohnen und tun und lassen, was er wollte?

– Daaas war eine komplizierte Sache, sagte Papa und füllte unsere Gläser nach. Und dann begann er, mir die ganze Geschichte zu erzählen …

Isländische Literatur im Paul Zsolnay Verlag

Einar Kárason
Törichter Männer Rat
Roman
Aus dem Isländischen von
Maria-Claudia Tomany
1998. 320 Seiten

Ein witziger und abenteuerlicher Familienroman von einem der besten isländischen Erzähler. Wie die Kinder des Schrott-Fúsi im Wirtschaftswunderland Island den sozialen Aufstieg schaffen, ist eine spannende Geschichte voller origineller Typen und schillernder Charaktere, voller Unternehmensgeist und liebenswerter menschlicher Torheiten – ein großes Lesevergnügen.

Ruth Hofmann-Vogelsanger, *Nordischer Club*

Eine mitreißende Hymne auf die menschliche Überlebenskunst.

Matthias Peter, *Berner Zeitung*

Kárason ist ein Meister im Abbilden von menschlichen Beziehungen.

Marion Kohler, *Literaturblatt Baden-Württemberg*

Isländische Literatur im Carl Hanser Verlag

Einar Már Gudmundsson
Fußspuren am Himmel
Roman
Aus dem Isländischen von
Angelika Gundlach
2001. 240 Seiten

Gudmundsson erzählt vom Leben seines Großvaters Oláfur, des Seemanns und Trinkers, seiner Großmutter Gúdny und ihrer zehn Kinder. Sie hausen in einem feuchten Kellerloch, wo die Ratten über den Boden flitzen. Um etwas dazuzuverdienen, muß Gúdny in der Fischfabrik arbeiten, und die Kinder werden von der Fürsorge auf Pflegefamilien überall im Land verteilt.

Eine Familiengeschichte, die unter die Haut geht, weil sie nicht nur das äußere Leben erzählt, sondern viel mehr einfängt: »diese Weite von Hoffnungen und Befürchtungen. Wie Fußspuren am Himmel, wie Träume auf der Erde.«

Einar Már Gudmundsson
Engel des Universums
Roman
Aus dem Isländischen von
Angelika Gundlach
1998. 196 Seiten

Gudmundsson beschreibt die Geschichte seines Bruders. Weil er meint, er sei Gauguin oder van Gogh oder beide zugleich, landet Páll in Kleppur, der Irrenanstalt. Dort trifft er auf Ole Beatle, der glaubt, er hätte alle Beatles-Songs geschrieben, und auf Viktor, der sich für Hitler hält. Eine Geschichte aus Island, geschrieben in einer eigenen, packenden und zugleich poetischen Sprache. Der Roman ist unter der Regie von Fridrik Thor Fridriksson verfilmt.

Gudmundsson beweist, daß er beides besitzt: die Klarsicht und die Kühnheit der Phantasie, die einen großen Schriftsteller auszeichnen.

The Times Literary Supplement

Ein irrwitzig heiteres Buch ... ein rarer Glücksfall.

Willi Winkler, *DER SPIEGEL*

Literatur über Island im Carl Hanser Verlag

Poul Vad
Islandreise
Aus dem Dänischen von Hanns Grössel
Mit dem vollständigen Text der Saga
von Hrafnkel dem Freysgoden,
neu übersetzt aus dem
Isländischen von Dirk Huth
1998. 184 Seiten

Auf den Spuren einer altisländischen Saga fährt Poul Vad ins Innerste des Landes: in ein einsames Tal nördlich vom Vatnajökull, dem höchsten Gletscher der Insel. Dort spielt die Saga von Hrafnkel dem Freysgoden; eine der rätselhaftesten isländischen Sagas. Vad erkundet die Gegend, den Hof, auf dem Hrafnkel wohnte, und er trifft auf die Menschen, die Bauern des Landstrichs. Fiktion und Wirklichkeit, Reisebeschreibung und Literaturanalyse verbinden sich hier auf faszinierende Weise.

Überaus anregende und unterhaltsame Einblicke in die Kultur des Landes, das noch viel Unbekanntes birgt.

Klaus Böldl, Süddeutsche Zeitung